「그럼 잠깐 갔다 올게.」
모두에게 가볍게 알리고 나는 『문』 안으로 발을 내디뎠다.
이세계는 스마트폰과 함께.12

나무 파편을 흩날리면서 비틀거리는 거대 트렌트를 향해,
지그루네가 즉각 뽑아 든 검이 번뜩였다.
오른쪽 아래에서 휘두른 일격에 트렌트는 두 동강으로 분단되었다.

『하얏!』

「어라? 이건……」
「네? 하와왓?!
그, 그건, 저어!
사, 살짝 시험 삼아서……!」
―오도카니 않은 남자아이가
데포르메 된 봉제 인형.
검은 머리카락에 흰 코트, 검은 바지.
이거…… 나인가?
나라고는 도저히 생각하기 힘들 정도로
귀엽게 만들어졌는데.
하지만 린제가 당황하고 있는 것은
이쪽의 내 인형이 아니라,
그 인형과 사이좋게 손을 잡은
여자아이 인형 탓이겠지.

이세계는 스마트폰과 함께. 12

후유하라 파토라 illustration■우사츠카 에이지

캐릭터 소개

하느님의 실수로 이세계로 가게 된 고등학교 1학년(등장 당시). 기본적으로는 너무 소란을 피우지 않고 흐름에 몸을 내맡기는 스타일. 무의식적으로 분위기 파악을 하지 못한 채, 은근히 심한 짓을 한다.
무한한 마력에 모든 속성 마법을 가지고 있으며, 무속성 마법을 마음대로 사용하는 등, 하느님 효과로 여러 방면에서 초월적. 브륀힐드 공국 국왕.

벨파스트의 왕녀. 열두 살(등장 당시). 오른쪽이 파란색, 왼쪽이 녹색인 오드아이. 사람의 본질을 꿰뚫어 보는 마안의 소유자. 바람, 흙, 어둠이라는 세 속성을 지녔다. 활이 특기. 토야에게 한눈에 반해, 무턱대고 강하게 다가갔다. 토야의 신부가 될 예정.

토야가 구해 준 쌍둥이 자매의 언니. 양손에 건틀릿을 장비하고 주먹으로 싸우는 무투사. 직설적인 성격으로 소탈하다. 신체를 강화하는 무속성 마법【부스트】를 사용할 줄 안다. 매운 것도 좋아한다. 토야의 신부가 될 예정.

쌍둥이 자매의 여동생. 불, 물, 빛이라는 세 속성을 지닌 마법사. 빛 속성은 별로 잘 사용하지 못한다.
굳이 따지자면 낯을 가리는 성격으로 말이 서툴지만 가끔 대담해진다. 단 음식을 좋아한다. 토야의 신부가 될 예정.

일본과 비슷한 먼 동쪽의 나라, 이센에서 온 무사 소녀. 존댓말을 사용하며 남들보다 훨씬 많이 먹는다. 진지한 성격이지만 어딘가 어긋나 있는 면도. 본가는 검술 도장으로 유파는 코코노에 진명류(眞鳴流)라고 한다. 겉만 봐서는 잘 알기 어렵지만 의외로 거유. 토야의 신부가 될 예정.

애칭은 루. 레굴루스 제국의 제3 황녀. 유미나와 같은 나이. 제국 반란 사건 때에 자신을 도와준 토야에게 한눈에 반했다. 쌍검을 사용한다. 유미나와 사이가 좋다. 요리 재능이 있다. 토야의 신부가 될 예정.

애칭은 스우. 열 살(등장 당시). 자객에게 습격당하고 있을 때 토야가 구해 주었다. 벨파스트 국왕의 조카. 유미나의 사촌. 천진난만하고 호기심이 왕성하다. 토야의 신부가 될 예정.

애칭은 힐다. 레스티아 기사 왕국의 제1 왕녀. 검술에 능하며 '기사 공주'라고 불린다. 프레이즈에 습격당할 때 토야에게 도움을 받고 한눈에 반한다. 긴장하면 말을 더듬는 습관이 있다. 야에와 사이가 좋다. 토야의 신부가 될 예정.

전(前) 요정족 족장. 현재는 브륀힐드의 궁정마술사(잠정). 어려 보이지만 매우 오랜 세월을 살았다. 자칭 612세. 마법의 천재. 사람을 놀리기를 좋아한다. 어둠 속성 마법 이외의 여섯 가지 속성을 지녔다. 토야의 신부가 될 예정.

토야가 이센에서 주운 소녀. 기억을 잃었었지만 되찾았다. 본명은 파르네제 포르네우스. 마왕국 제노아스의 마왕의 딸이다. 머리에 자유롭게 빼낼 수 있는 뿔이 나 있다. 감정을 겉으로 잘 드러내지 않지만, 노래를 잘하며 음악을 매우 좋아한다. 토야의 신부가 될 예정.

린이【프로그램】으로 만들어 낸 곰 인형으로, 마치 살아 있는 것처럼 움직인다. 200년 동안 계속 움직이고 있으며, 그사이에도 개량을 거듭했다. 그 움직임은 상당한 연기파 배우 수준. 폴라…… 무서운 아이!

토야의 첫 번째 소환수. 백제라고 불리는 서쪽과 큰길의 수호자로, 짐승의 왕. 신수(神獸). 평소엔 새끼 호랑이 크기로 다니며 눈에 띄지 않게끔 한다.

토야의 두 번째 소환수. 두 마리가 한 세트. 현제라고 불리는 신수. 비늘의 왕. 물을 조종할 수 있다. 산고가 거북이, 코쿠요가 뱀.

토야의 세 번째 소환수. 염제라고 불리는 신수. 새의 왕. 침착한 성격이지만, 외모는 화려하다. 불꽃을 조종한다.

토야의 네 번째 소환수. 창제라고 불리는 신수. 푸른 용으로, 용의 왕. 비꼬기를 잘하며, 코하쿠와는 사이가 나쁘다. 모든 용을 복종시킬 수 있다.

정체는 연애의 신. 토야의 누나를 자처하는 중. 천계에서 도망친 종속신을 포획해야 한다는 대의명분으로, 브륀힐드에 눌러앉았다. 느긋한 말투. 꽤 게으르다.

정체는 검의 신. 토야의 두 번째 누나를 자처한다. 브륀힐드 기사단의 검술 고문에 취임. 늠름한 성격이지만 조금 천연스럽다. 검을 쥐면 대적할 상대가 없다.

바빌론의 유산 '정원'의 관리인. 애칭은 셰스카. 메이드복을 착용. 기체 넘버 23. 입만 열면 야한 농담을 한다.

바빌론의 유산, '공방'의 관리인. 애칭은 로제타. 작업복을 착용. 기체 넘버 27. 바빌론 개발 청부인.

바빌론의 유산 '연금동'의 관리인. 애칭은 플로라. 간호사복을 착용. 기체 넘버 21. 폭유 간호사.

바빌론의 유산 '격납고'의 관리인. 애칭은 모니카. 위장복을 착용. 기체 넘버 28. 입이 거친 꼬마.

바빌론의 유산 '성벽'의 관리인. 애칭은 리오라. 블레이저를 착용. 기체 넘버 20. 바빌론 넘버즈 중 가장 연상. 바빌론 박사의 밤 시중도 담당했다. 남성은 미경험.

바빌론의 유산, '탑'의 관리인. 애칭은 노엘. 체육복을 착용. 기체 넘버 25. 계속 잔다. 먹고 자기만 한다. 기본적으로 게으르고 뭐든 귀찮아하는 성격.

바빌론의 유산, '도서관'의 관리인. 애칭은 팜므. 세일러복을 착용. 기체 넘버 24. 활자 중독자. 독서를 방해하면 싫어한다.

바빌론의 유산, '창고'의 관리인. 애칭은 파르셰. 무녀 복장을 착용. 기체 넘버 26. 덜렁이. 게다가 자각이 없다. 깜빡하고 저지르는 실수가 잦다. 잘 넘어진다.

바빌론의 유산, '연구소'의 관리인. 애칭은 티카. 흰옷을 착용. 기체 넘버 22. 바빌론 박사 및 넘버즈의 유지보수를 담당하고 있다. 극심한 어린 여자아이 취향.

고대의 천재 박사이자 변태. 공중 요새 '바빌론'을 비롯한 다양한 아티팩트를 만들어 냈다. 모든 속성을 지녔다. 기체 넘버 29번의 몸에 뇌를 이식하여 5000년의 세월을 넘어 부활했다.

표지 · 본문 일러스트
우사츠카 에이지

세계 지도

지금까지의 줄거리

하느님이 특별히 마련해 준 스마트폰을 가지고 이세계에 오게 된 소년, 모치즈키 토야는 벨파스트 왕국과 레굴루스 제국의 후원을 받아 소국 브륀힐드의 공왕이 되었다.

고대 왕국의 유산, '바빌론'의 힘을 손에 넣은 토야는 각국 국왕들과 힘을 합쳐, 이세계에서 온 침략자인 프레이즈를 격퇴하기 위해 대대적으로 준비를 시작한다.

동으로, 서로, 남으로, 북으로. 나라의 경계를 넘어 세계를 돌아다니는 토야에게 잇달아 성가신 일이 벌어지는데…….

제1장 뒤쪽 세계

"덥네……."

산드라에서 일어난 사건을 해결하고 보니 완전히 여름이 되어 있었다.

브륀힐드의 여름은 산드라 왕국처럼 작열하는 더위는 아니었지만 나름대로 더웠다.

"【바람이여 흘러라, 온화한 산들바람, 쿨윈드】."

마법으로 시원한 산들바람을 일으켜 성의 테라스에서 코하쿠와 시원한 바람을 쐬고 있는데, 린이 다가왔다. 발밑에서는 당연하듯이 폴라가 따라왔다. 테라스로 들어오니 린의 흰 트윈테일이 바람에 흔들렸다.

"완전히 풀려서는. 더 바짝 긴장하지 않으면 본보기가 안 되잖아?"

"이제 와서 겉모습을 꾸며 봐야 아무 소용 없어. 더운 건 더운 거야."

여전히 검은 고딕 롤리타 옷을 입고 있다니, 그쪽이야말로 덥지 않냐는 생각이 들었다. 그렇게 생각했는데 린의 주변은 서늘할 정도로 시원했다. 아무래도 마법을 이용해 냉기를 두르고 있는 모양이었다. 린도 더워하면서. 나중에 그 마법 좀 가르쳐 줘.

"그래, 이 더위는 조금 참기 힘드네. 마을에서도 쓰러지는 사람이 나오는 모양이고."

"그렇게나? 수분 보급은 확실하게 해 둬야 해."

"그나마 던전 섬이 더 시원하니, 그쪽으로 피서를 가는 사람도 많은가 봐. 아무래도 마수가 나오니, 모험자 이외의 일반인은 갈 수 없지만."

그렇구나. 그쪽은 바다에서 바람이 불어서 이쪽보다 시원한 것인지도 모른다. 일교차가 커서 밤에는 상당히 춥겠지만.

"그래서 제안인데, 그 섬 하나를 해수욕장으로 만들지 않을래?"

"뭐?"

"바다에서 피서를 즐기고 싶어 하는 사람이 많잖아? 전이문의 요금이나 수영복 판매, 음료나 음식까지, 크게 벌 기회라고 생각해."

"호오오. 그것참 좋은 생각이군요."

테라스 테이블 앞에 앉아 있던 우리 머리 위에서 목소리가 들려왔다. 어느새인가 코사카 씨가 와 있었다.

"산드라에서 이민을 온 사람들로 주민이 꽤 늘어난 탓에 돈은 많으면 많을수록 좋으니까요. 그런데, 린 님. 어떻게 하실 생각이신지요?”

테이블 앞에 앉아 린이 가지고 있던 지도를 펼쳐서 보여 주었다.

“응. 일단은 여기를 봐. 그 섬들의 지도인데. 던전이 없는 이 섬, 이 해안선을 모두 흙 마법으로 멀리까지 얕은 백사장으로 바꿀 거야. 그리고 강력한 결계로 마수의 침입을 막는 거지. 그다음은 이 섬 전용의 전이문을 만들고.”

“호오오, 과연. 길드가 요금을 받는 던전 섬으로 가는 전이문과는 다른 문을 만드는 거군요.”

“맞아. 물론 다른 섬에서 건너가는 것은 불가능해. 이 섬만 독립시키는 거니까. 다음엔 이곳에 간단한 음식점을 만들거나, 바다에서 놀 수 있는 도구를 빌려주면…….”

“흐음, 흐음. 상당한 수입을 거둘 것으로 예상됩니다.”

이봐요들~. 나는 쏙 빼놓고 둘이서 후다닥 결정하지 말아요. 누가 그 해안선을 백사장으로 만들고 강력한 결계를 친다고 생각하는 건지. 틀림없이 나일 거 아냐?!

“걱정 마. 나도 도울 테니까. 말을 꺼낸 사람은 나이기도 하고.”

아니, 린이나 바빌론 박사만으로도 가능하지 않을까? 물론 나도 돕겠지만…….

“……코하쿠. 난 부지런한 사람이지?”

〈주인님의 의지와는 상관없이, 그렇다고 생각합니다. 사람

들의 의지가 되는 분이라고 생각하시면 될 듯합니다.〉

그럴지도 모르지만 말이지. 오늘은 느긋한 휴일 모드였는데……. 짧구나……. 여름방학이 필요해.

"영차, 이 정도려나?"

백사장으로 만든 해안을 맨발로 밟으면서 나는 혼자서 중얼거렸다.

밟을 때마다 뽀득뽀득 소리가 나는 모래밭이 기분 좋았다. 그대로 바다에 들어가 보니 발밑의 모래가 파도에 쓸려 갔다. 간지러운 감각이 좋은걸?

멀리까지 헤엄쳤다가 바다의 마수에게 한입에 먹히는 일은 피하고 싶으니, 표식으로 부표를 띄워 놓았다.

결계도 완벽해서 위험한 마수는 없다. 어린아이도 안심하고 헤엄칠 수 있다. 그렇지만 바다에서는 언제나 사고가 일어난다. 의료팀도 해안에 상주시켜 놓는 게 좋겠다.

일단 이곳과는 다른 작은 섬에도 똑같은 해변을 만들어 두었다. 그쪽은 우리의 프라이빗 비치다.

우리도 바다를 즐기고 싶다.

"일단 이것으로 완성인가. 이제 전이문을 만들어 연결하면 끝이구나."

〈그건 조금 더 나중에 안 할래요~? 오랜만에 바다를 즐기고 싶어요.〉

〈흐음. 코쿠요의 말에 찬성합니다. 저희는 물의 수호수(守護獸)이니까요.〉

코쿠요와 산고가 바닷속을 쏴아~아 하고 헤엄쳤다. 기분 좋아 보이네.

"마음은 알지만 미안. 프라이빗 비치 쪽이라면 매일 가도 되니 일단 돌아가자."

〈아쉬워라.〉

바다에서 둥실둥실 코쿠요와 산고가 올라왔다.

전이문을 연결한다 치고, 나머진 뭐가 필요하지?

수영복은 자낙 씨의 '패션 킹 자낙'에 판매를 맡겼고, 출점은 '은월'의 미카 누나나 상점가 사람들에게. 튜브나 비치볼, 비치샌들, 파라솔, 돗자리를 비롯한 물건은 오르바 씨의 스트랜드 상점에 맡겼으니.

나머진…… 감시원 같은 건가?

기사단 중에서 수영이 특기인 사람을 몇 명, 여름철에만 감시원으로 상주시키기로 했다. 라이프세이버라고 할 수 있으려나?

물론 다른 기사단원도 비번이라면 바다에 가도 상관없지만요.

일단 준비가 완료되었으니 브륀힐드의 해수욕장이 개장된

셈이었다.

그리고 며칠 후.

결과는 대성공. 린과 코사카 씨가 예상한 대로 해변에는 매일 해수욕객이 넘쳐 났다. 소문을 들었는지, 이웃나라인 벨파스트나 레굴루스의 마을에서도 바다를 찾을 정도였다.

이 근처에는 바다가 없으니 레저 스포츠로서는 딱 적당했는지도 모른다.

사람이 모이면 당연히 다툼도 많아진다. 그 탓에 기사단이 매일 출동하는 등, 대처하느라 바빠졌다. 흐~음. 기사단의 일을 늘리고 만 것일까. 나중에 내 용돈으로 특별 수당을 주자.

"자~ 오늘에야말로 느긋하게 쉬겠어."

"요즘 바빴으니까요, 토야 오빠."

파라솔 아래에서 비치체어에 몸을 기댄 나에게 프릴이 달린 흰 원피스 수영복을 입은 유미나가 말을 걸었다.

이곳, 브린힐드 프라이빗 비치에서는 우리 일가만 바다에서 놀고 있다.

에르제와 야에, 힐다는 모로하 누나와 수박깨기를 하고 있고, 린제와 린은 선셰이드 아래에서 수다를 떨고 있다. 루는 클레아 씨와 점심 준비를 하는 중이고, 스우와 사쿠라는 카렌 누나와 바다에서 비치볼을 즐기는 중이다.

카리나 누나는 작살을 들고 아무런 장비 없이 물에 잠수해 물고기를 잡고 있고, 스이카는 평소처럼 술을 마셔 고주망태가 되었다. 어딘가에서 들려오는 하와이안의 우쿨렐레 음악은 소스케 형이다. 참고로 코스케 삼촌은 오지 않았다.

"한창때의 젊은이가 이런 하렘 상태로 뒹굴뒹굴하고 있다니……. 한심한 마스터네요."

"냅 둬."

트로피컬 드링크를 든 셰스카가 남사스러운 말을 흘렸다. 하렘 상태가 뭐야. 모습은 안 보이지만 일단 소스케 형도 있잖아. 어딘가에.

바빌론 넘버즈 일행도 모두 불렀지만 박사, 로제타, 모니카는 개발이니 정비니 해서, 리오라는 여전히 잠만 자는 노엘을 남겨둘 수 없어서 나오지 않았고, 팜므는 '도서관'에서 나오려고 하지 않았다. 플로라는 무슨 일이 있을 때를 대비해 성의 의무실에 있었으면 했고, 파르셰와 티카는…… 덜렁이와 로리콘은 위험하니까.

"마스터는 왜 이렇게 시들시들한가요? 수영복 차림의 여성을 더 뚫어져라 쳐다봐야 하는 것 아닌가요? ……아, 마스터의 안력(眼力)이라면 수영복 안쪽까지 투시할 수 있으니, 필요 없다는 건가요?"

"그런 짓을 어떻게 해?!"

유미나가 얼굴을 붉히며 손으로 몸을 가리려고 했다. 아니, 그런 짓은 못해!!

……신안(神眼)을 사용하면 보일지도 모르지만 사용할 생

각은 없다. ……일단은.

세스카를 내쫓고 간신히 유미나의 오해를 풀었다. 그런 능력을 가지고 있다고 다른 모두도 오해하면 곤란하니까.

이것 참.

“이전처럼 아버지도 부르면 좋았을 텐데요.”

“아~……. 부르면 벨파스트뿐만 아니라, 다른 임금님들도 오고 싶어 하거든…….”

그때와는 달리 지금은 교류가 있는 임금님들도 많다. 벨파스트의 임금님만 바다로 부르면 나중에 틀림없이 불평을 듣게 된다. 결국 다른 임금님들도 모두 부르는 처지가 될 게 뻔히 보인다.

그런 카오스 상태여서는 솔직히 말해 편히 쉴 수 없다. 나중에는 불러도 좋지만, 오늘은 참아 줬으면 했다.

“얼마 전만 해도 각국의 왕이 한자리에 모이는 일은 생각도 할 수 없었는데, 뭔가 이상한 느낌이에요.”

“사이좋게 지낼 수 있다면 그편이 좋아. 물론 아무리 노력해도 사이가 좋아질 수 없는 녀석도 있지만.”

전의 그 산드라 왕국 같은 곳 말이지.

유론 때와는 달리 이번 산드라 멸망은 내가 직접 관련되어 있다. 싸움의 방아쇠를 당긴 곳은 그쪽이지만.

결국 다른 나라의 임금님들의 말대로 해 버려서 조금 마음에 안 들지만 어쩔 수 없다. 유론 때처럼 악명이 그다지 높아지지 않은 것 정도가 그나마 다행인가. 전 세계로 퍼져 나간 옛 노예들 덕분인지도 모르지만.

〈주인님, 잠시 괜찮겠습니까?〉

〈응? 코교쿠야? 무슨 일인데?〉

갑자기 성 쪽에 있던 코교쿠의 텔레파시가 도착했다. 무슨 일이 있었던 걸까?

〈네. 전의 그 섬과 관련된 일입니다. 네 개의 결계 도시 중 하나인 남쪽의 도시가 아무래도 현재 거수의 습격을 받고 있는 모양입니다.〉

〈거수? 하지만 분명히 그 섬의 도시에는 투석기(캐터펄트)나 대형 노포(발리스타) 같은 게 장비되어 있었잖아? 격퇴 못 하지는 않지?〉

〈보통이라면 말입니다. 하지만 여러 마리의 거수가 둘러싸고 있을 때는 과연 어떠할지.〉

에구구. 그래서는 역시 결계가 버티지 못하겠지? 아무리 그래도 한계라는 것이 있을 테니까.

침입을 막는 물리 방어 계열 결계는 마력을 사용한 방패 같은 것이다.

예를 들어 방패나 갑옷 등의 경우, 작은 힘이라도 같은 곳을 몇 번이고 계속해서 공격당하면 언젠가는 파손되어 버린다. 오랜 시간에 걸쳐 물방울이 돌을 뚫듯이.

하지만 마력 장벽은 다르다. 10의 힘을 버티는 장벽이라면 9의 힘으로 같은 곳을 공격해도 아무렇지 않다. 부분적인 열화라는 것이 없기 때문이다.
문제는 10의 힘을 넘는 공격을 받으면 허무하게 소멸해 버린다는 것이다.
도시의 결계가 10까지 버틸 수 있다고 가정할 경우, 거수의 공격이 9라면 충분히 버틸 수 있다. 하지만 여러 거수가 공격해 오면……. 만에 하나 동시에 공격을 받으면 18의 힘을 받아 10의 장벽은 무너져 버릴지도 모른다.
어디까지나 나의 예상일 뿐, 장벽은 100의 힘까지 버틸 수 있을지도 모르고, 거수의 공격력은 2나 3 정도에 불과할지도 모르지만.
게다가 거수가 동시 공격을 할 정도의 지능을 가지고 있을지 어떨지. 우연히 공격했을 가능성도 있다…….
〈그런데…… 왜 또 여러 거수에게 습격을 당하게 된 거야?〉
〈아무래도 일부 사람이 거수 사냥에 실패해 쫓겨서 도망친 모양입니다. 그것도 운이 나쁘게도 도망쳐 온 자들이 세 팀이었습니다.〉
남쪽 도시에서 딱 마주친 거수들은 어째서인지 서로 싸우지 않고 계속 도시를 공격했다는 모양이었다. 엄청난 분노를 산 것일까.
코교쿠의 이야기에 따르면 습격하고 있는 거수는 세 마리로.

원숭이형 거수, 헤비콩.

멧돼지형 거수, 그랜드보어.
소(牛)형 거수, 파워바이슨.

이라고 하는 모양이었다.
도시에서는 일단 한 마리로 목표를 좁혀서, 토벌은 무리라도 어떻게든 격퇴하려고 하는 중인 듯했다.
하지만 그러려면 도시 밖으로 나가 희생을 각오하고 싸워야만 한다.
한편, 이대로 농성을 계속하면 언젠가 거수들도 철수한다고 생각하는 사람들도 있는 모양이었다. 하지만 만약 결계가 부서지면 기다리고 있는 것은 전멸뿐이다.
'당하기 전에 해치운다.' 이냐, '방어를 굳혀 운을 하늘에 맡기자.' 이냐.
자, 어떻게 하지? 그 섬에 개입하려면 지금이 좋다는 생각도 들었다. 은혜를 베풀 생각은 아니지만, 대화를 시작하는 계기는 될지도 모른다.
섬 밖에 대륙이 있고, 그 나라들이 교역을 원한다고 전달하는 것만으로도 충분하다. 그리고 섬의 결계를 풀면 거수가 태어날 가능성이 줄어든다는 것도.
이쪽의 생각을 전달하는 것만으로도 개입할 가치는 있으려나?
거수가 세 마리이니까 에르제와 야에, 그리고 힐다……까지, 세 사람을 데리고 가면 될까? 루의 기체는 조금 더 조정이 필요한 것 같으니, 이번에는 패스다.

루의 기체는 유격전 교체형이라, 장비의 수가 많다. 그 때문에 각각의 조합에 맞춰 조정이 필요해서 롤아웃에 시간이 걸린다.

"좋아. 그럼 준비할까. 짧은 바캉스였어."

"또 언제든 올 수 있어요."

유미나의 위로를 받으면서 깬 수박을 먹고 있는 에르제 일행에게 다가갔다.

아아, 그렇구나. 기사단 모두에게도 준비하라고 해야 해. 프레임 기어 세 기만 가지고 가면 얕보일 수도 있으니까.

힘을 과시하는 것은 별로 좋아하지 않지만, 산드라 사건을 통해 유효한 수단이라는 점은 이미 확인한 바다.

어디까지나 대화를 하기 위한 포석이기도 하고 말이지. 무작정 공격을 당하면 무력화해 버리겠지만.

이번 상대는 바보가 아니길 바란다.

섬으로 건너간 소환수의 시각을 조금 빌리고 기억한 후, 【게

이트】를 열었다.

'마력 확산'의 결계 효과인지 【게이트】를 사용할 때의 마력이 다섯 배 이상 들었다. 마력을 계속 흘리지 않으면 효과가 끊길 것 같아. 확실히 이래서는 마력으로 날아가는 비행정을 타고 오면 금방 마력이 다해 추락할 것 같다.

"오오, 한창이네."

내가 서 있는 언덕 위에서 섬의 남쪽에 있는 도시가 멀찍이 보였다. 딱 봐도 성채 도시라는 느낌이다. 높은 벽으로 빙글 둘러싸인 도시의 벽 위나 측면에는 대형 노포가 설치되어 있었다.

그 도시를 현재 세 마리의 거수가 둘러싼 상태였다.

도시를 둘러싼 돔 모양의 마력 장벽을 계속해서 때리는 것은 적동색 털을 지닌 원숭이형 거수, 헤비콩이었다.

거리를 두고 맹렬하게 대시해 돌격을 반복하는 멧돼지형 거수가 그랜드보어.

마치 드릴처럼 커다란 뿔을 계속 부딪치는 소형 거수, 파워바이슨.

세 마리가 각각 세 방향에서 공격하고 있지만, 도시 쪽은 그랜드보어 쪽으로만 성채에서 대형 노포의 화살을 빗발처럼 쏘았다.

"호오, 침입만을 막는 마력 장벽인가? 음, 당연하려나?"

안쪽에서도 막아서는 공격이 되지 않으니까. 참고로 각국 왕성에 설치된 결계도 이런 종류가 많다.
하지만 대형 노포의 효과는 별로 없는 것처럼 보였다. 몇 발인가 꽂히긴 했지만, 대부분이 두꺼운 털가죽에 튕겨 나갔다. 저 털가죽은 경화(硬化) 마법과 비슷한 능력이 있구나. 아마도.
딱 봤을 뿐이지만 결계의 내구성이 의심되었다. 내 눈대중으로 봤을 때, 결계가 10의 힘을 막을 수 있다면 헤비콩은 3, 그랜드보어는 5, 파워바이슨은 4의 파워가 있었다.
두 마리까지의 동시 공격이라면 막아 낼 수 있을 듯하지만, 세 마리의 동시 공격에는 부서진다. 저건.
헤비콩은 계속 공격하고 있으니, 파워바이슨과 그랜드보어의 공격이 겹치면 위험해질 듯했다. 적어도 가능성은 제로가 아니다.
"사전에 이야기할 여유도 없을 것 같아. 알아서 해치우자."
품에서 스마트폰을 꺼내 전화로 브륀힐드 모두의 준비를 확인한 다음, 눈앞의 공중에 【게이트】를 열었다.
열린 전이문에서 잇달아 프레임 기어가 강하했다. 쿵, 쿵, 쿠웅 하고 대지를 흔들며, 지상에 내려선 숫자는 100기.
"좋아. 그럼 에르제는 헤비콩을, 야에는 그랜드보어를, 힐다는 파워바이슨을 부탁해. 다른 사람들은 그대로 대기. 그 외에도 거수가 있을지도 모르니 방심하지 말도록."
〈알겠습니다.〉
붉은색과 보라색 그리고 오랜지색 기체가 몇 걸음 전진했다.

〈좋~아. 그럼 간다!〉

〈참전하겠습니다.〉

〈갑니다!〉

셋의 전용기(발큐리아)가 각각 거수를 향해 달려갔다.

거수들도 이쪽을 눈치챈 모양으로, 각각 자신을 향해 오는 프레임 기어를 보고 공격 태세를 갖추기 시작했다.

먼저 헤비콩이 에르제의 게르힐데를 향해 덤벼들었다. 하지만 진홍의 프레임 기어는 헤비콩의 강렬한 오른손 스트레이트를 슬쩍 피하고, 크로스카운터처럼 상대의 가슴에 일격을 날렸다.

〈분쇄!〉

쿠웅! 하고 날아간 파일벙커가 헤비콩의 가슴판을 꿰뚫었다. 엄청난 양의 피 보라를 뿜으며, 헤비콩이 지면에 성대하게 쓰러졌다.

한편 그랜드보어와 야에가 대치했다. 탄환처럼 야에가 조종하는 슈베르트라이테를 향해 돌격한 그랜드보어였지만, 완벽히 정면에서 일도양단되었다. 정말 싱거웠다. 깔끔한 절단면을 선보이면서 두 동강이 난 멧돼지가 쓰러졌다.

힐다가 탄 지그루네도 마찬가지로 돌격해 오는 파워바이슨을 방패로 막고 스윽 옆으로 이동한 다음, 그 목을 검으로 단두대처럼 떨어뜨려 버렸다.

전투 종료. 세 마리 모두 1분도 걸리지 않았다. 너무 빠르지 않아? 세 사람 모두 프레임 기어를 다루는 데 익숙해졌구나…….

거수를 쓰러뜨린 세 기가 성채 도시에서 조금 떨어져 정문 앞에 나란히 섰다. 그 뒤에 주르륵 늘어선 프레임 기어 중에서 새하얀 단장기, 백기사(샤인카운트)가 앞으로 나섰다.

나는 그 기체의 어깨에 뛰어올라 도시 전체에 들리도록 마법으로 구축한 평면 스피커를 공중에 몇 개나 투영했다. 스마트폰의 마이크를 켜고 성채 도시를 향해 말했다.

〈우리는 남쪽 대륙에서 온 브륀힐드 공국 사람들이다. 이쪽은 적대할 생각이 없다. 도시의 대표자와 대화를 하길 원한다. 1시간 이내로 대답해 주길 바란다.〉

1시간 이내라고 지정한 이유는 일단 무조건 누구든 좋으니 끌어내기 위해서였다.

'결계가 있으니 상대가 무슨 짓을 하든 괜찮다' 라는 생각이 들지 않게 하려고 이렇게 많은 수를 갖춰 온 것이기도 하고 말이지. 나와 주지 않으면 곤란하다. '적대할 생각이 없다고는 했지만, 나가지 않으면 무슨 짓을 당할지 모른다' 라고 생각하게 하였다면 성공이었다.

가장 좋은 것은 시장이나 영주 같은 사람들이 나와 주는 것이지만, '살해당할지도 모른다' 라고 생각할지도 모르니까. 뭐하면 전령이라도 상관없다. 일단 대화를 할 계기가 된다면.

〈나올까요?〉

〈글쎄요. 어쨌든 나오지 않으면 다른 도시에 가 보는 것도 좋을지 몰라요.〉

백기사에서 들려오는 레인 씨의 질문에 가볍게 대답했다. 단, 다른 도시에 가도 이번처럼 거수를 쓰러뜨리고 적이 아니에요~ 라는 태도를 보일 수는 없으므로 갑자기 공격당할 가능성도 있으려나?

가능하면 이 도시를 시작으로 다른 도시에도 이야기를 전달할 수 있다면 고마운 일일 텐데 말이야.

코교쿠를 불러내 도시 안의 상황을 전달받았다.

〈도시 안은 대소동이 벌어진 듯합니다. 망원경으로 이쪽을 감시하면서, 대형 노포나 투석기의 준비도 하고 있는 모양입니다.〉

"그렇겠지."

상층부가 어떤 결론을 낼지는 모르겠지만, 전투 준비만은 해 두자는 거겠지. 정보를 듣기로는 아직 결론은 나지 않은 모양이지만.

이상한 움직임을 보이면 대형 노포에서 활이 날아올지 모르기 때문에 계속 대기 상태였다. 따분하네. 백기사의 어깨 위에서 뒹굴뒹굴하고 누워 하늘을 멍~하니 바라보았다.

〈폐하. 문이 열립니다.〉

"오, 나온 건가?"

백기사의 콕핏에서 감시하던 레인 씨의 말을 듣고, 나는 벌떡 일어나 그대로 지상으로 뛰어내렸다.

성문에서 우르르하고 말을 탄 기사들이 이쪽을 향해 다가왔다. 모두 전신 갑옷 차림의 완전 장비로 꽤 삼엄했다.

갑옷의 디자인이 꽤 특이했다. 어딘가 오래된 느낌이 나는 것은 파르테노 문명 시대부터 별로 발전되지 않았기 때문일까. 인간끼리 전쟁을 별로 하지 않았다고 한다면, 그것도 가능한 일인지도 모른다.

프레임 기어 앞에 선 나에게서 10미터 정도 떨어진 곳에서 기사들은 정지한 뒤, 그중에서 유난히 단단해 보이는 플레이트 메일에 서코트를 입은 갑옷 기사가 앞으로 나왔다.

이윽고 갑옷 기사는 내 앞으로 오더니 말에서 내려 천천히 이쪽을 향해 다가왔다. 투구는 고대 그리스의 코류스식이라고 불리는 것으로, 얼굴 전면에 T자형의 코 보호막과 정수리에 닭벼슬 같은 장식이 달려 있다.

영화나 애니메이션 등에서 보는 바시넷이나 아멧처럼 이른바 얼굴의 대부분을 가리는 클로즈드 헬름이 아니어서, 그 기사의 얼굴이 확실히 보였다.

위압적인 얼굴을 한 거한이다. 그 눈은 똑바로 나를 향했다. 일단 분노라든가 증오 같은 감정은 찾아볼 수 없지만…….

"남쪽 도시인 메리디에스의 대표, 4 고제(高弟)의 하나, 플라이엔트 사우스의 후예, 디엔트 사우스다. 이번에 조력해 주어 감사한다. 그런데 당신은 누구인가?"

"브륀힐드 공국의 공왕, 모치즈키 토야입니다. 처음 뵙겠습니다, 디엔트 대표님."

내가 이름을 말하자 설마 국왕이라고는 생각하지 못했던 듯, 놀라기는 했지만 내민 손을 잡고 일단은 우호적인 태도를 보여 주었다. 우선은 전진이라고 할 수, 있을까?

"공왕 폐하께서는 남쪽 대륙에서 오셨다고 하셨는데……. 세계는 멸망되지 않은 것이군요?"

"오호라. 역시 이 섬은 파르테노가 멸망하기 전에 바깥 세계와 연결을 끊었나 보네요. 세계는 멸망하지 않았습니다. 다수의 국가가 존재합니다."

스마트폰으로 세계 지도를 투영했다. 이 섬도 가공해서 더한 완전판이다.

"이게 지금의 세계입니다."

"오오……."

공중에 비친 지도를 올려다보는 디엔트 대표.

"이곳이 이 섬이네요. 브륀힐드 공국은 이곳에 있습니다. 아주 작은 나라이지만, 이 거인병…… 프레임 기어라고 하는데, 파르테노의 유산이라고 해야 할 이 전력을 지닌 것은 우리 나라뿐입니다. 그래서 우리 나라는 어느 나라에도 침략을 받은 적이 없습니다."

"그럴 수가……!"

브륀힐드가 작다고 얕보면 곤란해서 조금 과장하여 이야기했다. 침략당한 적이 없다는 말은 사실이기도 하니까. 여하튼 작년에 막 건국된 나라이니. 일단 산드라와 전쟁을 하기는 했지만, 침략은 당하지 않았다. 15분 만에 끝났으니까.

"우리는 완전히 바깥 세계가 수정(水晶) 악마에게 멸망되어 지배되고 있을 거라고 생각했습니다……."

"확실히 문명 자체는 한 번 멸망했습니다. 하지만 이렇게 부흥했습니다. 일단 서로에게 의문스러운 점을 모두 이야기하지 않겠습니까? 그런 다음 물어보고 싶은 것도 있는데요."

"……흐음. 그렇군요."

【스토리지】에서 커다란 테이블과 의자를 꺼내 그 자리에 설치했다. 갑자기 나타나는 테이블을 보고 디엔트 대표는 눈을 희번덕였지만, 머뭇거리며 의자에 앉아 주었다.

먼저 알게 된 것은 이 섬의 이름. 이름은 파레리우스섬(島)이었다. 이건 시대의 현자라고 불리는 파르테노의 마도사, 아레리아스 파레리우스에게서 따왔다고 한다.

5000년 전, 마(魔)의 섬이라고 불린 이 섬에 단독으로 상륙해, 자연 결계라고도 불리는 구조를 발견한 파레리우스는 이곳을 자신의 마법 실험장으로 삼기로 했다. 그의 마법은 강대해 어떤 피해가 나타날지 알 수 없었기 때문에 이 섬은 딱 알맞은 곳이었던 모양이었다.

이윽고 파레리우스가 파르테노에서 죽고, 그 후, 프레이즈의 침공이 시작되자 위험을 감지한 파레리우스의 제자들은 재빨리 가족과 고향의 동료들을 이 섬으로 피난시켰다고 한다.

그들은 프레이즈들이 침입하지 못하도록 파레리우스가 남긴 비보(祕寶)를 사용해, 결계를 더욱 강화했다. 결과, 이 섬은 바깥 세계와 차단되어 프레이즈에게 습격을 받지 않게 되었지만, 사람들은 섬을 빠져나가지도 못하게 되었다.

무시무시한 침공으로 인해 인간 세계는 멸망하고, 바깥 세계가 프레이즈가 지배하는 세상이 되었다고 생각한 네 명의 제자와 그 동료들은 이 섬에서 살아가기로 결의하였고, 현재에 이른 것이다.

"역시 갇혀 있었던 거군요."

"아니요. 우리는 바깥 세계가 수정 악마…… 프레이즈라고 하셨던가요? 그것에 지배되었다고 생각했으니……. 갇혔다고는 생각하지 않았습니다. 과거에 몇십 명과 함께 바깥 세계로 배를 타고 떠난 자도 있었지만, 모두 원래의 장소로 돌아와 버렸고 말입니다."

'침로 유도' 결계 탓이구나. 이 섬의 근해에 자욱하게 낀 마력의 안개를 이용한 결계다.

이 섬에 대해서 대체로 파악했기에 본론으로 들어가려고 했다.

이 결계를 제거하고 다른 나라들과 교류할 생각이 있는가 하는 점과 결계를 제거하면 거수가 태어날 가능성이 줄어든다는 점이었다.

"문제는 결계를 제거하면 프레이즈가 출현할 가능성도 생긴다는 것인데……."

"아니요……. 그것이라면 아마 관계없을 겁니다. 왜냐하면 이미 프레이즈인가 하는 것이 이 섬에 출현하고 있으니까요."

"네?!"

이야기를 들어 보니, 최근 1년 정도 사이에 두 번 정도 출현했다고 한다. 모두 하급종 하나로 간신히 쓰러뜨릴 수는 있었다고 하지만, 5000년 전의 전승에 나오는 마물이 출현하여 사람들은 공포에 떨었다고 한다.

결계로 프레이즈의 침입은 막았지만 프레이즈의 출현은 막지 못했다.

즉, 출현한 프레이즈가 섬으로 올 수는 없지만, 직접 섬에 출현하는 것은 결계로도 막을 수 없었다는 듯했다.

그렇다면 점점 더 무엇을 위해 결계가 있는지 알기 힘들었다. 프레이즈의 출현은 막지 못하고, 바깥 세계로는 나갈 수 없고, 거수는 출현하고. 좋은 점이 없잖아.

"확실히 그렇군요……. 단, 기분 나빠하지 마시고 들어 주셨으면 하는데, 우리는 아직 공왕 폐하의 말을 모두 받아들일 수는 없습니다. 어디까지가 진실인지, 우리에게는 확인할 방법이 없으니까요."

음, 그건 그렇다. 갑자기 나타난 정체를 알 수 없는 인물의 말을 모두 그대로 믿을 수는 없겠지. ……유감스럽게도 자신이 의심스럽다는 것은 자각이 있었다.

"게다가 이 일을 저 혼자 결정할 수는 없습니다. 북쪽과 동쪽, 서쪽의 대표와도 이야기한 뒤, 중앙 신전의 센트럴 님에게도 여쭤보지 않으면……."

"센트럴 님?"

"센트럴 파레리우스 님입니다. 시대의 현자이신 아레리아스 파레리우스 님의 후예로, 이 섬의 결계와 파레리우스 님의 유산인 '문'을 지키고 계신 분입니다."

"'문'?"

"파레리우스 님이 생애에 걸쳐 만들려고 했던 마도구입니다. 그것이 완성되면 우리는 신천지로 여행을 떠날 수 있다고 합니다. 4고제가 그 뒤를 이었지만, 완성시키지는 못했습니다."

어딘가로 통하는 전이문인가? 그것을 사용해 이 섬에서 또 탈출하려고 했다든가? 하지만 파레리우스가 만들려고 했다는 것은 제자들이나 그 동료, 그 가족이 이 섬에 오기 전…… 프레이즈가 나타나기 전이지? 어떻게 된 걸까?

파레리우스가 만들려고 한 어떤 '문'을 제자들이 전이문으로 다시 만들어, 결계 밖의 세계로 돌아가려고 했다……든가?

"아무튼, 그 센트럴 님과 다른 대표들과 이야기해 주실 수 없을까요? 이 이야기를 거절한다면 그래도 상관없습니다. 이 대지에, 적어도 우리는 두 번 다시 발을 들이지 않겠습니다. 결계가 깨지지 않으면 다른 나라들도 손을 댈 수 없겠죠."

"……알겠습니다. 개인적인 감정으로는 결계에서 해방되길 바랍니다. 거수에 벌벌 떨며 사는 것은 이제 질려서 말입니다."

"물론 그때는 거수 퇴치를 떠맡겠습니다. 보수는 거수의 소재를 받으면 충분하니까요."

남쪽 도시인 메리디에스의 대표, 디엔트와 2주 후에 와서 만날 약속을 하고 우리는 섬을 떠나기로 했다.

일단 나쁘지 않은 감촉이다. 산드라 때처럼 다툼이 벌어지지 않아 다행이다.

그건 그렇고, 5000년 전에 전 세계에 만들어진 '세계의 결계'의 틈을 복구한 사람은 누구일까? 파레리우스가 그 사람이라고 생각했는데, '세계의 결계'가 복구되기 전에 죽은 듯하고 말이야.

네 명의 제자들은 이 섬에 틀어박히는 것이 고작이었던 듯하니, 역시 다른 인물일까?

엔데도 짚이는 곳이 없다고 하니. 으으음.

내가 세계의 틈새를 복구할 수 있다면 모든 것이 원만하게 해결될 테지만. 그러려면 신기(神氣)를 섬세하게 컨트롤 할 필요가 있다고 한다. 하느님이 말하길, 거미줄을 맨손으로 복구할 수 있는 수준의 섬세함이 필요한 듯한데…… 하아…….

모든 프레이즈를 전부 해치우는 게 간단할 것 같았다. 하지만 '세계의 결계'가 구멍투성이여서는 근본적인 해결이 안 되니까. 세계를 이동할 수 있는 것은 프레이즈만이 아니니 제2, 제3의 프레이즈가 나타나는 것만큼은 봐줬으면 한다.

현자 파레리우스의 자손, 센트럴이라고 했던가……. 그 사람에게 결계에 관해 뭔가 듣게 될지도 모른다.

그런 점에 조금 기대를 해 볼까. 파레리우스의 유산이라는 것에도 조금 흥미가 있고 말이야.

디엔트 대표와의 회담이 있고 난 뒤, 내일이면 약속한 2주가 된다.

사실을 말하자면 코교쿠의 권속(眷屬)들이 디엔트 주변이나 다른 도시로 보낸 사절을 찰싹 붙어 마크했기 때문에 일의 추이가 어떻게 됐는지 대체로 파악하고 있다.

아무래도 북쪽의 대표는 신중론을 내세운 듯하지만, 신전에 있다고 하는 센트럴의 '일단 만난 뒤에 결정한다' 라는 방침을 따르기로 한 모양이었다. 내 이야기를 신용한다기보다 자신들도 직접 이야기를 듣고 싶기 때문이겠지.

무턱대고 반대하지 않아서 다행이다. 일단은 이야기는 해 보고 결정할 수 있는 거니까.

동서 동맹의 각국 대표에는 파레리우스섬과 접촉했다는 사실을 전달했다. 주로 무역 대상이 되는 곳은 파르프, 엘프라우, 하노크 부근으로 동맹국과는 관계없다고 하면 관계없겠지만. 일단 파레리우스섬에 민폐를 끼쳐서는 곤란하기 때문에 사전 교섭은 해 두었다.

이상한 악덕 무역상이 폭주하거나 하는 것은 사절이니까.

"그건 그렇고 파레리우스 영감의 유산이라. 잠깐만…… 꽤 흥미가 생기는걸?"

"박사는 면식이 있었던가?"

"그렇지 뭐. 꽤 괴짜였어. 내가 너를 발견한 미래시의 아티팩트. 그것도 파레리우스 영감의 추론을 바탕으로 만든 거야."

괴짜(박사)에게 괴짜 취급을 받을 줄이야. 상당한 별난 할아버지였던 모양이다. 그 할아버지도 성격이 까탈한 사람인 듯, 나라에 따르기가 싫어 제자들과 은거 생활을 했다고 한다.

"토야, 그 파레리우스섬에 나도 데리고 갈 수 있을까? 그 유산인가 하는 것을 보면 뭔가 알 수 있을지도 몰라."

"으~음. 상관없지만…… 이상한 짓은 하지 마? 약속이다? 안 그래도 미묘한 시기니까."

"알았어, 알았어. 그런 점은 잘 분별하고 있거든. 네 애인을 믿어 줘."

"누가 애인이야?!"

'격납고' 의 정비소에서 우리가 그런 대화를 하자 모니카가 크레인 위에서 말을 걸었다.

"어이, 거기! 안 도와줄 거면 나가 버려! 집중이 안 되잖아!"

"앗, 미안해. 그럼 구동계의 체크라도 해 둘까."

"그쪽은 끝났어. 가창 마법의 발동식을 아직 전부 입력하지 않았으니, 그쪽의 남은 곳을 부탁해."

"오케이."

박사가 모니카가 타고 있는 크레인과는 다른 크레인을 타고 정비소에 서 있는 프레임 기어의 콕핏으로 들어갔다. 기체의 색은 흰색에 가까운 벚꽃색. 사쿠라 전용의 집단전 지원형 프레임 기어, '로스바이세' 다.

축음기에 있는 나팔 같은 호른이 등에서 좌우의 어깨로 뻗어 있었다. 얼핏 보면 대포처럼 보이네. 물론 저건 어깨에서 뻗어 있는 캐넌포 같은 것이 아니라, 사쿠라의 가창 마법을 증폭하는 장비다. 그것과는 별도로 대음량을 이용한 공격도 가능하다고 하지만. 물론 사용하지 않을 때는 어깨에서 등 쪽으로 돌아가, 방해되지 않도록 수납 변형되도록 되어 있다.

로스바이세의 정비소를 나와 이번에는 맞은편의 정비소로 들어가 보니 그곳에는 에메랄드처럼 녹색으로 빛나는 기체가 서 있었다.

콕핏에는 로제타의 모습이 보였다. 기체의 발밑에는 미니 로봇들이 쫄래쫄래 움직여 로제타를 도왔다.

이쪽은 루 전용의 유격전 교체형 프레임 기어, '발트라우테'다.

상황에 따라 백병전 장비, 고기동 장비, 원거리 포격 장비, 방어전 장비 등으로 나누는 기체이다. 말하자면 다른 모두가 타는 전용기의 좋은 점을 취한 기체라고도 할 수 있다.

다양성을 받아들인 결과, 모두의 전용기보다 성능은 조금 떨어졌지만. 그 탓에 특화된 강력함은 없다. 그래도 어떤 상황이든 대처할 수 있으므로 껄끄러운 국면이 없다는 강점을 지닌다.

교섭이 잘 진행되면 이 두 기체의 테스트를 겸해 거수 퇴치를 해도 좋겠어. 물론 일단은 내일 상대와 이야기를 한 다음이다.

2주 전과 같은 장소로 전이하자 이전처럼 갑옷 기사가 수십 명 늘어서 있었고, 선두에는 디엔트가 대기하고 있었다.

이쪽도 지난번과 마찬가지로 100기 정도의 프레임 기어를

데리고 왔다. 서로 삼엄하다.

"안녕하세요, 디엔트 대표님. 말씀대로 이야기는 해 보셨나요?"

대답의 내용은 코교쿠의 보고를 들어 알고 있었지만, 시치미를 떼고 이야기를 꺼냈다.

"일단 센트럴 님을 포함해, 모두와 만나 주셨으면 합니다. 그다음 대답을 하기로 결정했습니다. 번거로우시겠지만, 섬의 중앙 신전까지 가 주실 수 있을까요?"

"중앙 신전 말인가요? 알겠습니다. 그럼 전이 마법으로 가시죠."

"네?"

그 자리에 있던 모두를 단번에 중앙 신전이 있는 언덕 근처로 전이시켰다. 이 섬에 있는 네 개의 도시와 중앙 신전은 이미 코교쿠의 권속에게서 기억을 회수했기 때문에 지면에 발동시킨【게이트】로 쑤욱 빠뜨려 이동할 수 있었다.

"여, 여긴……!"

"주, 중앙 신전이다! 순식간에……!"

술렁거리는 남쪽 도시의 기사들. 내가 전이 마법을 사용할 수 있다는 것은 얼마 전에 만나서 알고 있을 테지만, 체험하게 될 거라고는 생각하지 못했던 거겠지. 디엔트도 조금 동요하면서 중앙 신전으로 사람을 보냈다. 이미 다른 도시의 대표들은 모여 있는 듯, 우리는 막힘없이 안으로 갈 수 있었다. 아무래도 신전 안에 있는 자들은 이 전개를 예상했었던 듯했다.

반 정도의 남쪽 도시 기사들을 남쪽 도시로 【게이트】를 이용해 되돌려 보냈다. 그쪽에서는 갑자기 사라져 패닉 상태일지도 모르니까. 설명을 부탁하자.

이쪽도 프레임 기어에 타고 있는 단장 레인 씨 일행을 남겨두고 나는 박사와 호위(형식적이지만)로서 야에와 코하쿠를 데리고 신전으로 향했다.

크게 변한 코하쿠에게 헐렁헐렁한 흰 옷을 입은 어린 여자아이 모습의 박사가 걸터탔다. 이제 그만 몸에 맞는 사이즈를 자낙 씨 등에게 만들어 달라고 부탁을 좀 하지…….

정면에 세워진 건조물은 신전이라고는 하지만 원형의 5층 건물로, 탑 같은 형태였다. 그거다. 피사의 사탑을 똑바로 세운 느낌. 피사의 사탑보다 낮지만.

디엔트의 안내를 받아 정면의 돌계단을 올라 신전 안으로 들어가 보니, 예스럽게 돌로 만든 성 같은 분위기였다. 고성(古城)이라는 느낌이야. 들어 보니 5000년 전에 만들어졌다는 모양이었다.

"그런 것치고는 상태가 상당히 좋습니다……."

"아마 그건 보호 마법을 걸어 둬서 그럴 거야. 내 '바빌론' 이랑 마찬가지지. 세월에 따른 열화를 막는 것쯤이야 '그 영감(시대의 현자)' 에게는 간단할 테니까."

그렇구나. 등 뒤에서 두 사람이 하는 이야기를 듣고 나도 납득했다. 시공 마법을 자유자재로 사용했다는 할아버지라면 신기할 것도 없나.

경호 기사들의 사이를 지나 2층으로 가는 나선 계단을 올랐다. 2층 복도에 있는 위엄 있고 중후한 문을 열자 그곳은 꽤 넓은 큰 방이었다. 회의실일까.

중앙에 놓인 원탁에 남성과 여성이 두 사람씩, 그리고 주변에는 호위로 보이는 기사 몇 명이 대기하는 중이었다.

나이 먹은 남자와 젊은 남자 그리고 젊은 붉은 머리 여자, 이렇게 세 사람은 디엔트와 똑같이 갑옷 차림이었다.

아마 겉모습을 보아 이 세 사람이 나머지 도시의 대표인 듯했다.

그리고 나머지 한 명, 그 여성은 흰 로브를 입었고 여성에게는 어울리지 않는 울퉁불퉁하고 커다란 나무 지팡이를 들고 있었다. 조금 웨이브 진 밤색 머리카락이 허리까지 내려오고, 안경 안쪽은 양쪽 모두 푸른 눈동자였다. 나이는 20대 중반 정도일까. 옆에 있는 붉은 머리 여성보다는 나이가 많아 보였고, 부드럽게 미소를 띠고 있었다. 과한 장식을 하고 있지 않아 굳이 따지자면 수수한 인상이었다.

내가 입실한 후에 야에 그리고 박사를 태운 코하쿠가 들어와 모두 순간적으로 흠칫했지만, 내 소환수라고 설명하자 침착함을 되찾았다. 뭐, 갑자기 호랑이가 나타나면 당연히 놀라려나?

흰 로브를 입은 여성이 일어서 나에게 손을 내밀었다.

"처음 뵙겠습니다. 브륀힐드 공왕 폐하. 저는 아레리아스 파레리우스의 후예, 센트럴 파레리우스라고 합니다. 이 섬의 도사(導師)를 맡고 있습니다."

서로 가볍게 인사를 하고 악수했다. 이 사람이 이 섬의 대표인 것이겠지.

이어서 뒤쪽 세 사람도 소개해 주었다.

백발에 수염이 있는 노인이 동쪽의 도시 대표, 모르간 이스트.

눈초리가 날카롭고 갈색 머리카락인 청년이 북쪽 도시의 대표, 사지타 노스.

그리고 붉은 머리카락의 여성이 서쪽 도시의 대표, 미리 웨스트.

거기에 디엔트 사우스를 더해 네 명의 대표인가. 이쪽은 완벽하게 이스트(동쪽), 웨스트(서쪽), 사우스(남쪽), 노스(북쪽)가 모여 있구나.

5000년 전의 동서남북이라는 의미가 있는 칭호 같은 무언가가 그대로 가문 이름이 된 것인지도 모른다. 그것이 내 머리에서 번역되면 이렇게 된다는 것일까. 아무튼, 신경 쓰지 않도록 하자.

원탁의 빈 자리에 앉은 뒤, 먼저 내가 전에 디엔트에게 이야기했던 것을 설명했다.

공중에 지도를 전개해 세계정세나 프레이즈 이야기를, 이 섬이 결계의 영향으로 거수가 꽤 높은 빈도로 태어난다는 이야기를, 그리고 그것을 해제하는 방법도 있다는 등의 이야기를 했다.

"디엔트 대표님에게도 말했지만, 이 이야기를 거절하셔도 상관없습니다. 우리는 이 섬과 교류하고 싶지만, 강제할 생각은 없기 때문입니다. 물론 그때 우리는 물러서고 이 섬에 일절 간섭하지 않겠습니다."

"두세 가지 질문을 해도 될까요?"

붉은 머리카락의 여성, 서쪽 도시의 미리 대표가 가볍게 손을 들었다. 나는 네, 하시죠, 하고 말을 재촉했다.

"거절했을 경우, 다른 나라의 간섭도 없을 것이라고 봐도 좋을까요?"

"이 섬의 결계는 강력합니다. 솔직히 말씀드려 우리 브륀힐드의 힘 없이는 다른 나라는 도저히 도달할 수 없습니다. 따라서 그런 걱정은 하시지 않아도 됩니다."

"결계를 풀었을 때 우리의 영토를 다른 나라가 침공할 가능성은 어떨까요?"

"이 섬을 침공하려면 상당한 대선단을 이끌고 침공하지 않으면 어려울 테지만……. 만약 공격한다고 해도, 도시의 결계는 파괴할 수 없을 테고, 거수가 많은 이 섬을 장기간에 걸쳐 공격하기는 어려우리라 생각합니다. 물론 절대로 불가능하다고는 말할 수 없지만요."

결계를 풀어 거수가 적어지고, 내부에 침입한 내통자 등의 연고를 사용하면 도시를 함락하는 것도 가능하다.
단지……. 솔직하게 말해 이 섬에는 그렇게까지 할 정도의 가치는 없다. 거수 탓에 농지도 적고, 산업도 압도적으로 생산량이 적다. 있다고 한다면 광맥 등이지만, 그것도 침략해서 손에 넣어야 할 정도인가 하면…….
거수의 소재는 매력적이지만, 그것을 손에 넣으려면 많은 희생이 필요하다.
애초에 이곳을 침공할 수 있는 나라 중에 그만큼의 대선단이나 국력에 여유가 있는 나라는 없다. 유론이 지금도 존재한다면 위험했겠지만. 그쪽이라면 좋다고 파괴 공작원을 보냈겠지.
나머지는 마왕국 제노아스 정도인가. 아니, 제노아스가 침략을 시작한다면 가장 먼저 유론부터 할 것이다.
그렇다면 왜 그렇게 가치가 없는 섬에 국교를 요구하는 것인가. 착각하지 말았으면 하는데, 다른 나라도 그렇게까지 집착하는 것은 아니다. 하지만 다른 문화는 자극이 되고, 어떤 문명 발전의 계기가 될지도 모르니까. 이 섬의 독자적인 문화나 풍습도 있을 테고.
단, 거수로 인해 한정된 영역에서밖에 살 수 없는 이 섬의 사람들에게는 나쁘지 않을 거라 생각하는데 말이야.
“결계를 풀면 공왕 폐하가 섬의 거수를 퇴치해 주겠다고 하셨다는데, 정말입니까?”

동쪽 도시의 대표, 모르간도 질문을 던졌다. 나는 유리 창문이 아니라 목제 널빤지가 열린 창문으로 보이는 프레임 기어들을 바라보면서 말했다.

"저 프레임 기어는 프레이즈와 대적하기 위한 병기입니다. 그 훈련 또는 신형기의 테스트로 거수는 딱 알맞은 상대이니까요. 물론 거수의 소재는 받아가겠지만, 몇 퍼센트 정도는 양도하겠습니다. 이 땅에서 활동하는 거니까요."

흐음, 하고 모르간은 의자에 기대며 깊이 생각하듯 입을 다물었다. 이번엔 센트럴 도사가 손을 들었다.

"이 섬의 결계를 없앤다고 했는데, 어떤 방법인지요? 이 섬은 아레리아스 님이 펼쳐 놓은 결계로 덮여 있습니다. 그 중추가 되는 마도구는 이 신전의 지하에 있지만, 몇 겹이나 되는 결계가 펼쳐져 있어 아무도 건드리는 것도 파괴하는 것도 불가능합니다만……."

역시 그런가. 그렇지 않을까 하고 생각했기 때문에 품에서 그 주사기와 비슷한 마도구(아티팩트)를 꺼냈다.

"이 마도구는 마도구의 효과를 지우는 효과가 있습니다. 즉, 마법 부여를 모두 벗겨 내는 겁니다. 이것을 사용하면 결계의 마도구는 모두 힘을 잃고 다시는 원래대로 돌아가지 않을 겁니다. 한 번만 사용할 수 있지만 말이죠."

테이블에 놓인 작은 마도구, '이니셜라이즈' 에 모두의 시선이 모여들었다.

나는 그것을 센트럴 도사 쪽으로 스윽 내밀었다.
"드리겠습니다. 사용하실지 어떨지는 여러분이 결정해 주십시오."
지금까지 바깥 세계의 적들에게서 자신들을 지켜 준다고 믿었던 결계를 지우는 것이다. 그렇게 간단히 결론을 내릴 수 없다는 사실은 잘 안다. 지금 당장 결론을 내리는 것은 어려울지도 모르지만…….
센트럴 도사가 이쪽을 똑똑히 응시했다.
"만약에 말입니다. 결계는 이대로 두고 바깥 세계로 탈출하기 원하는 자들만을 폐하께서 이동하게 해 주시는 것은 가능할까요? 그럴 경우 나간 사람들을 받아들여 줄 나라는 있을지요?"
오호라. 그렇게 나온다라. 섬에 남는 자와 나가는 자를 나누겠다는 거구나.
"못 할 것은 없습니다. 받아들여 주는 나라도 있겠죠. 하지만 그다지 추천할 수는 없습니다. 이곳과 똑같이 살 수는 없을 테고 모든 것을 처음부터 다시 시작해야 하니까요."
거수에게 습격당하는 일은 없어질지도 모르지만, 몸 하나만 가지고 아무런 연고도 담보도 없이 풍습과 문화가 다른 나라에서 살아가는 것은 꽤 힘들 것이다. 가족 단위라면 더욱 그렇다.
"이미 그 '이니셜라이즈'를 건넨 이상, 여러분이 결정하셔야 합니다. 결계를 없앨 것인가, 없애지 않을 것인가. 우리는 여러분이 낸 대답을 가능한 한 존중할 생각입니다. 부디 잘 생각해 주십시오."

"……감사합니다. 한 번 더, 잘 이야기해 보겠습니다."

'이니셜라이즈'를 손에 들고 센트럴 도사가 고개를 숙였다.

일단 나머지는 상대에게 맡기자. 결계를 푼다고 한다면 협력할 테고, 이대로 좋다고 한다면 간섭하지 않을 작정이다. 몇십 년 후가 되어 상대가 해제해도 상관없다. 물론 그럴 경우에는 힘을 빌려주지 못할지도 모르지만.

갑자기 박사가 쭉쭉 옷자락을 잡아당겼다. 앗, 그렇지. 그랬었어.

"한 가지 이쪽도 질문이 있는데, 괜찮을까요?"

"무엇인지요? 우리가 대답할 수 있는 것이라면 대답해 드리겠습니다."

"'시대의 현자'인 아레리아스 파레리우스가 남겼다는 유산…… '문'이었던가요? 그것을 보여 주실 수 있을까요?"

"'문' 말씀인가요? 상관없습니다. 건네주신 마도구의 답례라고 하면 뭐하지만, 특별히 숨겨야 할 것은 아니니까요."

센트럴 도사가 생긋하고 웃었지만, 그 말을 듣고 북쪽 도시의 대표인 사지타가 참견했다.

"센트럴 님. 아레리아스 님의 유산인 '문'에 외부인이 접근하는 것은 어떨까 사료됩니다만. 만에 하나 파괴라도 당하면……."

"5000년 동안 어떤 용도로 만들어졌는지도 모르는 미완성인 물건을 부수어서 어떤 이득이 있을까요. 그런 것보다도 저는 폐하께 보여 드리면, 무언가 '문' 에 대해 알게 되지 않을까 싶습니다."

센트럴의 말을 듣고 사지타가 입을 닫았다. 확실히 나와 박사는 구조를 분석할 수 있는【애널라이즈】라는 마법을 사용할 수 있다. 내가 분석해도 아마 이해는 하지 못할 테지만, 박사라면 무언가 알 수 있을지도 모른다.

"자, 이쪽으로 오시지요. '문' 은 신전 최상층에 설치되어 있습니다."

우리는 센트럴 도사의 안내를 받아 신전 최상층으로 이어진 나선 계단을 올랐다.

신천지(新天地)로 이끌어 준다는 '문' . 세계의 결계를 복원하는 것과 무언가 관계가 있는 것일까. 아니면…….

신전의 최상층은 1층이 통째로 천장이 없는 구조로, 높은 외벽 위로는 하늘이 보였다. 비가 그대로 들이치는 게 아닌가 생각했는데, 이곳에도 결계가 있어 비는 들이치지 않는다는 모양이었다.

바닥 일면에는 다양한 기하학 모양을 모은 듯한 본 적 없는 마법진이 그려져 있었고, 그 중앙에 '그것' 이 있었다.

확실히 '문' 이라고밖에 표현할 길이 없었다. 문짝은 없고, 아치 모양의 입구가 보일 뿐이었다. 프랑스의 개선문을 작게 만들어 놓은 듯한 백은으로 빛나는 '문' 이었지만, 위쪽에는 전기 계량기의 원반 같은 것이 있었고, 아치 중앙 상부에는 반월형의 타코미터 같은 것이 있었다.

재질은 금속인가? 광택이 있는 그것은 도저히 5000년의 세월을 버틴 것으로는 보이지 않았다. 아마 이것에도 보호 마법이 부여된 것이겠지.

"만져 봐도 될까요?"

"네, 자유롭게 만져 보셔도 됩니다."

센트럴 도사의 허가를 받고 손을 대 보았다. 서늘한 감촉을 통해 역시 금속이라고 확신했다. 그것에는 마력이 담겨 있어 복잡한 흐름을 만들고 있는 듯한 느낌이 들었다.

"단단해 보입니다."

"오레이칼코스나 미스릴하고도 달라……. 본 적 없는 금속이야."

마찬가지로 문에 손을 댄 야에의 감상에 고개를 끄덕이면서 가볍게 손등으로 두드려 보았다. 금속이라는 점은 확실하지만.

"흐음. '크로노치움' 인가. 이렇게까지 순도가 높은 건 처음 봐."

코하쿠에게서 내린 박사가 찰딱찰딱 문을 만져 보았다. 그 말을 듣고 센트럴 도사가 눈을 크게 떴다.
"한눈에 꿰뚫어 볼 줄이야……. 폐하, 이 아이는 대체 누구인지요?"
음, 겉보기가 10살도 안 되는 여자아이니 놀랄 수밖에 없는 건가.
"이 아이는 레지나 바빌론 박사. 우리의 마공학사예요. 박사의 무속성 마법으로 이 문을 분석해도 될까요? 틀림없이 무언가 알 수 있을 거라 생각하는데요."
"네?! 아, 예……. 네, 그건 상관없지만……."
무속성 마법 운운보다 눈앞의 어린 여자아이가 마공학자라고 하는 것에 놀란 것이겠지. 뒤에 대기하고 있던 다른 네 대표도 마찬가지로, 어이없다는 듯한, 수상하다는 듯한 시선이 박사에게 집중됐다.
그런 것은 상관없다는 듯이 박사는 눈앞의 '문'에 양손을 대고 마력을 집중해 분석 마법을 발동시켰다.
"【애널라이즈】."
머리에 흘러들어 온 정보를 정리하고 있는 것이리라. 박사는 때때로 흐음, 이라든가, 음? 하고 중얼거리고, 눈썹을 모으는 등의 행동을 했다.
살짝 나도 【애널라이즈】를 시도해 봤지만, 2초 만에 이해하길 포기했다. 재질이나 구조 등은 알겠지만, 무엇이 왜 그 부분에서 작용하는지 전혀 모르겠다. 압도적으로 지식이 모자랐다. 이해력도 모자랐지만. 지식이 없는 녀석이 전자제품의 설계도를 봐 봐야 뭐가 뭔지 알 수 없는 것과 마찬가지였다.

"처음 보는 구조식이야. 확실히 이건 굉장한 물건인걸? 전이 마법과 시공 마법……. 【게이트】와 비슷한 효과를 지닌 마도구인 것은 틀림없는데……. 왜 좌표축이 지정되어 있지 않은 거지? 아니, 지정되어 있지 않다기보다, 처음부터 그 사실을 고려하지 않은 듯한……. 기동하기 위한 마력이 말도 안 되게 높이 설정되어 있어. 이래서는……."

중얼거리며 자신의 세계에 빠져 버린 박사를 내버려 두고 센트럴 도사에게 말을 들어 보기로 했다.

"이 마도구는 아레리아스 파레리우스가 남긴 것이죠?"

"네. 저의 조상, 아레리아스 파레리우스는 이 파레리우스 섬을 자신의 마학 실험장으로 삼았습니다. 이 신전 자체가 이 '문'을 위한 토대이기도 하다고 합니다. 완성을 목전에 두고 파레리우스는 숨을 거두었고 그 뒤를 고제 네 명이 이어받았지만, 결국 완성하지 못했다고 전해져서."

"아니, 어떤 의미에서는 완성되어 있어, 이건."

센트럴 도사의 이야기를 뚝 자르듯이 '문'에서 손을 뗀 박사가 헐렁헐렁한 옷의 소매로 이마의 땀을 닦았다.

"효과나 용도는 움직여 보지 않으면 모르지만, 마력 발동의 기동식 같은 것은 전체적으로 완성되어 있거든."

"그럼 왜 마력을 흘려도 발동하지 않는 거야?"

“간단해. 단순히 발동에 필요한 마력이 부족하기 때문이지.”

마력이 부족하다니……. 이 문의 크기를 보면 그렇게 많이 필요하지 않을 것 같은데. 설마 섬을 통째로 전이시키는 정도의 마법식이 짜여 있는 것은 아니겠지? 문의 형태는 페이크라든가?

“기동 마력이 부족하다……? 저는 나름대로 마력량이 높은 편인데, 그래도 부족하다는 말씀이신가요?”

센트럴 도사가 의아하다는 듯이 박사에게 물었다.

“예상하기에, 너의 마력은 높다고는 해도 기껏해야 사람 두세 명 정도에 해당하지? 단위가 달라. 이 마법식을 기동시키려면, 적게 잡아도 10만 명 규모의 마력이 필요해.”

“10만……?!”

“게다가 그렇게 해도 1초가 안 되는 기동 시간이야. 일반적인 방법으로는 기동할 수가 없지. 혼자서 마력을 매일 저장해도 300년 정도는 걸릴걸?”

300년간 매일 마력을 저장해 1초가 안 되는 기동이라니…… 뭐야 그 나쁜 효율은?

센트럴 도사는 물론 뒤의 네 대표도 아연한 표정을 지었다.

마법을 사용할 수 없는 야에만 잘 이해가 안 가는 표정을 지으며 고개를 갸웃했다. 그다지 잘 파악이 안 되는 것이겠지. 나도 잘 모르겠으니 안심해도 좋아.

“그 마력량을 얻기 위해 마력 증폭 마법식을 짜 넣으려고 한 모양인데, 잘 맞물리지 않았던 거야. 아마 여기만 완성시킬 수 있다면, 100분의 1 정도면 충분하겠지.”

“완성하면 3년 만에 기동시킬 수 있다는 건가요?”

“그래, 이론상으로는.”

3년이라. 그거라면 아직 현실적이라 할 수 있으려나? 셋이서 하면 1년 만에 끝나고, 서른여섯 명이 하면 한 달이면 끝난다.

내가 그렇게 말하자. 여러 마력을 혼입하면 기동이 수월하게 되지 않아 추천하기 힘들다고 한다. 어라라.

마력에는 각각 개인의 파장이라는 색이 있다. 서른여섯 가지 색의 물감 중에서 한 가지 색을 꺼내 한 달간 같은 색으로 전부 다 칠한 캔버스와 하루에 한 가지 색씩, 다른 색을 한 달간 칠한 캔버스는 완전히 다르다. 순수하게 통일된 마력을 원한다면 한 사람이 하는 편이 좋다.

“그래서 미완성, 이라…….”

“완성은 됐지만, 미완성. 그래도 토야가 있으면 기동할 수 있겠지만.”

“아…… 역시 그렇게 되는 건가?”

박사의 장난스러운 시선을 보고 나는 머리를 긁었다.

“저어…… 그만큼의 거인병을 전이시킨 것을 보고 공왕 폐하의 마력량이 크다는 것은 알았지만……. 대체 어느 정도의 마력량을…….”

“글쎄요? 별로 줄어든 적이 없어서 뭐라고 말을 하기

가……. 지금 상태로도 수백 마리의 소환수를 부리고 있지만, 거의 줄지 않아서요."

"네……?!"

코하쿠를 비롯한 신수 다섯 마리와 그 권속을 합쳐도 전혀 줄어들 생각을 하지 않았다. 신기에 눈을 뜬 뒤에는 더욱 그랬다. 정말 평범한 사람을 너무 많이 초월했다. 새삼스럽지만.

"아무튼, 기동시키는 것은 가능하리라 생각합니다. 어~. 일단 여쭙겠는데, 기동시켜도 될까요?"

"네, 물론입니다. 아레리아스 파레리우스 님이 무엇을 하시려고 했는지, 그것을 알 수 있다면……."

센트럴 도사에게 일단 허가를 받아서, 이것저것 준비를 하기로 했다.

이 형상이나 전이식이라면, 【게이트】처럼 전이문이 열리겠지. 하지만 이쪽 세계의 어디와 연결되어 있는지도 모르니까.

셰스카의 '공중 정원' 을 발견했을 때처럼 바닷속 같은 곳에서 열리면 큰일이다. 5000년 전과는 지형이 상당히 달라진 곳도 있고 말이지.

"호위로서는 토야 님을 위험에 빠뜨리는 일은 허가할 수 없습니다만……."

"뭐, 어디로 가든 나라면 돌아올 수 있으니까. 무슨 일이 있어도 대처할 수 있고."

나로서도 야에를 위험에 빠뜨리고 싶지 않았다. 떨떠름해

하는 야에에게 이곳에서 기다리라고 간신히 설득하고, 우리는 '문' 주위 360도에 방어 결계를 펼쳤다. 만약 바닷속이라도 이 반돔형 결계로 막을 수 있다. 그다음엔 바로 '문'을 닫으면 된다.

"그럼 한번 해 볼까."

모두를 물러나게 한 다음 '문'에 손을 댔다. 그대로 마력을 흘리기 시작하자 '문'의 상부에 있던 회전판이 돌아갔고, 중앙에 설치된 타코미터의 침이 움직이기 시작했다. 오호~ 이게 마력 충전이 된다는 지표구나. 이렇게 복고풍일 줄이야.

단숨에 마력을 주입하자 회전판이 맹렬한 속도로 회전하기 시작하더니 타코미터가 화악 반 정도 올라갔다. 그것과 더불어 '문'의 바닥에 새겨졌던 마법진이 빛을 띠며 확대되었다.

"오오……!"

"이건……!"

주변 사람들이 놀랐지만 나도 다른 의미에서 놀랐다. 꽤 많이 주입했는데 아직 가득 차지 않은 건가. 점점 '문'은 마력을 흡수해, 이윽고 마법진만이 아니라 신전 자체가 빛을 띠기 시작했다. 타코미터는 이미 80퍼센트에 돌입했다.

'문' 안의 공간에 흔들림이 생겼다. 조금 더 하면 전이문이 열리겠어. 그것을 확인한 나는 더욱 마력을 주입했다.

이윽고 타코미터가 완전히 100퍼센트를 가리켰을 때, '문' 안의 공간에 다른 풍경이 나타났다. 나무들과 하늘이 보였다.

위험한 장소는 아닌 듯했다.

"연결됐어?"

마력을 계속 흘리지 않으면 닫혀 버릴지도 몰라서 손을 댄 채 정면으로 이동했다. 닫히기 전에 이동해야 한다.

"그럼 잠깐 갔다 올게."

모두에게 가볍게 알리고 나는 '문' 안으로 발을 내디뎠다.

묘한 감각.

얇은 저항감이 있는 고무막을 통과하는 듯한, 진흙 안으로 나아가는 듯한, 그런 느낌이다.

불쾌함을 씻어 내듯이 단숨에 몸을 '문' 밖으로 빼냈다.

바로 대지를 밟는 감각이 돌아와서 보니 처음 보는 숲 안에서 있었다.

돌아보았지만 그곳에는 아무것도 없었다. 역시 일방통행 전이문이었던 모양이다.

꽤 피로감이 몰려왔다. 마력을 반 정도 빼앗긴 느낌이다. 그래도 벌써 회복되기 시작하고 있지만.

자, 여기는 어디일까. 대수해……는 아니구나. 평범한 숲 같은 느낌이니까.

스마트폰을 꺼내 지도 표시를 하려고 했지만.

"어라?"

어째서인지 열리지 않았다. 뭐지? 이 숲 자체에 결계가 펼쳐져 있는 건가? 이것도 '시대의 현자' 아레리아스 파레리우스의 짓인가?
아니, 아레리아스 파레리우스는 '문'을 완성하지 못했다. 그럴 리가 없다.
일단 야에에게 연락하려고 전화를 걸었지만 그것도 연결되지 않았다. 코하쿠에게 텔레파시를 보내도 마찬가지였다. 상당히 강력한 방해 결계가 펼쳐져 있는 건가?
시험 삼아 사용해 본 바람 마법이 발동된 것을 보면 마법이 봉인된 것은 아닌 듯하다. ……어떻게 된 걸까?
혼자 고민하는데 바로 앞의 숲 안쪽에서 누군가의 비명 소리와 나무가 쓰러지는 듯한 소리가 들려왔다. 뭐지?!
나는 곧장 그쪽으로 달려가 깊은 숲을 빠져나갔다. 이윽고 가도(街道) 같은 장소로 나왔는데, 주변 나무들이 뿌리부터 통째로 몇 그루인가 옆으로 쓰러져 있었다. 이게 뭐야?!
그리고 그에 더해 그곳에서 본 것은 커다란 금속제 마차를 습격하는 티라노사우루스와 닮은 쌍두(雙頭) 공룡이었다.
"이게 대체 뭐야……?!"
내가 무심코 눈썹을 찌푸린 것은 그 티라노사우루스 같은 쌍두 용이 본 적 없는 마수였기 때문인 것도 있었다.
하지만 그 이상으로 본 적 없는 것에 눈을 빼앗겼다.
금속제 마차……. 보통 마차는 말이 끄는 것이다. 왜 당연한 소리를 하냐고 생각할지도 모르지만, 눈앞에 있는 것은 말이 끄는 것이 아니었다.

예를 든다면…… 게? 다리가 좌우로 몇 개인가 납작하게 나 있고 집게는 없지만, 형태가 매우 비슷했다.

하지만 그것이 기계로 만들어진 게라는 점이 내 사고 회로를 합선되게 만들었다.

그에 더해 그 기계 게가 끄는 마차도 평범한 마차가 아니라, 말 그대로 '버스' 같은 느낌이었다. 게 버스라고 하는 걸까. 아니면 게 왜건이라든가? 둥근 리벳이 팍팍 박혀 있는 예스러운 디자인이지만, 역시 버스와 비슷했다.

"무슨 아티팩트인가……?"

무심코 중얼거리는데, 쌍두 용이 강한 몸통 박치기로 게와 함께 마차에 일격을 날렸다. 그리고 동시에 마차 안에서 몇몇 비명 소리가 울렸다. 앗, 보고 있을 때가 아니었어. 틀림없이 안에 사람이 있다. 도와줘야 해.

"【불꽃이여 오너라, 연옥의 불기둥, 인페르노 파이어】."

내 마법으로 쌍두 용이 갑자기 불기둥에 휩싸였다. 고통에 몸부림치며 쌍두 용이 마차에서 떨어졌을 때를 노려 【스토리지】에서 꺼낸 브륀힐드의 블레이드 모드로 목을 양쪽 다 한숨에 날려 버렸다.

목이 사라진 공룡이 땅울림을 내며 지면에 쓰러졌다.

기계 게가 자세를 바로잡자 마차 안에서 몇 명의 사람들이 얼굴을 내밀었다. 아무래도 무사한 모양이었다. 다행이다.

그중 한 사람, 상인처럼 보이는 남자가 이쪽으로 걸어와 나를 향해 미소 지으며 말을 걸었다.

"atihsamirakusat. uotagiraomuod."

"……네?"

이런, 말이 안 통한다. 어라? 이곳은 공통어권이 아닌 건가? 역시 대수해인가?

"공통어를 말할 수 있나요?"

"era? akusedatakonukokiag? anadabotokianonotokatiik……."

이런. 눈앞의 상인처럼 수염을 기른 아저씨도 말이 통하지 않아 당황한 모양이었다.

어쩔 수 없네. 말이 통하지 않아서는 어떻게 해 볼 도리가 없으니까.

나는 몸짓 손짓을 사용해 적대할 의사가 없다는 사실을 전하고, 손을 내밀었다. 그러자 상대도 손을 내밀어 내 손을 잡았다. 다행이다. 악수 문화는 있었던 건가? 이 마법은 상대에게 닿지 않으면 효과가 없으니.

"【트랜슬레이션】."

나에게서 흘러간 마력이 상대에게 전해진 뒤, 그 정보를 얻어 다시 나에게로 돌아왔다.

"이제 말을 알아들으실 수 있나요?"

"아, 아렌트어를 말씀하실 수 있군요! 다행이야. 어떻게 되는가 했는데……."

【트랜슬레이션】은 번역 마법이다. 상대의 기억에서 언어에

관한 것만을 흡수해 자신의 말로 바꿀 수 있다.
흐음, 이 말은 아렌트어라고 하는 모양이다. 들어 본 적이 없는 말이네.
"저는 여행하는 상인으로 페드로 산초라고 합니다. 구해 주셔서 감사합니다."
"아니요, 부디 신경 쓰지 마세요. 아, 저는 모치즈키 토야라고 합니다."
"토야 씨이시군요. 신기한 이름입니다. 어디 출신이신지요?"
솔직히 지구라고 말할 수도 없어서, 평소처럼 얼버무리기로 했다.
"이셴 근처 출신이에요. 지금은 브륀힐드에 살고 있습니다."
"이셴? 브륀힐드? 들어 본 적이 없는 곳이군요. 변경 쪽 마을인가요?"
브륀힐드야 그렇다 치고 이셴도 들어 본 적이 없는 건가? 정말 이곳은 대체 어디지……? 조금 전부터 의문이었던 것을 산초 씨에게 부딪쳐 보았다.
"저어, 이런 것을 여쭤보는 것은 뭐하지만, 이곳은 어디인가요? 조금 길을 잃어서요."
"이곳은 수도 아렌에서 마차로 하루 정도 동쪽으로 온 가도입니다."
"수도 아렌? ……어느 나라의 수도죠?"
"어디냐니……. 수도 아렌이라고 하면 당연히 아렌트 성왕국(聖王國)이 아니겠습니까. 아, 잠시 기다려 주십시오."

산초 씨는 마차 쪽으로 돌아가더니 손에 무언가 종이 같은 것을 들고 왔다.

"지도입니다. 자, 이곳이 아렌트 성왕국입니다. 그리고 이곳이 수도 아렌이고요."

"………말도 안 돼."

건네받은 지도를 보고 깜짝 놀랐다. 그건 세계 지도임은 분명하였다. 내가 스마트폰 지도로 항상 불러낸 것과 똑같았다. 한 가지를 빼놓고는.

동쪽 끝에 있어야 할 이셴이 서쪽 끝에 있었다. 그것도 좌우가 뒤집힌 형태로.

그래. 그 세계 지도는 마치 거울에 비친 것처럼 좌우가 역전된 지도였던 것이다…….

어떻게 된 거지? 그 '문'은 단순한 전이문이 아니라, 이세계로 건너가는 차원 전이문이었다는 건가?

시공 마법이 특기였던 아레리아스 파레리우스라면 그것도 가능했던 건가? 아니, 가능하지 않은 것을 나라는 변칙적인 사람이 가능하게 한 것인데. 그렇다고 해도 이건…….

"토야 씨? 괜찮으신가요?"

입을 굳게 다문 나에게 산초 씨가 말을 걸었다.

"아, 아니요, 괜찮습니다. 생각했던 것보다 멀리 날려 온 것 같아서 깜짝 놀란 나머지……."

"날려 왔다고요? 그럼 토야 씨는 전이 마법인가 뭔가로 여기까지?"

"네. 그런 모양이에요……."

걱정스럽게 이쪽을 살피는 산초 씨에게 궁색하게 대답했다. 그런 것보다 이쪽 세계에도 마법이라는 것이 있었구나.

왕도까지 데려가 준다는 산초 씨의 제안을 거절하고, 나는 산초 씨와 헤어졌다. 이동 수단은 얼마든지 있고, 지금은 조금 생각하고 싶은 기분이었기 때문이다.

왕도에서 가게를 운영하고 있다는 산초 씨의 왕도에 오면 꼭 들러 달라고 다짐을 받아 두는 말을 들으며, 나는 멀어져 가는 게 버스를 배웅했다.

자, 어떻게 하지?

"【게이트】."

전이 마법을 발동했지만 아무 곳으로도 연결되지 않았다.

으으~…….

어, 어떻게 돌아가면 될까…….

이건 꽤 위험한 건지도……. 그쪽에서 소식 불명이 되면 엄청난 소동이 벌어지는 게 아닌지…….
가볍게 패닉 상태가 되려고 하는데, 품에 넣어 둔 스마트폰이 울렸다. 꺼내 보니, '전화, 하느님' 이라는 문자가 보였다.
오오오! 문자 그대로, 신의 도움!
"여, 여보세요?!"
〈오오, 연결된 건가. 토야, 무사한가?〉
"무사하긴 무사한데, 조금 패닉 상태예요……."
〈핫핫핫. 설마 다른 세계로 전이할 줄은 몰랐구먼. 지금 맞이하러 갈 터이니 기다리고 있게.〉
맞이하러? '?' 마크가 머리에 떠오르기도 전에 눈앞에 빛이 모여들더니, 섬광과 함께 그 안에서 누군가가 나타났다.
"참나……. 고생을 시키다니."
"카렌 누나……."
빛 속에서 나타난 사람은 연애의 신인 카렌 누나였다. 어이없다는 얼굴로 허리에 손을 대고 있었다.
"저편에서는 코하쿠 일행이 갑자기 사라지지를 않나, 전화를 해도 연결이 안 되질 않나, 무슨 일이 벌어진 게 아닌가 하며 난리가 났어. 야에는 울면서 연락을 하고 말이야."
어이쿠……. 아, 소환수들에게 공급했던 마력이 도달하지 않게 된 거구나. 당연히 무슨 일이 벌어졌다고 생각하는 것도 어쩔 수 없는 건가.
"우리도 토야의 존재를 완전히 느낄 수 없어서 그쪽 세계에서 사라졌다고 알게 된 거야. 그래서 세계신님에게 연락을 해서 찾아 달라고 한 거지."

"수고를 끼쳐서 죄송합니다……."

시간으로 따지면 1시간도 지나지 않았다고 생각을 했는데, 전이문을 지날 때 10시간 정도 경과한 모양이었다.

눈앞에 있던 코하쿠까지 사라졌으니 야에가 걱정한 것도 이해가 된다. 내가 정상적인 상황이 아니라고 판단했던 거겠지.

"그런데 어떻게 원래 세계로 돌아가면 되죠?"

" '이공간 전이' 를 사용하면 되는데, 아직 토야한테는 부담이 커. 그러니 한 번 신계로 갔다가 거기서 원래 세계로 돌아갈 거야."

다른 세계로 가는 것보다 신이 있는 세계로 가는 편이 쉽다는 것도 웃을 수 없는 농담이네.

이곳과 저편의 두 개의 '세계의 결계' 를 빠져나가는 것보다는 '신만이 들어갈 수 있는 세계' 쪽이 나에게는 더 가기 쉬운 건가. 다른 사람이라면 절대 무리일 테지만.

일단【게이트】를 사용해 신계로 가 보니 하느님이 여전히 다다미 네 장 반짜리 방에 앉아서 기다리고 있었다.

"민폐를 끼쳐서 죄송합니다……."

"아니네, 아니야. 별것 아니니까. 세계를 전이하는 일은 자주 있는 일이지."

아무래도 그렇다는 모양이다. 세계는 이세계 전이로 가득

차 있다. 우리의 세계에서 말하는 귀신이 곡할 노릇일 정도의 행방불명은 그런 종류의 것이겠지.

"아무튼 어서 돌아가 안심시켜 주는 것이 좋겠구먼. 이야기는 또 다음에 하지."

"네. 죄송합니다."

한 번 더 하느님에게 사과하고 【게이트】를 열어 나와 카렌 누나는 파레리우스섬의 신전 최상층이 있는 원래 장소로 전이하여 돌아왔다.

그곳에서 본 것은 야에가 '문' 앞에서 무릎을 꿇고 앉아 있는 모습과 '문'을 조사하는 박사, 그리고 그것을 멀리서 둘러싸듯이 보고 있는 이 섬 네 대표의 부하 기사들이었다.

"다녀왔습니다."

"토, 토야 님……? 토야 님!"

말을 걸자 야에가 튀어오르듯 일어서 나를 향해 안겨들었다. 우왓. 스우와는 여러 의미에서 비교가 안 된다…….

"거, 걱정…… 걱정했습니다~……. 코하쿠도 사라지고 연락도 안 되고……. 워, 원래의 세계로 돌아가 버리신 것이 아닌가 하고……. 흐으윽~."

아, 그렇게 걱정했구나. 나는 흐느껴 우는 야에를 안으면서 찰랑거리는 검은 머리카락을 쓰다듬었다.

"내가 야에랑 모두를 남기고 어디론가 가 버릴 리가 없잖아?"

"훌쩍…… 그렇군요……."

"분위기 좋은데 미안하지만, 이곳에 또 한 사람, 너를 걱정한 인간이 있다만."

옆을 보니 박사가 째릿 하고 이쪽을 노려보았다.

"걱정을 끼쳤군. 미안하다."

"뭔가 국어책을 읽는 것 같은 게, 야에와는 차이가 있는 것 같지만……. 뭐, 이번엔 그냥 넘어갈게. 그런데, 이 '문' 은 대체 어디로 연결되어 있었는지 가르쳐 줬으면 하는데?"

"아, 그거 말인데……."

계단 아래쪽에서 센트럴 도사가 올라오는 모습을 보면서 어떻게 설명하면 좋을지 갈피를 잡지 못했다.

으으음. 어떻게 하면 좋을까.

"이세계……? 다른 세계로 전이하는 '문' 이었다는 말인가요……?"

센트럴 도사 이하 네 대표는 물론, 박사도 경악스러운 사실에 눈을 크게 떴다.

결국 솔직히 말하기로 했다. 어차피 나 이외에는 그렇게 간단히 이동할 수 없으니까. 믿어 줄지 어떨지는 별개의 문제였지만.

"뒤쪽 세계라고 말하면 좋을까요. 우리의 세계와 비슷하지만 이래저래 다른 세계인 듯합니다."

산초 씨가 보여 준 지도를 스마트폰의 카메라로 찍어서 【드로잉】으로 묘사해 모두에게 보여 주었다.

"아레리아스 파레리우스 님이 말씀하신 '신천지' 란, 이것이었던 건가……."

디엔트가 작게 중얼거렸다. 아마도 그 말은 올바르다. 정확하게는 이세계 전이를 연구하던 아레리아스 파레리우스가 죽고, 그것을 이어받은 네 고제가 그것을 사용해 프레이즈가 없는 세계로 떠나려고 했던 거겠지.

하지만 아레리아스 파레리우스라는 천재의 영역에, 제자들은 훨씬 미치지 못했다. 결국 완성하지 못하고 그 자손들은 이 섬에 갇히고 말았다.

"자, 이제 여러분은 선택지가 늘었습니다. 지금까지와 마찬가지로 거수와 싸우면서 살아갈 것인가. 결계를 부수고 바깥 세계와 교류하며 살 것인가. 결계는 그대로 두고 바깥 세계로 가고 싶은 사람만 해방할 것인가. 아니면 '문' 을 지나 이세계로 떠날 것인가."

회의실 안이 조용해졌다. 그런 상황을 상관 않고 나는 말을 계속했다.

"말씀드리는데, 이세계로 가면 다시는 돌아오지 못할 거라고 생각해 주십시오. 저는 운 좋게 돌아왔지만, 여러분은 거의 불가능합니다. 저편에서는 말도 통하지 않고 세계정세도 모릅니다. 그것을 각오하시고 대답을 내주셨으면 합니다."

솔직히 그런 것(쌍두 용)이 어슬렁거리는 세계다. 현대 일본 같은 안전성은 바랄 수 없다. 보아하니, 이곳과 비슷한 수준이 아닐까. 프레이즈가 오지 않는 것 정도만 이쪽 세계보다 안전하다고 할까.

"지금 당장은 대답을 낼 수 없습니다……. 며칠 정도 시간을 주실 수 있을까요?"

"상관없습니다. 특별히 서두르는 것도 아니니까요. 천천히 이야기를 나누어 주세요."

센트럴 도사의 말을 듣고 나는 조용히 고개를 끄덕였다. 도사의 말도 당연하였고 이 섬에 사는 주민들이 앞으로 어떻게 살 것인가 하는 운명을 결정하는 것이다. 제대로 이야기를 나누어 보는 편이 좋다.

일단 오늘은 돌아가기로 하자. 여러모로 지쳤으니까.

브륀힐드로 돌아가 보니 모두의 사이에 끼여 압박을 당하는 신세가 되었다. 걱정해 주는 것은 고맙지만 조금 아프다.

다시 코하쿠 일행을 불러내 갑자기 송환된 점을 사과해 두었다. 깜짝 놀랐을 테니까.

신입 모험자인 롭 일행에게 맡긴 스노 랫인 스노도 다시 불렀다.

"미안해. 자, 모두의 곁으로 돌아가렴."

스노에게 롭 일행에게 보내는 메모를 쥐여 주고 밖으로 내보냈다. 눈쥐 소환수는 순식간에 어둠 속으로 사라졌다.

으~음. 또 이런 일이 벌어지지 않도록 어딘가에 내 전용 마력 탱크라도 준비해 둘까? 전지처럼 마력을 담아 두고 무슨 일이 생기면 그쪽에서 보급되도록 하면 어떻게든 되지 않을지…….

"그건 그렇고 이세계인가요……? 프레이즈나 토야 오빠의 이야기를 듣고 그런 세계가 있다는 것은 어렴풋이 알고 있었지만……."

유미나가 흰 파자마 차림으로 내 침대 위에서 뒹굴거리며 중얼거렸다.

유미나뿐만이 아니었다. 다른 약혼자들 모두가 내 침실로 몰려들었다. 걱정시킨 벌이라고 하는데, 물론 무슨 짓을 할 생각은 없다. ……지금은 아직.

침대는 그런 것(뭘 말하는지는 언급하지 않겠다)을 고려해, 열 명이 자도 괜찮을 만큼 큰 특별 주문품이다. 음, 이번엔 플러스 곰 인형도 와 있지만 그 정도는 허용 범위다.

솔직히 말해 침대만으로도 다다미 열 장(약 $16m^2$) 이상이다. 혼자서 잘 때는 그 옆에 있는 개인용 침대에서 자지만.

"이보게, 토야. 그쪽 세계는 어떤 느낌이었지?"

노란색의 귀여운 파자마를 입은 스우가 등에 안겨들었다. 자고 간다는 생각에 굉장히 들떠 있구나…….

"으~음. 그다지 오래 있지를 못해서. 별로 구경을 못하고 왔어. 모두가 걱정할 것 같아서 빨리 돌아가야겠다는 생각을 했거든."

"걱정했어요, 다들."

"걱정, 했어……."

린제와 사쿠라가 조금 나무라는 투로 눈길을 주었다. 벌써 몇 번이나 사과했으니 용서해 줬으면 좋겠는데…….

"눈앞에서 코하쿠가 사라졌을 때 소인은 심장이 멈추는 줄 알았습니다……."

"나도 야에에게 연락을 받았을 때는 어떻게 하면 좋을까 갈피를 못 잡았어."

"하지만 무사히 돌아와 다행이에요."

야에뿐만이 아니라 에르제나 힐다에게도 걱정을 끼친 모양이었다. 나도 이번 일은 예상외의 일이었지만 말이지.

"그런데 토야 님……. 그 이세계에서 용케도 돌아오셨네요? 【게이트】도 사용 못했던 거잖아요?"

"아~……. 응, 저어, 간신히……."

"……또 뭔가 숨기고 있구나?"

루의 질문에 말을 머뭇거리는 나를 보고 린의 눈이 날카롭게 빛났다.

으, 으, 으음. 그냥 이야기해 버릴까. 말하지 말라고 한 것도 아니고, 약혼자들에게 계속 숨기는 것도 마음이 괴로웠다.

나는 하느님 일을 포함해 어떻게 이쪽 세계로 왔는지, 자신이 어떤 존재가 되어 가고 있는지를 모두에게 이야기했다.

처음에는 농담이라고 생각했던 약혼자들도 점점 말이 줄어들었고, 이윽고 크게 한숨을 내쉬며 어이없다는 표정을 지었다.

"……뭐부터 딴지를 걸면 좋을지 모르겠어."

에르제가 진심으로 어이없다는 듯이 말했다.

"우리의 달링은 이세계인이면서 하느님의 권속인 거구나……. 긴 인생에서 이렇게 놀라긴 처음이야."

"하지만 여러모로 납득이 됐어요."

린의 말을 듣고 루가 고개를 끄덕이면서 혼자 납득했다. 이것으로 납득해 주는 것도 뭔가 복잡한 기분이지만.

"그렇다면 형님들도……."

"신족이야. 단, 하계에선 신의 힘을 사용하지 못하게 금지된 모양이지만."

"그렇게 생각해 보면 이 나라는 정말 어마어마하구나……. 농담이 아니라 정말 천하무적인 거잖아."

린이 몇 번째인지 모를 한숨을 내쉬었다.

"아무튼, 토야 오빠가 누구이든 우리의 소중한 서방님이라는 점은 변함이 없으니 문제없어요."

그렇게 유미나가 이야기를 끝맺자 모두가 각자 작게 고개를 끄덕였다. 정말로 우리 피앙세들은 모두 담력이 크다.

기쁘기도 했지만, 어딘가 부끄럽기도 해서 나는 얼른 침대 구석으로 가서 이불을 둥글게 뒤집어썼다.

키득거리며 유미나와 모두가 웃고 있는 소리가 들렸지만 못 들은 척하고 그냥 자자.

아, 내일이라도 하느님한테 가서 이번 일에 대해 감사의 인사를 해 둬야겠구나. 뭔가 선물이라도 가져가야겠지?

카렌 누나의 말에 따르면 '이공간 전이'라는 신기(神技)를 익히면 그 세계에 자력으로 갈 수 있게 된다는 모양인데, 바로는 무리일까? 그 전에 가도 문제없도록 마력 탱크 설치가 먼저일까.

이런저런 생각을 하면서 점차 수마에 빠져든 나는 꿈속 세계로 여행을 떠났다.

제2장 사신수(邪神獸)

다음 날, 바로 나는 하느님이 있는 곳을 찾았다. 물론 루가 직접 만든 반찬과 요리장 클레아 씨가 만든 케이크를 들고.

"이번에는 정말 민폐를……."

"신경 쓸 것 없다고 했잖은가. 조금 조사해 전화한 것뿐이니. 그래도 이건 고맙게 받아 두지."

내민 선물을 오래된 느낌이 물씬 풍기는 작은 냉장고에 넣는 하느님. 새삼스럽지만 저 냉장고도 신구(神具)인 거겠지?

"이세계 전이 자체는 그렇게 드문 것이 아니네. 다른 세계의 사람이 소환하기도 하고, 시공의 틈새로 흘러드는 자도 있지. 선천적으로 그런 능력을 지니고 태어나는 자도 있어."

소설 등에서 자주 나오는 용사 소환이라든가 그런 종류인가. 엔데처럼 '세계를 건너는' 능력을 지닌 녀석도 있고 말이지.

"얼마 전에 제가 간 그 세계. 그곳은 어떤 세계인가요?"

"그곳 말인가? 음, 간단히 말해 자네가 지금 있는 세계와 이웃한 세계 중 하나지. 그러니 비슷한 점도 꽤 많을 걸세. 다만, '또 하나의 자신이 있는 세계' 같은 것은 아니지만 말이지."

뒤집혀 있었는데 똑같은 세계 지도라든가, 마법이 있는(듯한) 점이라든가, 공통점이 확실히 많을 듯했다. 여자가 된 자신이 있다든가 하는 뒤집힌 요소가 있는 패러렐 월드는 아니었으면 하지만.

"게다가 그 세계도 한 번 큰 전쟁으로 거의 멸망할 뻔했지."

"네? 그건 프레이즈 때문인가요?"

"아닐세. 평범한 세계 전쟁이었네. 기술이 너무 크게 발전해서 자신의 문명을 멸망시킨 것이지. 어차피 그건 어떤 세계든 흔히 있는 일이네만."

아, 우리 세계에도 노아의 방주라든가 라그나로크 같은 신화가 있었지? 파괴와 재생, 그 반복으로 세계는 진화해 가는 것일까.

"제가 그 세계에 가는 건 규칙 위반인가요?"

"아니네. 별로 문제 될 것은 없어. 문제가 있었다면 자네 세계로 들어가려고 하는 결정종 같은 걸 벌써 없애 버렸겠지. 어차피 수없이 많은 세계 중 하나에 불과할 뿐이야."

아무래도 뒤쪽 세계? 로 가는 것 자체는 문제가 없는 모양이었다. 섬사람들이 이세계로 가길 원한다고 해도 괜찮다는 말이다.

"……그러고 보니 누나가 말했는데요, '이공간 전이' 라는 것을 사용하면 다른 세계로 전이하는 것도 가능한가요?"

" '이공간 전이' 라……. 보통 자네가 사용하는 전이 마법은 세계의 간격을 넘지 못하지. 그건 세계에 각각의 【세계 결계】가 있기 때문이네만."

세계신의 이야기에 따르면 애당초 마법인 【게이트】로 신계에 올 수 있다는 것 자체가 이상한 일이라는 모양이다. 지금에 와서는 세계신의 권속이 되어서 신계에 올 수 있었던 거구나, 하고 알게 되었지만. 세계신도 눈치채지 못한 모양이니 신계의 보안은 꽤 허술한 게 아닌지…….

원래는 '신족 이외에는 튕겨 낸다' 라는 것만으로 충분하니까.

"전이 마법과는 달리 '이공간 전이' 는 신의 이동술. 【신계 결계】마저 뛰어넘어 세계를 건널 수 있지."

"그럼 제가 원래 있던 세계로 돌아가는 것도……."

"가능하네. 다만, 그건 그만두는 편이 좋겠구먼. 자네는 너머에선 이미 죽은 존재 아닌가. 그 세계에서는 죽은 자가 살아 돌아가는 것은 불가능한 일이지. 그래서 그쪽 세계에서 부활시키지 못했던 것이네만……."

확실히 죽은 사람이 나타나면 패닉이 벌어진다. 원래 있던 세계로 돌아가는 것은 트러블만 불러일으키게 될지도 모른다.

어쩌면 꿈속에 나타나는 것 정도는 가능할지도 모르지만.

"게다가 '이공간 전이' 가 가능하면 그건 이미 어엿한 신이란 거라네. 전에도 말했지만 그렇게 급히 신의 동료가 되지 않아도 괜찮지 않나. 그냥 두어도 언젠가는 그렇게 될 터이니.

지금은 애매하게 있는 편이 편리할 테고 말이지."

신의 힘을 지니고 있지만 신의 제한을 받지 않는다. 그런 어중간한 나이기에 할 수 있는 일도 있다. 하느님의 말대로 당분간은 그레이존에 있는 편이 여러모로 편리할 것도 같다.

그쪽 세계를 오가는 것이라면 박사가 어떻게든 할 것 같기도 하고 말이지. 【애널라이즈】까지 사용했으니 같은 것을 브륀힐드에 만드는 것도 '공방' 이라면 가능하지 않을까 한다.

하느님이 내준 차를 마시면서 그런 생각을 했다.

"전용 마력 탱크라……. 뭐, 못 하지는 않지만. 그래, 차원 전이문을 만드는 김에 그것도 만들까? 기본은 같은 대용량 마력을 다루는 거니까."

"그런 것보다, 역시 만들 생각이야? 차원 전이문을."

"당연하잖아? 다른 사람의 발명을 빌리는 것은 마음에 들지 않지만, 다양한 응용이 가능할지도 모르니까."

'공방' 의 기술력이라면 3일 정도 만에 만들 수 있다는 모양이다. 너무 빠르잖아……. 이론이나 구조를 하나부터 만드는 것이 아니라, 말하자면 복제를 만드는 거니 그렇게 수고가 들지 않을지도 모르지만.

아무튼 그쪽은 박사에게 맡기도록 하자. 문제는 이쪽이다. 나는 집무실의 테이블에 올라가 있는 보고서를 보고 눈썹을 찌푸렸다.

전의 그 '영혼 포식자' 가 나타났다는 보고서였다. 정확하게는 '영혼을 먹힌 수정 해골' 이 나타났다는 보고서이지만. 이번엔 리프리스의 항구 마을이었다.

그 마을은 이른바 상업 도시로, 다양한 상인이 오가는 마을이라고 한다. 제대로 된 상인도 있는가 하면 못돼먹은 상인도 있는데, 이 마을의 경우 제대로 된 상인이 더 적었다고 한다. 좋든 나쁘든 상인들이 장악한 마을로, 욕망이 소용돌이치는 마을이었다는 것은 틀림없다.

리프리스의 정치가 나쁘다고 일률적으로 말할 수는 없다. 그 사람들의 욕망이 에너지가 되어 나라를 풍족하게 만드는 일도 있다.

하지만 이번에는 그 강한 욕망을 노린 셈이었다.

아무래도 '부정적인 감정' 이 모이는 장소를 노렸다기보다는 출현한 장소에서 가장 근처에 있는 '부정적인 감정' 에 이끌렸던 것 같다.

만약 그렇다면 완벽하게 무작위다. 습격당하는 마을이 멸망하기 전에 나에게 연락이 오기를 바라는 수밖에 없다.

"최근에는 프레이즈의 대규모 출현도 없고, 뭔가 불길해……."

"이쪽에서는 아무런 행동도 할 수 없으니까요."

"그 '영혼 포식자' 인가가 빨리 발견되었으면 좋겠는데요……."

쌓인 서류 정리를 도와주던 유미나와 루도 비통한 표정을 지으며 대답해 주었다.

국내 일 중에 내가 판단을 내려야만 하는 중요한 안건 이외에는 거의 코사카 씨가 처리하지만, 몇 가지인가는 이 아이들이 맡은 분야도 있다.

유미나와 루는 왕족이라 내정에도 밝아서 나와 코사카 씨를 서포트해 주는 게 매우 도움이 된다. 한 나라의 공주님에게 일을 돕게 하는 것은 마음 아픈 일이지만.

다른 모두는 오늘 해수욕을 하러 갔다. 카렌 누나가 가자고 한 것이다. 나도 가고 싶었지만 눈앞의 서류들을 훑어봐야 해서 안 가기로 했다. 땡땡이를 친 탓에 또 피해를 막지 못하기라도 하면 반드시 후회할 테니까.

"다음은 어느 나라에 나타날까요……?"

"레굴루스가 아니었으면 좋겠는데요……. 아, 아니요. 다른 나라라면 괜찮다는 의미는 아니었어요?!"

"알아. 레굴루스는 아직 군을 재생하는 중이니까. 국토도 넓고, 충분히 대처할 수 있을까 불안하네."

그런 이야기를 하는데 품속의 스마트폰이 울렸다. 레리샤 씨인가. 길드 쪽에 무슨 일이 있었던 건가?

"네, 여보세요."

〈폐하! 전의 그 '영혼 포식자' 가 지금 유론 남부의 마을, 창윤에 나타났다고 합니다!〉

"뭐라고요?!"

호랑이도 제 말 하면 온다. 듣자 하니 모험자 길드 개설에 관해 교섭하러 창윤으로 갔던 로드메어 지부 사람이 딱 마주쳤다고 한다. 이건 타이밍이 좋았던 건지 나빴던 건지.

아무튼, 놓쳐서는 안 된다. 바로 지도를 전개해 그 창윤의 위치를 확인했다.

"이곳인가……! 좋아, 잠깐 갔다 올게."

"저도 갈게요!"

"저도예요!"

【게이트】를 열고 현장으로 가려고 하자 유미나와 루, 두 사람이 동행하겠다고 나섰다.

'영혼 포식자' ——— 사신(邪神)이 있을지도 모르는 현장에 두 사람을 데리고 가려니 조금 주저되었지만, 두 사람도 모로하 누나에게 훈련을 받았다. 그렇게 쉬이 뒤떨어지지는 않으리라 생각한다.

나 혼자서는 전부 신경 쓰지 못할지도 모른다. 지금은 긴급 상황이다. 또 새로운 희생자가 나올지도 모른다. 하지만…….

"괜찮아요. 토야 오빠의 지시에 따를 거고 무리는 안 할 거니까요."

"……좋아, 부탁할게."

내 고민을 눈치챘는지 유미나가 작게 미소 지었다. 내 생각은 모두 꿰뚫어 보고 있는 건가.

"코하쿠, 루리!"

손가락으로 따악 소리를 내어 소환 마법을 전개해 바닥의 마법진에서 코하쿠와 루리를 불러냈다.

어딘가에서 낮잠을 자는 중이었는지 코하쿠는 잠에서 덜 깬 눈으로 벌떡 일어났고, 그에 반해 루리 쪽은 군것질하는 중이었는지 입에 있던 머스캣 알맹이를 껍질째로 꿀꺽 삼키며 눈을 희번덕였다. 이 녀석들은…….

"이제부터 '영혼 포식자' 가 있는 마을로 갈 거야. 코하쿠는 유미나, 루리는 루를 호위해 줘. ……부탁한다?"

"예, 옛! 마, 맡겨 주시쇼!"

"읍, ……읍!"

아직 조금 잠이 떨 깨서 입이 잘 돌아가지 않는 코하쿠가 다급히 대답하자, 머스캣이 목에 걸렸는지 루리는 목소리를 내지 않고 고개만 끄덕거렸다. 괜찮으려나?

꼭 이런 때만 카렌 누나나 모로하 누나에게 연락이 되지 않는다. 뭐 하는 거지? 아, 수영을 하면 스마트폰을 가지고 있을 리가 없잖아……. 어쩔 수 없다. 메시지를 보내자.

"좋아, 가자!"

"네!"

"알겠습니다!"

우리는【게이트】를 지나 옛 유론의 수도, 셴하이 유적으로 전이했다.

여전히 잔해의 산이 펼쳐진 폐허다. 여기서【플라이】로 날아가면 바로 창윤에…… 아.

"아~ 두 사람 다 하늘을 날 건데 괜찮아?"

"아, 네! 조, 조금 무섭지만, 그런 이야기를 하고 있을 수 없죠, 루 씨?"

"그, 그러네요! 한시라도 빨리 현장에 가야 해요!"

두 사람 모두【플라이】보다는【레비테이션】의 둥실둥실해서 불안정한 부유감이 무서운 모양이니까. 시간도 없고, 조금 쑥스럽지만 어쩔 수 없다.

나는 두 사람을 안고 확실히 허리에 양손을 둘렀다.

"토, 토야 오빠?!"

"토야 님?!"

"꽉 잡고 있어. 금방 도착하니까."

코하쿠와 루리를【레비테이션】으로 떠오르게 했다. 루리가 〈아, 주인님! 저는 저의 날개가 있습니다!〉 하는 말을 했지만 무시했다. 미안하지만 거룡(巨竜)으로 돌아간 루리보다도 내가 더 빨라.

【플라이】를 사용해 창윤을 향해 날아갔다. 전속력으로 날아도 마법 장벽 덕분에 공기 저항을 그대로 받는 일은 없다. 그래도 무서운지 양 옆구리의 두 사람은 내 몸에 꼭 들러붙었다.

전력으로 계속 날자 5분 정도 만에 창윤 상공에 도착했다.

붉은 기와지붕과 다양한 높은 누각이 눈에 띄는 그 마을보다도 길거리 여기저기에 쓰러져 있는 사람들에게 눈이 가고 말았다.

지상에 내려서 보니 여기저기에 말라붙은 시체가 뒹굴고 있었다. 몸의 곳곳에 작은 수정 같은 결정이 난 채로 고통스러운 표정을 지으며 죽어 있었다.

"처참해……."

"이런 일을……!"

유미나나 루도 그 처참함을 보고 놀라움을 감추지 못했다.

'신안(神眼)' 으로 시체를 확인해 보니 역시 영혼이 먹힌 상태였다. 틀림없다. '영혼 포식자' 의 짓이다.

"꺄아아아아아아아아아아?!"

근처 거리에서 몹시 놀라는 비명 소리가 들려왔다. 그야말로 단말마의 목소리다.

"가자!"

코하쿠가 큰 호랑이 상태가 되었고 루리는 마을 안을 돌아다니기 쉽게 코끼리 정도의 크기로 변신했다.

코하쿠의 등에 유미나가, 루리의 등에 루가 걸터탔다. 나와 코하쿠가 마을을 질주했고 그 위를 루리가 날개를 퍼덕이며 날았다.

길의 모퉁이를 돌아 우리가 그 현장으로 달려갔을 때, 남자의 목덜미를 물고 있는 거대한 마수의 모습을 확인했다.
탁한 황금색 털을 지닌 개 또는 사자 같은 대형 마수에게서는 불길한 무언가가 안개처럼 흘러나왔다.
"이 녀석이 사신인가?"
체구는 4미터 정도. 붉은 피처럼 강렬하게 번뜩이는 두 눈으로 이쪽을 바라보았다. 다크골드 털은 단단해 보였으며, 불길함을 내뿜어 사악한 분위기를 떠돌게 했다.
사신수라고 해야 할까. 그 녀석은 물고 있던 남자를 내 앞으로 던진 뒤 지붕 위로 뛰어 올라갔다. 목덜미에 있던 상처가 점점 아물어 감에 따라 남자의 몸이 말라 비틀어졌고 그 상처에서는 수정의 꽃이 피었다.
"아무래도 틀림없는 모양이야……."
지붕 위에서 이쪽을 노려보던 사신수가 우리를 향해 달려들었다. 【스토리지】에서 꺼낸 브륀힐드를 블레이드 모드로 변환해, 달려오던 사신수의 동체(胴體)를 스쳐 지나가며 갈라 버렸다. 카키이이이이잉! 하고 금속음 같은 소리가 주변에 울려 퍼졌다.
"단단해?!"
평범한 검으로 금속을 내리쳤을 때처럼 손목에 충격이 전해져 왔다. 손 쪽을 확인해 보니 정재로 만들어진 브륀힐드 칼날의 이가 빠져 있었다. 이럴 수가?!
흠칫한 나를 노리고 다시 사신수가 대지를 박차더니 엄니를 드러냈다. 큭!

"【흙이여 오너라, 토루(土壘)의 방벽, 어스월】!"

"쿠각?!"

나와 사신수 사이에 있던 지면이 크게 불거져 나와 순식간에 흙의 방벽을 만들었다. 사신수는 그 방벽에 막혀 뒤로 홱 물러섰다.

"괜찮으세요?! 토야 오빠!"

"유미나야? 살았어."

사신수가 코하쿠에 걸터탄 유미나를 돌아보자, 루가 탄 루리의 입에서 화염탄이 발사되었다.

그것을 재빠른 몸놀림으로 피한 사신수는 등에 폭발을 짊어지면서 이번엔 루리를 향해 달려들었다. 그렇게 둘 줄 알고!

"건 모드!"

총 형태로 변형한 브륀힐드의 방아쇠를 사신수를 겨누고 단숨에 당겼다.

옆에서 날린 총알의 비를 맞고 사신수는 순간적으로 화염의 폭풍에 휩싸였다.

날린 것은 평범한 총알이 아니었다. 【파이어스톰】이 부여된 총알이었다.

하지만 녀석은 한순간 움찔했을 뿐, 크게 불타오른 마법 불꽃은 금방 사신수에게 흡수되었다.

역시 프레이즈의 특성을 지닌 건가. 금색이라는 것은 변이

종이 바탕인가?

"크아아아아아아!"

사신수에게서 불길한 암금(暗金)색으로 빛나는 아우라 같은 것이 주변으로 퍼져 나갔다. 이건…… 신기인가?!

"유미나, 루! 괜찮아?!"

"괘, 괜찮아요! 놀라기는 했지만, 간신히요!"

"저, 저도 괜찮아요!"

유미나와 루는 나나 카렌 누나 일행의 가호가 있다. 평범한 사람이 이것을 맞았으면 정신을 잃든가, 넙죽 엎드리게 된다.

쳇. 일단 이 녀석도 신이 만들어 낸 것임이 틀림없다는 건가. 그런 니트 신(神)이라도.

"그렇다면 봐줄 필요는 없겠구나!"

신기를 높여 오랜만에【신위해방】을 사용했다. 머리카락이 단숨에 자랐고, 나는 순식간에 백금빛을 발하는 신기를 둘렀다.

그러자 사신수의 움직임이 멈추더니 어딘가에서 억누른 듯한 입속 웃음소리가 들려왔다. 이 목소리는……!

"큭큭큭……. 이 신기…… 그때의 애송이인가……!"

사신수의 옆에 칙칙한 황금 소용돌이가 나타났고, 그곳에서 너무 말라 사마귀 같은 노인이 나타났다. 흥, 겨우 납셨구나.

"한가한가 보구나, 니트 신."

"멋대로 지껄이다니……. 마침 좋군. 네놈의 영혼도 거둬들여 줄까. 틀림없이 녀석의 진화가 빨라지겠지."

“그 짐승이 네가 만들어 낸 사신이구나? 프레이즈의 특징도 받아들인 것 같은데…….”

조금 전의 단단함도 그 영향으로 보였다. 성가시다고 하면 성가신 녀석이다. 사람의 영혼을 먹고 진화하여 강해진다. 틀림없는 사신…… 가짜 신으로.

“협력자가 있어서 말이다. 덕분에 훌륭한 사신 병아리가 완성되었지. 이 녀석이 있으면 이 세계를 멸망시키는 것도 별것 아니야.”

“……세계를 멸망시켜?”

“사신에게 멸망당한 세계는 신의 손에서 멀어지지. 세계신의 관리 대상이 아니게 되는 거다. 그리고 그곳에 내가 새로운 신으로 강림하는 거야. 큭큭큭, 유쾌하지 않나?”

이 세계를 하느님에게서 떨어져 나가게 한 뒤 자유롭게 주무르겠다는 건가? 뭐라고 해야 하나…… 쩨쩨하다고 할지, 좀스럽다고 할지…….

사신은 어디까지나 지상에서 태어난 자. 신이 직접 손을 대는 것은 일단 금지되어 있다. 그래서 용사나 성자(聖者)에게 신기(神器)를 주어, 사신 토벌을 시키는데…….

만약 용사들이 지면 그 세계는 끝난다. 신에게 버려져 느릿한 멸망을 맞이한다. 그 버려진 세계에서 새로운 신이 되려고 하다니…… 한심한 것을 넘어서 바보다, 이 녀석은.

“당신이 계속 종속신이었던 이유를 잘 알겠어.”

"닥쳐라! 하급신, 아니, 종속신도 되지 못한 주제에 뭐가 잘났다고 그딴 소리를! ……아무튼 좋다. 네놈을 거둬들여 이 녀석이 더욱 진화하는 양식으로 삼아 주마!"

자신을 낳은 부모가 부추기자 사신수가 그 커다란 입을 벌리고 나를 향해 엄청난 기세로 검은 불꽃 덩어리를 내뱉었다.

"쳇!"

신기를 두른 주먹으로 검은 불꽃탄을 힘껏 튕겨 냈다. 뜨겁지는 않았지만 상당한 충격이 오른쪽 주먹에 전해졌다.

아파?! 크으, 신기를 두르지 않았으면 뼈가 부러지지 않았을까?

브륀힐드에 신기를 두르고 튕겨 내는 것도 가능했지만, 자칫하면 신기끼리의 충돌을 버티지 못하고 브륀힐드가 망가질 가능성도 있었다. 그래서 맨손으로 튕겨 낸 건데, 너무 아파……!

튕겨 나간 검은 불꽃탄은 마을에서 멀리 떨어진 곳에 떨어져 어마어마한 폭염을 하늘로 날렸다. 뭐 저런 걸 다 뱉고 그래?! 이 녀석, 니트 신보다 강하잖아?!

"사신은 영혼을 먹고 독자적으로 진화하지. 뭐, 이 녀석은 유라 녀석이 건드린 거긴 하다만. 하길 아주 잘했는걸. 이런 단기간에 이렇게까지 진화했으니 말이다."

유라라고? 역시 이 녀석, 그 지배종과 손을 잡은 건가?

"자, 너무 시간을 들일 수도 없지. 검신이나 연애신에 와서는 귀찮으니 말이야. 얼른 해치워 볼까."

"그래, 동감이야.【파워라이즈】,【텔레포트】."

무속성 마법인 순간이동을 사용해 사신수의 품으로 파고든 나는【파워라이즈】로 강화한 강렬한 보디블로를 그 배에 먹였다. 사신수의 몸이 '기역자' 로 굽어 회전하면서 멀리 날아갔다.

"크아아아아아악?!"

공중으로 날아간 사신수는 그대로 누각과 부딪쳐, 그것을 파괴하고 무너져 내리는 잔해에 깔렸다.

"아니?!"

종속신이 놀라며 날아가 버린 사신수 쪽에 주의를 기울였다. 그 타이밍을 놓치지 않고 신기를 두른 브륀힐드의 총알로 종속신의 양다리를 꿰뚫었다.

"크악?! 마, 말도 안 돼?! 하급신도 아닌 네놈이 어떻게 내 신기를 꿰뚫을 수 있는 거지?!"

"신격(神格)의 차이라는 거 아니겠어? 일단 나는 세계신의 권속이라는 모양이니까."

"켁?!"

종속신은 무릎을 지면에 꿇은 채 양다리에서 슈우슈우 황금 수증기 같은 것을 내뿜었다.

"그럴 수가! 왜 그런 신격을 가지고 있으면서 아무런 지위도 가지고 있지 않은 거지?! 당장에라도 상급신의 지위에 올라

설 수 있는데!"

"댁이랑 달리 부끄러운 줄 알기 때문입니다만."

부모님의 후광을 받아 그런 자리를 얻다니, 변변치 못한 일이다. 주변 신들에게도 민폐고.

자, 이 니트 신을 어떻게 할까. 내가 처분하면 카렌 누나나 모로하 누나의 일을 빼앗아 버리는 셈이 되나? 이 녀석이나 내 신기를 눈치채고 슬슬 두 사람도 올 거라 생각하는데.

그런 망설임을 노렸다는 듯이 무너진 누각이 폭발하며 안에서 사신수가 뛰쳐나왔다.

그대로 나와 종속신 사이를 막고 검은 불꽃탄을 세 발 연속으로 날렸다. 또냐!

피해도 되었지만, 아직 이 마을에는 살아 있는 사람도 있을 테고, 피하면 틀림없이 나도 폭발에 말려들 것이다. 게다가 뒤에 있는 유미나나 루를 말려들게는 할 수 없다.

결국 조금 전처럼 검은 불꽃탄을 주먹으로 모두 튕겨 내 저 멀리 있는 마을 밖으로 날려 버리기로 했다.

이번엔 아프지 않게 주먹의 신기를 두껍게 했……지만, 역시 아프다.

"아야야……! 이 힘만 센 바보 같은 개자식……!"

내가 주먹의 통증을 참고 있는데 종속신이 다리를 끌면서 사신수 곁으로 다가갔다.

"크큭, 오늘은 이 정도로 해 주지. 다음에 만날 때는……."

누나들이 오기 전에 도망치려는 건가? 그렇게 놔둘 것 같아?

내가 추격하려고 다리를 내디디기 바로 전에 앞에 있던 사신수가 종속신 쪽으로 빙글 고개를 돌렸다. 뭐지?

다음 순간, 그 새빨간 입을 벌린 황금 짐승은 눈앞에 있는 노인의 숨통을 주저 없이 엄니로 깊숙이 깨물었다.

"컥?! 크, 크흑……! 아니?! 어째……서……?"

깨물린 종속신은 믿을 수 없다는 듯한 눈으로 자신의 영혼을 탐한 황금 짐승을 바라보았다. 엄청난 사건에 나도 움직이지 못했다.

"그, 그렇구나……. 그 녀석…… 유, 유라 자식……! 네 이놈…… 네 이노오오오오오오옴!!!"

종속신이 발밑에서부터 검은 모래로 변해 갔다. 신력마저 먹히고 있다. 이윽고 폭발하듯이 섬광을 뿜더니 그곳에는 이미 종속신의 모습은 없고, 검은 황금 안개를 두른 사신수의 모습만이 남았다.

"흡수…… 아니, 먹은 건가? 종속신을?"

갑자기 사신수의 온몸에서 다시 불길한 신기가 발산되었다. 그 신기가 눈 깜짝할 사이에 솜사탕 같은 물질로 변화해 사신수 주변에 떠도는가 싶더니, 본체가 그것에 빨려들어 가는 것처럼 순식간에 감싸였다.

마치 누에가 고치를 만드는 것처럼 온몸을 황금 고치로 만든 사신수는 1미터 정도 공중에 떠올라, 마치 자신의 고동을 전달하듯이 둔한 점멸을 시작했다.

"어이어이, 뭐야 저건……?"

그야말로 고치다. 암금색의 거대한 고치. 불길한 빛을 맥동하며 공중에 떠 있다.

뭐가 뭔지는 모르겠지만 성가신 거라는 점은 확실하다. 이런 것은 바로 처분하는 게 최고다.

브륀힐드를 블레이드 모드로 바꾸었다. 신기를 두르고 무기가 부서질 각오를 하며 그 고치를 단숨에 쪼개듯이 때려서 자르려고 했다.

그런데 마치 '포렴에 팔을 뻗은 것처럼' 고치가 부웅 하고 공중을 떠돌아 자를 수가 없었다. 물속에 떠 있는 마시멜로를 부엌칼로 자르려고 한 것같이 느낌이 없었다.

쳇. 그럼 【아이스바인드】 같은 구속 계열 마법으로 저걸 고정한 다음 확 잘라 버릴까?

그렇게 생각해 마법을 발동하려고 한 순간, 황금 고치가 아지랑이처럼 흔들리며 그 모습이 겹쳐서 보이기 시작했다. 점점 그 모습이 희박해져 갔다.

"어어어, 잠깐만. '반동' 인가?!"

세계의 결계를 부수고 억지로 이쪽에 이동해 오는 존재는 그 존재가 클수록 정착하기까지 시간이 걸린다. 그래서 이 세계에서 몇 번인가 튕겨 나간다. 밀려오는 파도가 바다로 돌아가듯이, 원래 있는 곳으로 돌아가는 이물질 강제 송환 시스템.

평소라면 지배종이 물러갈 수밖에 없는 고마운 시스템이지만, 이번에는 그게 반대로 작용했다.

“【얼음이여 휘감아라, 결빙의 주박, 아이스바인드】.”

서둘러 구속 마법을 외쳤지만, 얼음 촉수는 고치를 붙잡지 못했다.

황금 고치는 이미 이쪽 세계에서 퇴거당하고 말았다. 운산무소(雲散霧消)라는 말대로 안개처럼 사라져 버렸다.

“놓친 건가…….”

몸에서 뿜어져 나오는 신기를 지우고 신화(神化) 상태를 해제했다.

그러자 마치 그때를 노린 것처럼 공중에서 카렌 누나와 모로하 누나가 슈웃 하고 나타났다.

“늦었어요!”

“미안해. 카렌 언니가 비치에서 낮잠을 자서.”

“쉬~잇! 쉬~잇! 모로하, 그건 비밀이야!”

어~? 그런 이유였어?

뺨에 타올 흔적 같은 것이 찍힌 카렌 누나를 째릿 하고 바라보았다.

어차피 사신수가 종속신을 먹어 버린 시점에 누나들은 손을 댈 수 없어지고 말았겠지만.

유미나와 루도 함께 일단 무슨 일이 벌어졌는지 간추려서 설명하기로 했다.

"사신이 최하급이라고는 하지만 신을 흡수했다……? 터무니없는 이야기야……."

"지상의 생물이 신의 힘을 얻은 것은 토야도 마찬가지지만…… 이건 조금 좋지 않아."

그 사신도 지상의 생물로 치는 건가? 물론 태생은 신계가 아니겠지만.

원래라면 이 시점에서 '외통수' 라는 모양이었다. 더 큰 신의 힘을 얻은 사신에게 인간이 대적할 수 있을 리 없다.

세계가 멸망하고 관리할 인간이 사라지면 종속신의 의도대로 이 세계는 버려져 신들의 손에서 벗어나게 된다. 본인이 사라지고 바람이 이루어지는 것은 얄궂은 일이지만.

그리고 신의 힘을 얻은 사신이 무슨 짓을 하든 더는 신계의 신들에게 간섭을 받지도 않는다. 세계가 통째로 격리되어 서서히 소멸을 향해 갈 뿐이다.

하지만 이쪽 세계에는 똑같이 지상에 사는 자이면서 신의 힘을 지닌 내가 있다.

"즉, 저더러 사신 퇴치를 하라는 건가요?"

"그렇게 되는 거지. 우리가 해야 할 일을 떠맡긴 느낌이라 미안하지만."

"물론 서포트라는 명목으로 지금까지와 마찬가지로 우리는 지상에 남을 거야."

젠장, 그 삐쩍 마른 니트 신 자식. 쓸데없는 일을 늘리다니!

“아마도 그 ‘고치’ 는 처음부터 몸을 다시 만들려고 하는 걸 거야. 토야는 세계신님이 복원시켜 줬지만, 원래 신의 힘에 버틸 수 있는 육체를 만드는 것은 보통 일이 아니거든.”

겉모습 그대로 고치라는 건가. 번데기가 성충으로 태어나기 전에 어떻게든 치고 싶은데…… 앗, 그것보다도.

“일단 이 마을의 영혼을 먹힌 사람들을 어떻게든 해야 해요.”

“도와줄게.”

“그러네.”

“저, 저희도 돕겠어요!”

아직 생존자는 나름대로 있을 것이다. 서두르지 않으면 수정해골(수정 좀비?)로 되살아난 녀석들에게 습격을 당할 테니까.

사신이 고치가 되어 이 소동도 끝이겠지만, 뭔가 개운하지 않다.

언젠가 나타나게 될 아직 보지 못한 사신과의 싸움을 생각하며 나는 무심코 한숨을 내쉬었다.

“괜찮아요. 토야 오빠라면 어떻게든 할 수 있을 거예요.”

“맞아요. 우리도 곁에 있으니까요.”

“……그러네. 해 볼 수밖에 없는 건가.”

그래. 할 수밖에 없다. 어떤 상대든 모두와 이 세계를 지켜야 한다. 두 사람의 강한 격려를 받고 나는 마을을 향해 걸음을 재촉했다.

막간극 괴이한 숲

“지명 의뢰……인가요?”

“네. 금색 랭크 모험자인 폐하의 힘을 빌려주셨으면 합니다.”

훌쩍 코하쿠와 함께 들른 모험자 길드에서 길드 마스터인 레리샤 씨가 그런 말을 꺼냈다.

“공사를 혼동한다고 생각하셔도 어쩔 수 없지만, 이 의뢰는 제가 개인적으로 드리는 의뢰입니다. 그렇다기보다는 동네에 있는 엘프 전원의 의뢰라고도 할 수 있습니다만…….”

엘프. 숲과 함께 사는 마법에 능한 장수종. 종족 특성은 요정족과 닮았지만, 요정족은 수가 적은 것에 비해 엘프는 나름 많은 편이다.

어느 나라에 가도 여기저기서 발견할 수 있고, 눈앞의 레리샤 씨도 그 엘프다.

내가 가지고 있는 엘프의 이미지는 숲에 틀어박혀 은거 생활을 하며, 활이 특기고, 드워프가 사이가 나쁘고, 인간을 깔보는 오만한…… 아니, 기품이 넘치는 종족이었다.

그것들 모두는 판타지 게임이나 판타지 영화를 보고 알게 된 일시적인 이미지였지만, 대체로 크게 빛나가지는 않았다. 대부분의 엘프는 숲 안에 틀어박혀 생활한다는 모양이다.

하지만 인간 사회로 나온 엘프들은 사교적이고 여행을 즐기는 적극적인 사람이 많다. 레리샤 씨도 그런 타입이라고 생각한다. 그렇지 않고서야 모험자 길드의 길드 마스터가 되지 않았을 테니까.

"그런데 의뢰 내용은요?"

"엘프는 원래 숲에 사는 사람들입니다. 지금은 전 세계에 엘프가 있지만, 이 세계의 엘프들은 근원을 거슬러 가면 그 기원은 일곱 개의 엘프 마을로 좁혀집니다. 그리고 그중 하나, 라일 왕국에 있는 엘프 마을에서 지금 문제가 일어났습니다."

라일 왕국……. 기사 왕국 레스티아의 서쪽에 있는 나라다. 그곳에 있는 엘프 마을에서 무슨 일이 일어났다는 걸까?

"트렌트라고 하는 마물을 알고 계시는지요?"

"분명히…… 수목속(樹木屬)의 마물이죠? 목인족과는 다른 녀석이오."

트렌트는 말하자면, 나무 마물이다. 나무에 얼굴이 있고 나뭇가지 손과 뿌리 다리를 가지고 있다. 우드골렘과 비슷한 종이지만, 이쪽이 더 작고 겉보기에 나무에 가깝다.

참고로 목인족은 인간과 겉보기는 그렇게 다르지 않지만, 광합성으로 양분을 얻는 종족이다. 알라우네와도 가까운 아인의 하나로, 녹색 머리카락에 높은 코, 나뭇결 같은 피부 등,

나무로 만든 인형 같은 인상을 받는다. 미스미드 왕국의 주요 일곱 종족 중 하나이기도 하다.

"트렌트는 마물이긴 하지만, 이쪽이 손을 대지 않으면 공격해 오지 않습니다. 하지만 얼마 전에 라일에 있는 엘프 마을이 트렌트에게 습격을 받았습니다."

"그건 불온한 일이네요. 원인은요?"

"모릅니다. 갑작스러운 습격이었다고 들었습니다. 평범한 트렌트와는 다른 낙엽색 트렌트가…… 가칭으로 다크트렌트라고 부르겠습니다. 그 다크트렌트가 갑자기 마을을 공격해 왔다는 모양입니다. 우리 엘프족은 요정족과 비슷하게 숲에 사는 민족이라 트렌트의 약점인 불 속성 마법을 좋아하지 않습니다. 그래서 상당히 고전했다는 모양입니다."

레리샤 씨가 말하길, 간신히 다크트렌트들을 물리치고 마을의 척후병들이 후퇴하는 녀석들을 미행해, 숲 안쪽 깊은 곳에서 마치 거인 같은 트렌트를 몇 마리인가 확인했다고 한다.

"그건 혹시 '거수(巨獸)' ……인가요?"

"잘 모르겠습니다. 마소가 쌓일 만한 곳은 아닐 텐데 말입니다."

대기 중에 가득 찬 마소가 다양한 조건하에서 쌓여 그곳에 사는 마수를 드물게 거대화하기도 한다.

이 '거수'는 자칫하면 국가 규모의 재해가 될 수 있으므로 나라 규모의 노력을 들여 빨리 토벌할 필요가 있다. 나도 이전에 라일 왕국을 향해 가려던 전갈 거수를 흑기사(나이트 바론)로 쓰러뜨린 적이 있다.

어느 쪽이든 거수급 상대라면 엘프에게는 짐이 무겁다. 그렇다고 해서 모험자에게 맡긴다고 해도 거수에게 맞서는 것은 무리가 있다.

"라일 왕국은 도와주지 않나요?"

"도움을 청하면 기사단을 보내 주기야 하겠지만, 틀림없이 큰 피해가 날 겁니다. 이렇게 말씀드리기는 그렇지만 라일 왕국의 기사단은 그다지 숙련도가 높지 않아서……."

겸연쩍은 듯이 레리샤 씨가 본심을 말했다. 우와아, 너무 노골적이야. 이해도 되는 게, 그 나라는 외적 침입이 거의 없으니까. 레스티아와는 우호적인 교류를 몇백 년이나 계속하고 있다는 모양이다.

"알겠습니다. 조사해 보죠. 만약 그 트렌트가 거수였을 경우에는 소재를 사들여 주실 수 있을까요?"

"그거야 물론입니다. 트렌트에게서는 질 좋은 목재를 구할 수 있으니 구입하려는 상인도 많을 겁니다. 그럼 잘 부탁드립니다."

모험자와 임금님의 겸업은 힘들다. 하지만 기사단의 유지비나 프레임 기어의 양산, 신형기의 개발 등, 여러모로 돈이 많이 들어간다. 그쪽은 내 용돈으로 꾸려 가고 있으니 돈은 있으면 있을수록 도움이 된다.

로제타와 모니카는 어마어마하게 재료를 사용하고 팜므는 새로운 책을 대량으로 사 달라고 조른다. 플로라는 높은 약재를 사고, 그에 더해 파르셰는 그걸 덜렁대다 못 쓰게 만든다. 박사가 부활한 뒤로는 그게 더욱 가속화했다. 뭐지? 바빌론의 유산이라는 것은 마이너스 유산인가?

그래도 그에 걸맞을 정도의 성과는 내고 있……는 건가? 뭔가 부양가족이 있는 것 같은 느낌이 든다. 아직 독신인데.

바빌론의 '창고'에 있던 금화는 엔데 때와 마찬가지로 고대 왕국 파르테노의 동전이라 화폐로서의 가치는 없다. 녹여서 금으로 사용할 수밖에 없었지만, 그게 제법 불순물이 많았다. 동전으로 사용한 금은 순금이 아니라 다른 금속과 섞은 합금이라는 사실은 알고 있다. 하지만 이 파르테노 동전은 질이 너무 나쁘다.

박사의 이야기에 따르면 대국이긴 해도 그 당시의 파르테노는 상당히 부패했다는 모양이었다……. 멸망할 만해서 멸망한 것 같은 느낌도 든다.

아무튼 좋다. 일단 이 돈벌이 이야기?에 참가하자. 돈이 들어오는 것은 좋은 일이고 엘프들이 곤란한 것은 분명한 일이니까. 나는 레리샤 씨에게 작별 인사를 하고 모험자 길드를 떠났다.

◇ ◇ ◇

"마치 대수해 같습니다."

도착한 라일 왕국의 숲을 보고 야에가 말했다.

이 숲은 라일 왕국의 남동쪽에 있으며 상당한 면적을 차지하고 있다. 야에의 말대로 대수해 같은 대삼림이었다.

울창하게 우거진 숲이 시야를 녹색으로 물들였다. 숲의 안쪽은 어둑어둑해서 출입을 거부하는 것 같았다.

"이쪽입니다. 발밑을 조심해 주세요."

레리샤 씨가 앞장서며 우리를 안내했다. 엘프 마을에서 장로들에게 인사를 한 뒤 우리는 곧장 그 트렌트들이 서식한다는 숲으로 향했다.

동행자는 레리샤 씨 외에 유미나, 에르제, 린제, 야에, 루, 힐다, 린 그리고 스우와 사쿠라. 내 약혼자 전원이다. 수행자로 코하쿠와 폴라도 있다.

린과 사쿠라 그리고 스우는 모험자 길드에 등록한 모험자가 아니다. 원래라면 오지 말아야 했지만, 먼저 린이 다크트렌트에 흥미를 느껴 참가 의사를 표명했다. 그러자 그렇다면 우리도 가겠다며 사쿠라와 스우도 나서게 되었다.

거기다 유미나 일행은 모험자로서 의뢰를 받아 이곳에 있는 것이 아니었다. 왜냐하면 금색 랭크 의뢰이기 때문에 유미나 일행은 의뢰를 받을 수 없기 때문이다.

규정상 그 파티에 적정 랭크 모험자가 과반수라면 낮은 랭크의 멤버가 있어도 OK이지만, 공교롭게도 금색 랭크는 나와 레스티아의 선선대왕…… 힐다의 할아버지인 갸렌 씨밖에 없다.

표현은 나쁘지만 약혼자들은 '멋대로 따라온 파티' 가 된다. 물론 약혼자들에게는 보수가 나오지 않는다. 당연히 그걸 다 알고 따라온 거겠지만.

〈주인님. 무언가가 다가오고 있습니다.〉

옆에서 걷고 있던 코하쿠가 멈추며 거대한 호랑이인 신수 모드로 들어갔다. 코하쿠가 있는데도 이쪽으로 다가온다는 것은 평범한 동물이 아니라는 말이었다. 십중팔구 마수거나 마물이다.

울창하게 우거진 나무들 안에서 뛰쳐나온 것은 같은 나무들이었다. 아니, 나무들인 마물, 트렌트였다. 벌써 납신 건가.

"이건……. 확실히 평범한 트렌트와는 달라."

눈앞을 가로막은 세 마리뿐인 트렌트를 보고 린이 그렇게 중얼거렸다.

트렌트 자체를 나는 실제로 본 적이 없지만, 길드의 자료실에 있던 책에는 커다란 나무에 가느다란 팔다리가 난 일러스트가 실려 있었다.

모습은 그대로였지만 레리샤 씨의 말대로 머리? 에 있는 잎이 낙엽색이었다. 책의 일러스트에서는 분명히 선명한 녹색이었다. 돌연변이인가?

〈오오오 오오 오오오…….〉

나무의 빈 구멍에 울리는 듯한 목소리로 트렌트가 외쳤다. 그러자 그 머리에 있는 마른 잎 몇 장이 수리검처럼 날아왔다.

“【얼음이여 오너라, 빙결의 방벽, 아이스월】!”

린제가 날린 마법으로 우리의 눈앞에 거대한 얼음벽이 출현했다. 마른 잎 수리검은 그 벽에 막혀 가볍게 튕겨 나갔다.

이번엔 그 벽을 향해 우리 쪽에서 세 개의 그림자가 튀어 나갔다. 루, 야에, 힐다였다.

타이밍 좋게 린제가 【아이스월】을 해제하자 물웅덩이로 변한 벽을 넘어 그대로 세 사람은 트렌트를 향해 갔다.

“레굴루스 쌍검술 ‘시저스’.”

“코코노에 진명류 오의, ‘자전일섬(紫電一閃)’.”

“레스티아류 검술, 삼식(三式) ‘참철(斬鐵)’.”

〈오오오 오오 오오오.〉

정재로 만든 세 사람의 칼날이 트렌트를 마구 잘랐다. 단단하기로 유명한 트렌트도 내가 마력을 주입한 정검(晶劍) 앞에서는 두부나 마찬가지다.

양단된 트렌트가 뒹굴뒹굴하고 지면을 굴렀다.

“역시 공왕 폐하의 반려가 될 분들입니다. 듬직하군요.”

길드 마스터인 레리샤 씨에게 칭찬을 받은 세 사람은 쑥스러워하면서도 기쁜 듯했다. 그 옆에 굴러다니는 트렌트의 머리? 에서 레리샤 씨는 잎을 한 장 떼어내 앞뒤를 이리저리 살피며 무언가를 확인했다.

"틀림없이 엘프 마을을 습격한 트렌트와 같은 종입니다."

"다크트렌트라는 종인가요?"

"이런 트렌트는 엘프의 오랜 역사 중에서도 처음 봅니다. 돌연변이겠지만……."

"정말로 돌연변이일까? 무언가 병일 가능성은? 기질도 거칠어졌잖아?"

린의 말대로 트렌트는 원래 이쪽이 아무 짓도 하지 않으면 무해하다고 해도 좋을 마물이다. 사람을 습격하다니 조금 이상하다.

일단【스토리지】에 다크트렌트를 수납하고 앞으로 나아가기로 했다.

숲 안은 여전히 울창했고 갑자기 날갯짓하는 새에 놀라기도 했다. 대수해의 숲과 비슷하기는 하지만 이쪽이 더 불길한 느낌이 드는 것은 왜일까? 괴이한 기척이 떠돈다고 해야 할지……. 아무튼 간에 정상적인 숲이 아니다.

신중하게 숲을 좌우로 헤치며 나아가는데 또 코하쿠가 멈춰섰다.

"왜 그래?"

〈묘한 냄새가…….〉

"냄새?"

무심코 킁킁 주변의 냄새를 맡아 보니 뭐라고 형용하기 힘든 달콤한 냄새가 자욱이 끼어 있었다. 이 냄새는 뭐지? 어딘가에서 맡은 적이 있는 것 같기도 없는 것 같기도. 무슨 과일 냄새인가?

정신을 차려 보니 어느새인가 주변에 안개 같은 것이 떠돌기 시작했다. 뭐야, 이건? 농무(濃霧)라고 해도 좋을 정도의 안개다. 앞이 전혀 보이지 않았다.

〈주인님! 사모님들이!〉

“뭐?!”

설마 마수에게 습격당한 건가 하고 돌아보니 갑자기 에르제가 달려들어 달라붙었다.

“앗, 뭐야?!”

“잡~았~다~. 뉴후후후후.”

즐겁게 웃으면서 에르제가 나를 껴안았다. 앗, 기쁘긴 하지만 힘, 힘을 빼주세요! 뭔가가 삐걱삐걱하니까! 삐걱삐걱!

“야, 토야~. 너 요즘 너무 바쁜 거 아냐~? 우리를 내버려 두다니, 네가 대체 뭐라고~! 앗, 임금님이었구나! 임금님이었어! 임금님 자식~!”

“어? 잠깐, 뭐야?! 아야야야야!”

베어 허그를 걸어 아슬아슬할 때까지 꽉 죄었다. 으오오오오! 부, 부러지겠어! 부러진다고오오오!

“어, 【어둠이여 꾀어라, 편안한 잠, 슬리프클라우드】.”

“흠냐?!”

옅은 보라색 연기가 주변에 나타나 에르제가 뚝 하고 의식을 잃듯이 쓰러졌다. 기절한 것이 아니다. 졸음이 쏟아져 잠이 들었을 뿐이다.

내가 바빌론의 ‘도서관’에서 손에 넣은, 고대 어둠 속성의 수면 마법【슬리프클라우드】로.

〈괘, 괜찮으신가요, 주인님?!〉

“가, 간신히……. 아야야야…….”

회복 마법【큐어힐】을 걸어 통증을 지웠다. 대체 에르제는 어떻게 되어 버린 걸까.

어느새 다른 모두의 모습도 보이지 않았다. 젠장, 이 안개 탓에 다 떨어지게 된 건가?

“토야 님~. 우후후후후후.”

“어? 루?”

어딘가에서 나타난 루가 이번엔 뒤에서 껴안았다. 꾸욱꾸욱 하고 작은 몸을 밀어붙였다. 루의 것인지, 안개와는 다른 달콤한 냄새가 내 비강(鼻腔)을 간질였다.

“전 토야 님과 만나서 정말로 기뻐요~. 이렇게 멋진 남편은 전 세계를 찾아봐도 없을 테니까요~.”

“그, 그건 정말, 고마워…….”

뭐지?! 역시 평소의 루가 아닌 것 같아…… 앗, 뭐야?!

“음~ 행보케~. 저어, 토야~ 님, 쪽~ 해요, 쪽~.”

"어, 【어둠이여 꾀어라, 편안한 잠, 슬리프클라우드】!"

"뉴웅?"

스르륵 그 자리에서 잠에 빠져든 루. 대체 뭐야, 이건?!

〈주인님. 혹시 사모님들은 술에 취한 것이 아닐까요?〉

"응? 술?!"

그러고 보니 조금 전부터 계속 나는 이 냄새는, 술인가? 안개 형태의 알코올에 취했다는 거야?

파사삭 하고 잎이 쓸리는 소리가 나더니 수풀 안에서 레리샤 씨가 나타났다.

"공왕 폐하, 무사하셨나요?"

레리샤 씨는 아무래도 정상인 모양이었다. 레리샤 씨까지 껴안으면 기쁘, 콜록콜록, 매우 곤란하다. 응. 다른 모두는 괜찮을까?

"죄송합니다. 눈치를 늦게 채서……. 다른 분들은 린 님이 봐주고 계십니다."

"레리샤 씨, 이게 어떻게 된 거죠?"

"이건 '머시룸 드렁커' 의 짓입니다."

머시…… 뭐라고?

"말 그대로, 버섯 마물입니다. 그 몸에서 포자가 아니라 안개 형태의 술을 흩뿌립니다. 상대를 크게 취하게 하여 제압하는 전법을 사용합니다. 하지만 그렇게 술 성분이 많지 않아서 술에 강한 사람에게는 별로 효과가 없습니다."

역시 취했던 거구나. 나나 코하쿠는 하느님의 가호가 있어서 효과가 없었던 걸까? 레리샤 씨는 어른이고 린도 오래 살아서 술 정도는 마실 테지.

품에서 스마트폰을 꺼내 검색해 보았다. 레리샤 씨의 말에 따르면 보면 알 수 있다는 모양이니 발견할 수 있겠지. 버섯 마물……이라. 있다, 있어. 세 마리나 있네. 이 자식들.

"【얼음이여 오너라, 빙결의 동창(凍槍), 아이스스피어】."

하늘에 마법진 세 개가 나타났다.

스마트폰을 손에 들고 타깃 록을 한 주정뱅이 버섯(머시룸 드렁커)인가 하는 것에게 얼음 창을 선보여 주었다.

불꽃 창으로 버섯구이를 해 줘도 좋았겠지만, 숲 안이라 봐줬다. 직접적이라면 얼음으로도 충분하겠지.

화면상에서 움직이지 않게 된 걸 보아 아마 쓰러졌으리라.

"【바람이여 불어라, 날아오르는 선풍(旋風), 윌윈드】."

바람 마법으로 주변의 술 안개를 날려 보냈다. 또 취해서는 의미가 없으니까.

그리고 에르제와 루에게 【리커버리】를 사용해 취기를 깨게 해 주었다. 의식을 되찾은 두 사람이 얼굴을 붉게 물들인 채 그 자리에 웅크리고 있었다.

"나도 참 왜 그런 짓을…… 부끄러워~~……."

"아으으~ 그런 추태를 보이다니……."

"아니, 뭐, 저어……. 힘내."

그냥 무탈한 말을 건넸다. 아무래도 두 사람 모두 기억은 확실히 있는 모양이었다.

일단 린이 있는 곳으로 가니 린제, 야에, 힐다, 세 사람이 조금 전의 에르제 일행처럼 잠들어 있었다.

그 옆에는 유미나와 스우 그리고 사쿠라가 린과 함께 서 있었다. 어라? 유미나나 스우, 사쿠라도 아무렇지 않았던 건가?

이야기를 들어 보니 세 사람을 잠들게 한 사람은 유미나인 듯했다. 유미나도 어둠 속성의 적성을 지니고 있어서 【슬리프 클라우드】를 사용할 수 있다. 하지만 린이야 어쨌든 다른 세 사람은 용케도 멀쩡했네.

"조금 속이 울렁이기는 하다만."

"벨파스트 왕가 사람은 어째서인지 술이 강한 사람이 많아요. 특히 여성은요."

그렇구나……. 조금 취한 유미나도 보고 싶긴 한데.

"나는 마왕족, 이라서. 독에는 조금 강해."

사쿠라가 살짝 잘난 척하는 얼굴로 말했다. 아니, 독이라니. 술이잖아.

하지만 방금 그 말을 마왕 폐하에게 들려주면 눈물을 흘리면서 기뻐하지 않을까? 동영상을 촬영해 뒀으면 좋았을걸.

아무튼 잠든 모두에게 【리커버리】를 걸어 의식을 깨워 주었다.

쓰러뜨린 머시룸 드렁커가 있는 곳으로 가 보니, 키 1미터

반 정도의 크기인 버섯이 얼음 창에 꼬치처럼 꽂혀 쓰러져 있었다.

형태는 새송이버섯이랑 닮았네. 짧은 팔다리가 나 있고 얼굴이 떠올라 있는 모습은 불길하지만.

젠장, 조금 좋은 냄새가 난다. 구우면 맛있을 것 같지만 먹을 용기는 없다. 코하쿠, 침이 흐르고 있어. 먹어도 상관없긴 하지만 아마 배탈 날걸?

"꽤 크네요. 보통 머시룸 드렁커는 이 정도 크기인데요……."

레리샤 씨가 쓰러진 주정뱅이 버섯을 보면서 허리 높이에 손을 두었다. 두 배 정도나 큰 건가. 역시 마소 웅덩이가 어딘가에 있나?

엘프들은 머시룸 드렁커로 맛있는 술을 만든다고 하니, 일단【스토리지】에 수납해 두었다. 돈이 된다면 문제없다. 기분 나쁘지만. 그건 그렇고 어떻게 술을 만들지? 걸레처럼 짠다든가? 기분 나빠…….

"아직 머리가, 빙빙 도는 느낌이, 들어요……."

숲 안을 다시 걷기 시작하는데 린제가 머리를 누르면서 눈썹을 모았다.【리커버리】를 걸어 주었으니 상태 이상은 완전히 회복되었을 텐데.【리커버리】는 뱃멀미에는 효과가 없지만 술을 깨는 데는 효과가 있다. 아마 기분 탓이리라 생각하지만.

유미나의 이야기로는 린제는 취하면 무슨 말인가를 중얼거리기 시작하면서 불평을 잘하게 된다고 한다. 야에는 웃는 것이 술버릇이라 배를 잡고 마구 뒹굴고, 힐다는 나무를 향해 설교한다는 모양이었다. 상당한 카오스네…….

"술은 무시무시한 것이구먼……. 다들 변해 버려 무서웠네. 아버지가 술을 마셨을 때는 즐겁고 쾌활하게 노래를 부르셨네만."

스우가 눈썹을 찡그리며 그런 말을 중얼거렸다. 오르트린데 공작은 취하면 노래를 하는구나……. 그것도 주변 사람에게는 상당한 민폐 아닌가?

"언니는 괜찮았, 어?"

"후엣?! 나, 나는 별로 아무 일도 없었어!! 정말로!!"

여동생이 화제를 돌리자 에르제가 당황해서 어쩔 줄 몰라 했다. 평정심을 유지하려고 한 것이겠지만, 말을 더듬고 얼굴이 빨개졌다. 나는 아무 말도 안 할 생각이다.

하지만 대낮인데도 상당히 어두컴컴하다. 울창한 잎이 햇빛을 가리고 있기 때문이기도 하지만, 늘어선 굵은 수목 그 자체의 그림자가 드리워져 그것에 박차를 가했다. 지도 어플리케이션이 없었다면 틀림없이 조난했다. 나야 조난을 당해도 전이 마법으로 탈출할 수 있지만.

〈……음?〉

"왜 그러는가, 코하쿠?"

큰 호랑이 상태의 코하쿠에게 걸터탄 스우가 갑자기 멈춘 백호에게 말을 걸었다.

〈조심하십시오. 근처에서 마수의 냄새가 납니다.〉

코하쿠의 말을 듣고 모두 경계를 강화하며 각자 무기를 손에 들었다. 모든 방위에 의식을 쏟으며 상대의 동향을 살폈지만 특별히 아무것도 보이지 않았다.

"……어디야?"

"위입니까?"

야에의 목소리를 듣고 위를 보았지만, 나무들의 가지가 둘러쳐져 있는 데다 어둑어둑하기까지 해서 뭔가를 보기가 힘들었다. 마수의 모습은 보이지 않는데…….

"이 숲에는 '윕몽키' 라고 불리는 원숭이 종류가 있습니다. 긴 꼬리를 채찍처럼 사용해 공격하는 녀석들로……. 그 긴 꼬리로 나뭇가지에 매달리는 습성이 있어, 인간의 머리 위에서 습격하는 일도 있습니다."

"원숭이인가요……?"

레리샤 씨의 설명을 들으면서 위쪽을 응시했다. 원숭이에게는 별로 좋은 기억이 없단 말이지……. 킹에이프라든가 이셴의 히데요시라든가.

으~음. 역시 잘 안 보이네. 좋아.

"【롱센스】."

시각만 나무 위로 날렸다. 아래에서 보는 것보다 훨씬 보기 쉽다. 원숭이, 원숭이, 원숭이……라.

"코하쿠, 마수 냄새는 어디에서 나?"

〈바로 근처입니다. 바람을 타고 우리 주변에 떠도는데…….〉

"꺄아악?!"

갑작스러운 비명 소리를 듣고 【롱센스】의 시각을 원래대로 되돌렸다. 깜짝이야! 뭐야, 무슨 일인데?!

"무, 무슨 일인가요, 사쿠라 씨?"

"뭐, 뭔가가 엉덩이를, 만졌어……!"

사쿠라가 엉덩이로 손을 돌리고 주변을 두리번거리며 루에게 대답했다.

"힉?! 우앗……!"

사쿠라가 다시 짧은 비명을 지르고 엉덩이에 댔던 손을 내밀어 보니, 그 양손에는 끈적끈적하고 투명한 점액 같은 것이 묻어 있었다. 쭈~욱 하고 실을 잣는 점액이 지면에 떨어졌다. 얼핏 보기에 물엿처럼 보였지만 불길한 무지갯빛 광택이 났다.

"끈적끈적해……. 끈적끈적해애……. 기분 나빠……. 임금님, 도와줘."

기분 나쁜 점액으로 끈적해진 양손을 펼치더니 눈물을 글썽이며 사쿠라가 호소했다. 마치 좀비처럼 이쪽을 향해 비틀거리며 다가왔다.

"알았어. 알았으니까, 거기 가만히 있어. 【클린】."

부드럽고 옅은 녹색 인광(燐光)을 발하는 마법진이 출현해, 회전하며 사쿠라의 머리에서 아래쪽을 향해 통과했다. 그와 동시에 사쿠라의 양손과 엉덩이에 묻어 있던 점액이 제거되었다.

"어때?"

"말끔해졌어."

후우, 하고 사쿠라는 안도의 숨을 내쉬고 양손을 비벼 이제 끈적하지 않다는 사실을 확인했다.

"대체 어떻게 된, 거야?"

"모르겠어. 무언가가 이렇게, 내 엉덩이를 아래에서 쓰다듬었거든. 기분 나빠."

린제의 질문에 손바닥을 아래에서 쓸어 올리는 듯한 동작을 한 사쿠라가 몸을 떨었다. 엄청나게 기분 나빴던 모양이네.

힐다와 야에가 겨눈 검을 주변의 삼림 쪽으로 향했다.

"역시 뭔가가 있어요."

"그렇습니다. 어디에 숨어 있는지는 모르겠지만, 바로 근처에———— 린 님, 엎드리십시오!"

"응?"

야에의 절박한 말에 따라 무심코 그 자리에 웅크린 린. 다음 순간, 웅크린 린이 들고 있던 검은 양산이 보이지 않는 힘에 우득우득 하고 부러지고 말았다.

"아니……?!"

"저곳입니다!"

단숨에 린 아래쪽으로 뛰어간 야에가 검을 번뜩였다. 아래에서 위로 휘두른 검끝이 아무것도 없는 공간을 잘랐다.

〈크르르르르르르르르르?!〉

"앗?!"

아무것도 없던 공간에서 피 보라가 튀자 야에가 벤 존재가 모습을 드러냈다.

겉보기에는 거대한 도마뱀. 긴 혀를 뻗은 다음 그것을 휘감아 린의 양산을 으득으득 망가뜨린 것이다. 그 혀를 지금은 야에가 절단해 버렸지만.

반구 형태로 두리번거리는 눈과 커다란 입, 빙글하고 둥글게 말린 긴 꼬리. 마치 카멜레온 같다. 물에 떠 있는 유막(油膜) 같은 무지갯빛 몸이 다시 모습을 감추었다. 보호색인가?! 아니, 이건……!

"'스텔스 리자드' 입니다! 마력으로 빛을 굴절시켜 모습을 감추는 마수입니다!"

레리샤 씨가 외쳤다. 오호라. 나나 린이 사용하는 【인비저블】과 같은 원리인가.

"모습을 감추고 여자아이의 엉덩이를 핥다니, 엄청난 변태야!"

에르제가 아무것도 없는 장소를 향해 달렸다. 모습을 감추어도 점점이 이어지고 있기 때문이다. 야에가 자른 혀에서 떨어진 혈흔이.

"【부스트】!"

〈크르으으갸아아?!〉

숨어 있던 스텔스 리자드에게 에르제가 혼신의 힘을 담은 오른손 스트레이트를 건틀릿으로 날렸다.

얻어맞아 날아간 스텔스 리자드가 근처에 있는 큰 나무에 부딪친…… 듯했다. 보이지 않으니 아마 그럴 거라 생각한다. 주변의 작은 나뭇가지도 날아갔고, 혈흔도…… 아아, 보인다, 보여!

그야말로 카멜레온을 몬스터화한 듯한 그 마수는 크기가 3미터 가까이나 되었다. 둥그런 꼬리나 지금은 데롱거리며 늘어진 혀까지 포함하면 더 길다.

움직이지 않게 된 카멜레온 비슷한 것에게 레리샤 씨가 조심스럽게 다가갔다.

"역시 스텔스 리자드……라고 생각합니다만, 이건 너무 큽니다. 다크트렌트도 그렇고, 조금 전의 머시룸 드렁커도 그렇고, 이 숲에서 대체 무슨 일이 벌어지고 있는 것인지……."

원래 스텔스 리자드는 1미터 정도라고 한다. 뭐지? 이 숲은 거대화 저주에라도 걸린 건가?

"근처에 마소 웅덩이라도 있는 걸까? 하아…… 마음에 든 거였는데, 아까워. 폴라, 더러우니까 만지면 안 돼."

린이 점액투성이가 되어 너덜너덜하게 망가진 양산을 만지려고 하는 폴라를 말렸다. 주인의 소중한 것이니 회수하려고 한 건가? 자주 쓰고 다녔으니까.

"나중에 똑같은 것을 만들어 줄 테니, 너무 낙심하지 마."

"고마워, 달링."

린이 작게 미소 지었다. 그건 그렇고 마소 웅덩이라. 이 숲은 파레리우스섬과 마찬가지 상황인 걸까? 마소 웅덩이의 마소를 흡수한 거대 마수가 배회하고 있다니, 꽤 위험한 거 아냐? 이 숲.

린을 향해 있던 시선을 앞으로 돌리자 스스슥 하고 내 양 사이드를 향해 야에와 힐다가 다가왔다.

"……왜 그래?"

"조금 전부터 누군가가 이쪽을 엿보고 있습니다."

"나무 위하고 수풀 속에…… 둘씩이에요."

"아, 역시나. 뭔가 아까부터 시선은 느꼈거든. 또 버섯 동료인 줄 알았는데."

틀림없이 동료의 복수를 하려는 거라 생각했는데, 나무 위라면 다른가? 그 발톱도 없는 짧은 팔다리로 나무에 올라갈 수 있을 거라고는 생각하기 힘들었다.

"그럼 나는 나무 위의 녀석을 맡을게. 야에와 힐다는 아래쪽 녀석들을 맡아 줘."

"알겠습니다."

"예."

탓, 하고 두 사람이 수풀 안쪽으로 달려갔다.

어~ 아, 정말 나무 위에 둘이 있네. 가까운 왼쪽과 그 안쪽인가. 마법을 사용하는 것도 성가시니 마법탄으로 해치울까?

"【리로드】."

브륀힐드의 탄창에 허리 파우치에 들어 있던 총알을 전송한 다음, 수상한 자가 있는 나무 두 그루를 적당히 겨냥하고 방아쇠를 당겼다.

탕, 탕, 하는 발포음이 난 후, 줄기에 박힌 총알을 중심으로 작은 회오리바람이 불었다. 약한【사이클론 스톰】을 부여한 마법탄이다.

"크헉?!"

"우욱?!"

하늘 높이 내던져진 수상한 자가 지면에 내동댕이쳐졌다.

곧장 코하쿠가 달려가 그중 한 사람의 등을 굵은 다리로 짓눌렀다.

"힉, 히이익?!"

"어라? 이 녀석들……."

코하쿠를 보고 벌벌 떠는 그 녀석들을 나는 본 적이 있다. 아니, 정확하게 말하면 이 녀석들은 본 적 없지만, 그 민족의상을 본 적이 있다.

긴 손톱이 달린 손등 보호대와 얼굴 아래쪽 반쯤을 가린 기묘한 마스크. 판초 같은 천을 두르고, 팔다리에는 잘락거리는 금고리.

"너희는…… 분명히 리벳족."

내 말을 듣고 두 사람이 눈을 크게 뜨며 놀랐다.

리벳족. 일찍이 대수해에 존재한 '독'을 잘 사용했던 부족이다. '수왕의 부족' 을 결정하는 '가지치기 의식' 때 대수의 정령을 제 것으로 만들려고 꾸미다가 우리에게 제압당한 부족이다.

로드메어에서 날뛴 거대 우드 골렘을 만들어 낸 부족이기도 하다. 그 잔당이 이런 곳에 있었을 줄이야…….

"앗, 그렇구나. 트렌트의 갑작스러운 변이나 이 숲에 있던 마수가 변화한 것도 너희 짓이지?"

이 녀석들은 특수한 '독' 을 사용해 우드 골렘을 거수화한 전례가 있다. 같은 수목 마물인 트렌트를 세뇌하는 것 정도는 가능하다고 해도 이상하지 않다. 다른 마수의 변화도 이 녀석들이 '독' 의 시험대로 사용했기 때문인가?

"토야 님, 발견했습니다."

"이쪽도 마찬가지예요."

야에와 힐다가 정신을 잃은 다른 리벳족 두 사람을 끌고 왔다.

"이건…… 대수해의 부족?"

"정체가 뭔가요?"

이중에서는 사정을 모르는 린과 레리샤 씨가 나에게 물었다. 사쿠라는 별로 흥미가 없는 모양이었다.

대수해의 '가지치기 의식' 으로 벌어진 일을 짧게 설명했다. 아마 일련의 트렌트 소동도 이 녀석들 탓이 아닌가 하고 설명하자, 레리샤 씨가 작게 고개를 끄덕였다.

"로드메어가 크게 파괴되었다는 말을 들었지만, 그 원흉을 낳은 자들이 설마 엘프의 숲을 습격했을 줄은…….”

아직 의식을 잃지 않은 리벳족 두 사람에게 ‘부드럽게’ 사정을 물어보니, 신성한 ‘가지치기 의식’을 더럽힌 죄로 리벳족은 대수해에서 추방되었다고 한다.

그리고 흘러 흘러 이곳과는 다른 라일 왕국의 어떤 숲에 도착해 그곳에서 새로운 생활을 시작했는데, 일부 사람들이 대수해에서 추방한 대수의 정령과 ‘수왕의 부족’…… 즉, 팜이 있는 라우리족에게 복수를 하자고 말을 꺼내기 시작했다는 모양이다. 바보 같은 녀석들이다.

그런 자들을 내버려 두면 더욱 대수의 정령의 분노를 살지 모른다. 그렇게 생각한 리벳족의 장로들은 복수에 사로잡힌 그자들을 부족에서 추방했다. 대수해에서 추방된 리벳족에서도 추방되었다는 것이다.

그리고 그 복수를 꾀하는 10여 명이 현재 이 숲에 근거지로 활동하고 있다고 한다.

“적반하장도 유분수지.”

린이 한숨을 내쉬었다. 누가 아니래. 엘프를 쫓아내고 자신들의 숲으로 만들려고 했다는 것인가.

“트렌트를 거수화해서 우드 골렘보다도 강한 개체를 만들려고 한 것일, 까요?”

아마 린제의 말대로다. 그 힘을 가지고 이 숲의 엘프들을 내쫓고 지배한 다음, 그 거수화한 트렌트를 양산, 대수해를 침공할 생각이었는지도…….

"이건 생각보다 더 큰일 날 뻔했을지도 몰라. 자칫하면 팜 일행이 습격당해 대수해가 엉망이 되었을지도 모르겠는걸?"

그런 짓을 하게 두지는 않는다. 엘프 마을의 사람들에게도 민폐를 끼쳤으니……. 모두 다 잡아서 라일 왕국의 기사단에 넘겨주겠어.

데리고 가는 것도 위험하니, 붙잡은 옛 리벳족은【슬리프클라우드】도 잠재웠다. 물론 녀석들의 본거지 장소를 알아낸 다음에.

알아낸 장소를 향해 더욱 숲의 안쪽으로 나아가자 새들이 일제히 까아까아 하고 울면서 날아오르는 모습이 보였다. 뭔가가 온다……!

커다란 땅울림과 빠득빠득 수목을 쓰러뜨리는 소리가 들리며, 천천히 그 녀석은 우리 눈앞에 나타났다.

거대한 수목을 옆으로 두 동강 낸 것처럼 보이는 커다란 입과 붉게 빛나는 눈. 마디가 울퉁불퉁한 가느다란 팔에 몇 개의 뿌리처럼 보이는 여러 다리 그리고 머리에 크게 우거진 마른 잎. 말랐는데 우거졌다고 표현하는 것은 어색하지만, 사실이 그러니 어쩔 수 없다.

크네. 로드메어에서 본 우드 골렘급이다. 이런 것이 날뛰면 엘프 마을은 잠시도 버틸 수 없다.

"토야 오빠! 저쪽에서도 와요!"

유미나가 가리킨 곳에서도 마찬가지로 거수 트렌트가 나타났다. 둘, 넷, 여섯……. 전부 열 마리인가. 어라? 꽤 많네…….

"토야 님, 저것들의 처리는 우리에게 맡겨 주실 수 있겠습니까?"

"부탁할게요!"

【게이트】를 통해 흑기사(나이트 바론)를 불러내 내가 해치우려고 했는데, 야에와 힐다가 쑥쑥 다가왔다. 앗, 가까워, 너무 가까워!

두근거리는 것을 감추고【게이트】를 열어 야에의 '슈베르트라이트', 힐다의 '지그루네'를 불러냈다.

쿠웅, 쿠웅 하고 전이된 연보라색과 오렌지색 기체가 숲 안에 그 모습을 드러냈다.

"그럼 갑시다! 힐다 님!"

"네!"

사무라이 소녀와 소녀 기사가 나타난 거인을 향해 달려갔다. 뭐, 저 두 사람이라면 질 리는 없으리라 생각하지만.

"잠깐, 두 사람 다들 치사해! 토야, 나도! 나도 갈 테니까, 게르힐데를 어서!"

"아, 아, 알았어! 알았으니까 흔들지 마!"

훽훽 내 목덜미를 잡고 흔드는 에르제를 막지 못하고 조금 전과 마찬가지로 게르힐데를 불러냈다. 에르제는 나를 내팽개치고 기쁘게 게르힐데를 향해 달렸다. ……좀 너무하지 않아?

"나도 그림게르데를 타고 나서고 싶지만, 아쉽게도 내 기체는 이 숲과 궁합이 좋지 않아."

린의 그림게르데는 중화기를 장비하고 있다. 자칫하면 이 숲의 넓은 구역이 엉망진창이 될 수도 있다. 그래서는 아무리 트렌트를 쓰러뜨린다고 해도 엘프 여러분이 화를 낸다.

"나도 오르트린데로 나가고 싶었는데 말이네."

평범한 오르트린데라면 괜찮았겠지만 오버로드 형태는 무리다. 숲이 완전히 파괴되어 버리니까.

어라? 그렇지만 일단 이건 금색 랭크 의뢰인데 전부 약혼자들이 처리하면 내 보수는 들어오는 건가?

레리샤 씨에게 확인해 보니 상황이 상황이니 이번에는 OK라고 한다. 좋아, 길드 마스터의 보증을 받았어.

"그럼 우리는 리벳족 녀석들을 한 명도 남김없이 체포하자."

"네! ……앗, 토야 오빠라면 순식간에 끝나지 않나요?"

유미나가 작게 고개를 갸웃거렸다.

아니, 뭐. 그거야 그렇지만. 이렇게까지 겉모습이 특징적이면 만난 적 없는 사람이라도 스마트폰의 【서치】로 타깃 록을 할 수 있으니까.

범위를 숲 전체로 확대해 확인하니 모두 스물세 명이었다. 그중 네 명은 조금 전에 붙잡은 녀석들이니 나머지는 열아홉 명인가.

"록 완료. 【패럴라이즈】."

여기저기서 〈꺄아악!〉이나 〈우게엑!〉 하는 짧은 비명 소리가 들려온 다음 지면에 쓰러지는 소리가 들렸다.

이걸로 OK. 나머지는 회수하면 끝이구나. 아니, 그건 나중에 해도 되나? 그것보다도…….

거수화한 트렌트가 발사한 마른 잎 수리검을 힐다의 지그루네가 큰 방패로 막았다. 오렌지색 방패는 투명하긴 하지만, 정재로 만들어진 방패다. 2층 구조인 방패 사이에는 도료가 발라져 있다.

방패를 든 채 돌진한 지그루네가 그 방패로 거수화한 트렌트를 때렸다.

〈크아……!〉

나무 파편을 흩날리면서 비틀거리는 거대 트렌트를 향해, 순간을 놓치지 않고 지그루네가 뽑아 든 검이 번뜩였다. 오른쪽 아래에서 휘두른 일격에 트렌트는 두 동강으로 분단되었다.

겉껍질이 단단하다는 트렌트였지만, 프레이즈의 정재로 만든 정검에는 당해 낼 수 없었던 모양이다.

"우드 골렘과는 달리 트렌트에는 핵이 없었던가요?"

"네. 몸의 중심을 지나는 마력 경로를 끊으면 생명 활동이 정지될 거예요. 인간으로 말하면 척수 같은 거지요. 하지만 원래는 단단한 겉껍질에 막혀 그렇게 쉽사리 칼날이 통하지는 않습니다."

레리샤 씨가 쓴웃음을 지으며 대답해 주었다. 보통은 그렇겠지.

〈하앗!〉

〈크우우우우우……!〉

게르힐데의 오른 주먹이 거수화한 트렌트의 얼굴(?)에 적중했다. 주먹이 크게 파고들었지만, 트렌트는 아직 쓰러지지 않았다. 줄기에 해당하는 중심의 마력 경로에 대미지를 주지 않으면 트렌트는 쓰러지지 않는다. 안 되겠어, 칼날 계열 무기가 아니면 대미지가 전해지지 않는 건가.

게르힐데에는 정재로 만든 나이프도 허리에 장비하고 있다. 날 길이는 짧지만 그거라면——.

〈하아아아아아아아아앗!〉

곧장 이번에는 왼손 주먹이 작렬했다. 그리고 또 오른쪽! 왼쪽! 오른쪽! 왼쪽! 하고 잇달아 번갈아 가며 진홍 주먹이 뻗어 나왔다.

빗발치는 주먹이 거수화한 트렌트에게 쏟아졌다. 단단한 겉껍질이 카각카각 하고 점점 깎여 나갔다.

〈마무리!〉

훤히 드러난 새하얀 마력 경로에 파일벙커가 작렬해 산산조각이 났다. 억지로 밀어붙였다. 그런 방법을 쓸 줄이야…….

〈다음!〉

에르제가 산산조각이 난 거수화 트렌트를 방치하고 곧장 다음 상대를 찾아 돌진했다.

“뭐라고 할지, 익숙해졌네…….”

프레임 기어는 그 조종자의 습관 같은 것을 반영하여 스스로 움직이기 쉽게 조정한다. 말하자면 타면 탈수록 자기 몸의 일부처럼 움직일 수 있는 것이다. 전용기는 물론, 양산형 중기사(슈발리에)에도 그런 기능이 있어, 가능하면 같은 기체에는 같은 기사가 타도록 조치하고 있다.

트렌트들과 계속 싸우는 프레임 기어를 올려다보며 레리샤 씨가 절절하게 중얼거렸다.

“여전히 굉장하군요……. 거수가 된 트렌트가 손도 못 쓸 줄이야…….”

“그래도 프레이즈의 상급종 상대로는 고전하지만요…….”

“정말로 저 거인병이 없으면 세계는 끝났을지도 모르는 거네요. 누구인지는 모르겠지만 고대 왕국에서 저것을 만들고, 지금 세상에 남겨 준 분은 세계의 구세주입니다.”

아니, 그건 글쎄요……?

히죽거리는 박사의 모습이 떠올라 나는 뻣뻣한 웃음을 지을 수밖에 없었다. 그게 구세주……? 물론 확실히 프레이즈를 상대로 바빌론의 힘은 불가결하지만.

5000년 전에 어쩐 일인지 발생한 ‘세계의 결계’ 의 회복. 그게 없었으면 완성된 프레임 기어는 프레이즈와의 싸움에 바로 투입되었겠지.

박사의 이야기에 따르면 그 시점에 이미 세계의 3분의 2는 파괴되어 있어서, 프레임 기어를 투입해도 아마 막을 수 없었을 거라고 말했지만.

〈코코노에 진명류 오의, 자전일섬.〉

"오."

슈베르트라이이트가 휘두른 검이 마지막 거대화 트렌트를 상하로 두 동강 냈다.

큰 땅울림을 내면서 쓰러진 트렌트는 더 이상 움직이지 않았다. 생각해 보면 이 트렌트들도 피해자이지……? 원래는 얌전한 마물이니 말이야. 그 속죄는 뻗어 있는 리벳족이 확실히 하게끔 하자.

일단 해치운 건가.

"감사합니다. 이걸로 엘프 마을도 원래대로 돌아갈 겁니다."

"아니요, 이래저래 꽤 어질러 놨는데요……."

레리샤 씨가 감사의 인사를 했지만, 주변의 참상을 보면 그냥 내버려 둘 수는 없었다. 밀림 안에서 거대한 마물과 로봇이 싸웠다. 일방적인 결과로 끝났다고는 하지만 상당한 피해가 났다. 숲의 동물들도 틀림없이 피해를 봤겠지.

"이런 곳에서는 프레임 기어가 싸우기 힘드니……."

"전이 마법으로 녀석들을 다른 장소로 이동시킨 다음 싸우면 좋지 않았는가?"

스우의 정확한 지적에 나는 무심코 몸이 굳었다. ……우와.

옆의 레리샤 씨도 "아." 하고 목소리를 흘렸다.

"……죄송합니다."

"……아니요."

누가 먼저랄 것도 없이 고개를 숙였다. 아직도 나는 사려가 부족해…….

"네? 그럼 그 거수 트렌트, 돈이 안 되는 건가요?!"

유미나가 홍차가 들어간 티컵을 들면서 깜짝 놀란 얼굴로 나를 보았다. 다른 모두 다 같은 표정을 지었다.

"돈이 안 되는 정도가 아니야. 거수로서의 가치가 없대."

조금 전에 레리샤 씨에게 전화가 왔는데, 그 거수화한 트렌트는 본래의 목재 특성이 전혀 없어서 따지자면 질 나쁜 목재라는 모양이었다.

외피만은 단단하지만 안쪽은 텅텅 비었다고도. 발포 스티로폼 같은 느낌인 듯했다.

잘 생각해 보면 그 트렌트는 자연스럽게 거수화한 것이 아니라 독을 다루는 리벳족이 만들어 낸 가짜다. 진짜와 같을 리가 없다.

"헛고생만 했다는 것이군요……."

"아니, 일단 가치는 낮아도 값싼 장작으로는 팔린다고 하니, 완전한 손해는 아니래……."

야에의 말을 듣고 조금 반론을 했다. 돈은 돼. 기대했던 금액의 1000분의 1 이하이지만……. 가볍고 작게나마 강도도 있으니, 골판지의 대용이 될지도 모른다.

"아, 그리고 엘프 마을에서 고맙다고 머시룸 드링커로 만든 술도 받았다는 모양이야. 다들 어떻게 할래?"

내가 그렇게 말하자 아침 식사 자리에 앉은 거의 모두가 씁쓸한 얼굴을 하며 고개를 숙였다. 유미나와 스우, 사쿠라와 린 이외에는 말이다. 모두 그 술 안개로 폭주한 사람들이었다.

일단 브륀힐드에서는 15세를 넘으면 음주를 해도 상관없다(이웃 나라인 벨파스트와 레굴루스도 포함해서). 그러므로 야에와 힐다, 에르제와 린제 자매, 그리고 린은 마셔도 상관없다. 거의 마시는 모습을 본 적은 없지만.

아무 말 없는 모두를 대신해 린이 말했다.

"나는 과실주 이외엔 별로 좋아하지 않아. ……다른 사람도 필요 없는 것 같은데?"

"……그런 것 같네."

음, 어쩔 수 없나. 레리샤 씨를 통해 엘프 마을에 '마음만 받겠습니다' 라고 연락을 하자.

스마트폰을 기동해서 전화하려고 한 내 팔을 옆에서 뻗은 작은 손이 꽉 붙잡았다. 우왓, 뭐야?!

"술에 죄는 없잖아……! 안 마실 거라면 나한테, 나한테~!"

무시무시한 눈으로 스이카가 스르르 다가왔다. 넌 어디서 나온 거야?! 그런 것보다 술의 신이 그렇게 필사적으로 술을 조르지 마!

술, 술~ 하고 좀비처럼 매달리는 스이카를 보고 모두 싸한 표정을 지었다.

"아, 알았어! 알았으니까 손을 놔! 받아 둘 테니까!"

"얏호우~! 보기 힘든 술을 마실 수 있구나~! 성공이야!"

조금 전까지 좀비 같았던 느낌은 어디로 갔는지, 빙글 하고 그 자리에서 회전하며 처억 멋진 포즈까지 취하는 스이카. 이 봐요…….

"그럼 잘 부탁할게~. 도착하면 카리나한테도 나눠줘야지~~."

작게 껑충껑충 뛰면서 술의 신이 식당 밖으로 나갔다. 우리는 모두 멍~하게 신이 떠나는 모습을 그냥 바라보기만 했다.

"술은 마시면 즐거워지는 겐가, 괴로워지는 겐가?"

"글쎄……."

스우의 질문에 술을 마시지 않는 나는 대답할 수 없었다. 지구에서는 '술은 모든 약의 으뜸' 이라고도 하고, '술은 백해무익한 것의 으뜸' 이라고도 한다. 너무 많이 마시지 않으면 스트레스 해소도 되니 상관없다고 생각하긴 하지만.

단, 틀림없이 저 녀석(스이카)은 과음이다.

나는 한숨을 한 번 쉬고, 레리샤 씨에게 머시룸 드렁커 술을 확보해 달라고 하기 위해 다시 스마트폰을 기동시켰다.

제3장 의적 홍묘(紅猫)

"협의한 결과, 이 섬의 결계를 풀고 바깥 세계와 교류해 나가기로 결정했습니다. 잘 부탁드립니다."

"감사합니다. 우리 브륀힐드도 파레리우스섬의 평화를 위해 협력하겠습니다."

센트럴 도사가 내민 손을 붙잡았다. 파레리우스섬은 결계를 풀고 바깥 세계와 교류하기로 했다. 코교쿠의 권속을 통해 정보를 얻어서 사전에 알고 있기는 했지만.

그들은 내가 건넨 '이니셜라이즈'를 분석해 진짜라고 판단했다. 그 사실을 안 후, 협의를 거듭해 바깥 세계로 나가겠다는 대답을 냈다.

곧장 결계의 핵심인 마도구의 기능을 정지시키기 위해 우리는 중앙 신전 지하로 향했다.

지하로 내려가는 나선 계단 끝에는 넓은 원형 공간이 펼쳐져 있었다. 그 층의 중앙부에는 일곱 빛깔로 빛나는 커다란 마석이 박힌 검은 석판(모노리스)이 서 있었다.

크기는 폭 1미터, 높이 2미터, 두께 20센티미터 정도. 큰 문

정도인가.

“이게 결계의 발생원이구나…….”

“섬의 각지에 있는 똑같은 석판이 이곳과 연동되어 결계를 발생시키고 있습니다. 그러니 중심의 이것을 정지시키면 모든 결계가 사라질 겁니다.”

센트럴 도사의 설명을 들으면서 석판에 손을 뻗었다. 그러자 공기 쿠션 같은 감촉이 전해졌는데, 더 이상은 손을 석판에 가까이 댈 수 없었다. 마법 장벽인가. 안전 장치려나?

이것도 이 석판의 효과인 것이겠지. 그렇다면 이 장벽 자체에 ‘이니셜라이즈’ 를 박아 넣으면 무효화할 수 있을 게 틀림없다.

내가 【크래킹】으로 무효화해도 되지만, 이건 이 섬 사람들의 역할이다. 센트럴 도사가 품에서 내가 이전에 건네준 ‘이니셜라이즈’ 를 꺼내 석판으로 다가갔다.

5000년이란 오랜 세월 동안 섬을 지키고, 또는 봉해 두었던 결계를 해방시킨다. 그 심정이 어떨지 외부인인 나로서는 알 수 없었다. 하지만 상당한 각오를 하고 이 결단을 내렸다는 것은 안다.

주사기형 ‘이니셜라이즈’ 를 잡고 그 끝을 마법 장벽에 댄 순간, 도사가 주사기의 플런저라고 하는 누름대를 엄지로 밀어 넣었다.

폭발적인 마력이 단숨에 석판에 흘러들었다. ‘무(無)’ 라는 부여가 덮어 쓰이며 빛을 띠던 마석이 빛을 잃었다.
5000년간 이 섬을 뒤덮고 있던 결계가 방금 사라진 것이다.
확인을 위해 섬 상공에 있던 코교쿠와 바다에 있던 산고&코쿠요에게 텔레파시를 날렸다.
"어때? 결계는 사라졌어?"
〈네. 섬 상공을 뒤덮었던 '마력 확산' 결계가 사라진 듯합니다.〉
〈이쪽도 마찬가지예요. 안개가 걷혔네요. 이거라면 밖의 배도 접안 할 수 있을 거예요.〉
수환수의 보고를 센트럴 도사에게 전달했다. 이것으로 이 섬은 해방되었다.
자, 이제 대청소가 남았구나.

고슴도치 거수가 그 거대한 몸에서 발사한 바늘 산탄을 우로 좌로, 재빠른 풋워크를 활용하여 루가 타고 있는 발트라우테가 피했다.
등에 장비한 'B유닛'의 효과다. 다방향(多方向) 버니어 덕에 재빠른 이동과 가속을 가능하게 하는 발트라우테 전용 지

원 장비다. 참고로 B는 BOOSTER의 B다.

발트라우테는 고슴도치에 접근한 뒤, 등의 B유닛을 송환하여, 이번엔 등과 허리에 맞춰 네 개의 검이 장비된 'A유닛'을 소환했다. 참고로 A는 ATTACKER의 A다.

유닛과의 도킹은 1초면 끝난다. 발트라우테는 곧장 허리의 검을 좌우에서 빼내 도망치려고 하는 고슴도치의 몸에 달린 바늘을 잇달아 잘라 냈다.

그러자 갑자기 고슴도치가 몸을 둥글게 말고, 공처럼 발트라우테를 향해 덤벼들었다. 그 공격을 쉽게 피한 발트라우테였지만, 고슴도치는 그대로 계속 굴러 그 자리에서 도망치려고 했다.

하지만 루는 당황하지 않고 A유닛을 지운 후, 오른쪽 어깨에 커다란 대포를 출현시켰다. 그리고 양손으로 그것을 잡고 발꿈치의 앵커를 지면에 박았다. 장거리 사격용 C유닛이다. 참고로 C는 CASTER의 C다.

굉음과 함께 발사된 탄환이 도망치는 고슴도치를 확실히 맞혔고, 지면을 흔들며 거체가 그 자리에서 쓰러졌다.

"오, 제압한 건가."

내가 【롱센스】로 시야를 날려 거수의 절명을 확인하자, 디엔트 대표의 신호로 남쪽 도시의 병사들이 고슴도치의 처리를 위해 달려갔다.

소재를 벗겨 내는 것이다. 대상이 대상이다 보니 손이 많이

가는 작업이지만, 그 대신 소재의 일부를 저쪽에 제공하겠다는 약속을 하고 우리는 손을 대지 않았다.

C유닛을 바빌론으로 송환한 발트라우테에서 루가 내려왔다.

"여, 수고했어. 어때?"

"문제없어요. 교체도 막힘없이 할 수 있었고 생각대로 움직였어요. 충분히 전장의 여러분을 도울 수 있을 것 같아요."

루의 기체인 발트라우테는 유격이 메인이다. 특별히 눈에 띄는 능력은 없지만, 어떠한 전황이든지 대처할 수 있도록 만들어진 일종의 만능형이다. 그 능력을 사용해 전장을 누비며 다양한 서포트를 하는 것이 이 기체의 역할이다.

물론 단독으로도 상당한 퍼텐셜을 지니고 있지만.

이곳과 마찬가지로 동쪽과 북쪽 그리고 서쪽에도 각각 거수 사냥 부대를 파견했다. 거수의 위치는 결계가 풀려 바빌론에서도 서치할 수 있게 되었다. 거수가 이 섬에서 구축되는 것도 시간문제다.

물론 결계가 없어졌다고 해도 아직 각지에 마소 웅덩이는 존재한다. 당장 모든 거수가 사라지는 것은 아니지만, 그래도 지금까지처럼 도시 밖에서 거수에게 습격당할 걱정은 확 줄었다고 할 수 있다.

일단 이것으로 거수의 위협도 줄었고 근일 중에는 엘프라우에서 상선단이 오니, 나머지는 나라끼리 이야기를 하여 이것저것 결정하면 된다. 통화(通貨)의 차이 등, 처음에는 이것저것 큰일이겠지만.

솔직히 내가 아직 걱정되는 것은 거수나 이 섬이 아니라 사신의 고치였다.

최하급이라고는 하지만 신은 신. 그 힘을 먹어서 받아들인 사신이 어떤 존재인지는 상상도 가지 않았다.

나처럼 세계신이 재생했다면 몰라도 신의 힘을 받아들일 정도의 몸을 독자적으로 만드는 것이니, 그렇게 쉽사리 그 고치가 부화하지는 못하리라 싶지만…….

누나들도 예상외의 일이라 잠시 상황을 지켜본다는 듯, 아직 지상에 남아 있다.

그 신들은 새로운 신인 나의 교육 담당이기도 하다고 하니까. 교육을 받은 기억은 별로 없지만.

아무튼 상담 상대가 있다는 것은 고마운 일이긴 하다.

"왜 그러시죠?"

"아, 아니, 아무것도 아니야."

아무래도 골똘히 생각하고 있었는지 루가 걱정을 했다. 안 되지, 안 돼. 지금은 눈앞의 일을 하나씩 해치워야 해.

그러고 보니 센트럴 도사에게 말해 아레리아스 파레리우스가 남긴 연구 자료를 보았다. 아무래도 5000년 전의 것이라 센트럴 도사 등에게는 대략적인 내용만이 전해진 듯하지만, 우리에게는 그 5000년 전에 살았던 녀석이 있다.

서적을 전부 복사해 바빌론으로 보내, 무언가 세계의 결계에 관해 알 수 없을지 현재 박사가 '연구소' 에 틀어박혀 조사 중이다.

5000년이나 지난 책이 용케도 형태를 잃지 않고 남아 있었다는 생각이 들지만, 그런 것들도 【프로텍션】과 마찬가지로 보호 마법이 걸려 있었던 거겠지.

원래 보조 마법 중에는 시간의 흐름을 부분적으로 괴리시켜 시간에 의한 변화를 정체시키는 방법이 있다. 시대의 현자라고까지 불린 마법사라면 그것을 다룰 수 있다고 해도 전혀 신기할 게 없다.

그런 생각을 하고 있을 때 그것을 조사하던 본인에게 전화가 걸려왔다.

"네, 여보세요."

〈토야야? 파레리우스 옹의 연구서 중에 신경 쓰이는 점이 있어서. 조금 봐줬으면 하는데…….〉

"알았어. 이쪽도 일단락됐으니 조금 있다가 그쪽에 들를게."

그렇게 대답하고 전화를 끊었다. 신경 쓰이는 점? 뭔가 발견한 건가?

"이걸 봐 줘."

박사가 틀어박혀 있던 '연구소' 의 제2 랩, 그 책상 위에서 노트 같은 것을 나에게 보여 주었다.

펼쳐진 그 페이지에는 무언가 갑옷 같은 것이 그려져 있었다. 단, 관절이나 부분적인 부품이 묘하게 기계적이었다.

"이건…… 프레임 기어인가?"

"아니, 달라. 프레임 기어는 내가 하나부터 다 만들어 낸 오리지널이고, 5000년 전에 일단 완성했지만 아무 데도 공개한 적이 없거든. 게다가 이건 사이즈가 너무 작아. 기껏해야 인간과 비슷한 크기지."

작아? 혹시 파워드 슈트 같은 건가? 사람이 입고 다양한 환경에서 활동할 수 있게 만든 기계 장치 갑옷이라든가? 시대의 현자는 이런 것까지 만들었단 말이야?

하지만 내 생각을 듣고 박사는 고개를 저었다.

"그렇다고 한다면 이 마도구라고 적힌 문장은 조금 이상해. 자신이 만들었으면서 '동력원은 대기 마소와 태양광인가?' 라든가 '자율형, 독자적인 사고, 사람에게서 의식을 추출한 건가?' 같은 식으로 과연 적어 놓을까? 마치 본 적도 들은 적도 없는 물건을 적어 놓은 느낌이야. 게다가 여기."

박사가 노트의 끝에 적혀 있는 문자 하나를 가리켰다. 난 파르테노 문자를 마법을 사용해야만 읽을 수 있다니까. 그것을 눈치챘는지 박사가 그 문자를 읽어 주었다.

"'시간의 톱니바퀴와 차원의 문, 이웃한 세계의 방문자'. 파레리우스 옹은 차원문을 연구했어. 어디까지나 가능성이지만…… 파레리우스 옹은 다른 세계로 여행을 떠날 수는 없었지만, 다른 세계에서 그 세계의 사람을 불러내는 데 성공한 것이 아닐까?"

다른 세계에서 불러내? 그런 것이 가능한가? 아니, 소환술도 비슷한 것이니까. 못 할 것은 없나?

하지만 어느 쪽이든 간에 그 차원문의 만듦새를 보면 막대한 마력이 필요할 텐데?

"아니면 다른 세계에서 온 방문자와 만났다든가, 겠지."

"으~음……. 그쪽이 그나마 가능성이 있을 것 같아."

엔데처럼 세계를 건너는 능력을 지닌 녀석이 있을지도 모르니까.

"어쩌면 그 방문자와 만나 힌트를 얻어 파레리우스 옹은 차원문을 만들려고 했는지도 모르지."

말도 안 되는 일은 아니……지만, 그렇다고 한다면 이 기계 갑옷이 이세계에서 온 방문자인가? 이세계인이라기보다는 이세계 로봇?

아무튼, 다양한 세계가 있으니 그런 기계만의 세계가 있을지도 모르지. 기계 생명체 행성……. 자동차 같은 걸로 변형하거나 하진 않겠지?

이웃한 세계의 방문자……라. 차원문 너머, 반전 세계, 뒤쪽 세계라고도 할까? 그쪽 세계에서 5000년 전에 이쪽 세계로 이 기계 갑옷이 찾아왔다, 또는 흘러왔다, 인가?

그러고 보니 그쪽에서 게처럼 생긴 기계 버스를 봤었다. 그냥 분명히 탈것이라고 생각했는데, 어쩌면 로봇이었을지도……. 그쪽 세계에서는 그런 것이 평범하게 있을지도 모른다.

이 수수께끼의 열쇠는 그쪽 세계에 있을 것 같은 기분이 들었다.

"그런데 차원문의 복제 쪽은 완성됐어?"

"간신히. 셰스카의 공중 정원에 설치했지. 아, 마력 탱크도 같이. 토야가 없어도 그곳에서 마력을 끌어와 다양한 용도로 사용할 수 있으니, 한가할 때 주입해 둬. 꽤 압축할 수 있어서 마력 용량은 상당할 거야. 바빌론의 '탑' 에서 증폭하는 것도 가능하고 말이지."

오호라, '탑' 과 연동된 건가. 그거라면 꽤 많은 양을 기대할 수 있을 것 같다. 물론 항상 그렇게까지 사용하고 있는 것은 아니지만.

코하쿠 등, 수환수의 마력 공급이라면 충분하겠지. 수십 년은 버틸 수 있지 않을까. 수십 년이나 이쪽 세계를 벗어나 있는 사태가 벌어지지 않기를 바라지만.

"그래서 바로 '문' 의 기동 실험을 해 보고 싶은데……. 역시 나를 그쪽 세계로 데리고 가는 것은……."

"무리야. 데리고 가는 것은 가능하지만, 박사만 돌아올 수 없어. 꼭 가고 싶다면 그쪽에서 같은 차원문을 설치할 수 있을 장소와 자재를 준비한 다음에 해 줘."

"으음. 어쩔 수 없지. 당분간은 참을까……."

나는 신계를 경유해 돌아올 수 있지만, 박사 같은 평범한 사람(정확하게는 평범하지 않지만)은 그 루트를 이용할 수 없다. 신계에 갈 수 있는 것은 신이나 세계신이 부른 사람뿐이다.

저편 세계에서 토지나 자재를 확보한 다음 이곳과 똑같은 차원문을 반입해 저편과 이쪽의 문을 접속하면 평범한 사람이라도 자유롭게 오갈 수 있을지도 모르지만 바로는 무리다.

일단 '정원'에 세워 둔 딱 봐도 '탱크'처럼 생긴 원통형 물건에 마력을 주입하기로 했다.

확실히 상당한 양이 들어가는 듯했다. 자신이 지닌 마력의 절반 정도를 탱크에 주입하고 코하쿠 일행과 연결한 마력 공급 경로를 이쪽으로 연결해 보았다. 응, 문제는 없는 것 같아.

문의 기동 실험만 하는 거라면 저편 세계에 갈 필요는 없지만, 저편과의 시간 흐름 등의 다양한 검증을 하려면 가는 편이 빠르다. 게다가 전에는 당황해서 제대로 구경도 못 했으니까.

앗, 가기 전에 유미나 일행에게 제대로 이야기를 해 둬야겠어. 멋대로 행동했다가 나중에 혼나는 것은 사양하고 싶으니까.

"상관은 없지만, 저편에 간 다음 혼자서 행동하는 것은 그만둬 주세요. 코하쿠라든가, 누군가를 데리고 같이 행동하셔야 해요."

"신용해 주질 않네……."

유미나가 신신당부하며 다짐을 받아 두었다. 감시역이라는 건가. 코하쿠 같은 신수는 이쪽으로 다시 부를 수도 있고, 일단 신수인 만큼 신계에도 갈 수 있을 테니 다시 돌아올 수 있겠지만.

"신용한다든가 그런 문제가 아니에요. 토야 오빠는 너무 가볍게 훽훽 참견을 해서 주의가 필요하다고 생각해요."

아니, 뭐. 부정은 하지 않겠지만.

하지만 그렇게 참견을 해댔기 때문에 모두와도 만난 것 아닌지.

〈그럼 이번에는 저희가 함께하겠습니다. 괜찮겠지, 코하쿠, 루리?〉

〈너무 우르르 데리고 가도 눈에 띕니다. 방어가 특기인 산고와 코쿠요, 그리고 정보 수집을 위해 제가 가는 것이 적임 아닐까 합니다.〉

〈으으……! 어쩔 수 없지. 맡기마.〉

뭔가 저쪽에서는 코하쿠 일행이 따라갈 멤버를 결정하고 있고 말이지. 산고와 코쿠요 그리고 코교쿠인가. 코교쿠는 괜찮지만, 산고와 코쿠요는 눈에 띄지 않을까? 코하쿠와 루리 정도는 아니려나?

다른 모두에게도 허락을 받았다. 의외로 순순히 허락해 줬네. 얼마 전의 일로 신으로 인정을 받았기 때문일까. 일단 선물도 가지고 돌아오기로 약속했지만.

기간은 하루. 건널 때 시간의 어긋남이 있으니 실질적으로 하루 반 정도이겠지.

저편에 한 사람이지만 아는 사람이 생겼으니 그 연줄을 이용해 토지나 재료를 확보할 수 있으면 감지덕지하지만.

아무튼 기동 실험이라는 명목의 자그마한 유람이 되면 좋겠다고 생각한다. 무슨 일이 있으면 누나들에게 연락이 올 테니 괜찮겠지.

'정원' 에 설치된 차원문 복제품에 마력을 주입했다. 탱크에 주입한 만큼도 포함해 꽤 마력을 빼앗겼다. 그래도 몇 시간만 있으면 전부 회복되지만.

문에 설치된 타코미터가 100퍼센트를 가리키자 문 안에서 풍경이 나타났다.

어라? 전 같은 숲이 아니네. 해안 같은 바위산이 보여. 파레리우스섬과 브륀힐드는 출현 장소의 좌표가 다른 건가? 어쨌든 가 보자.

"그럼 다녀올게."

"음식에 주의해, 주세요."

"이상한 여자에 걸려들면 안 된다?"

린제와 에르제의 이상한 충고와 함께 모두의 배웅을 받으며 코교쿠 일행과 문을 지났다. 이전과 마찬가지로 달라붙는 듯한 기묘한 감각에 사로잡혔다. 이거, 좀 껄끄럽다.

문을 지나가 빠져나간 곳은 역시 해안의 바위 밭이었다. 바로 바다가 보였고, 파도 소리와 괭이갈매기의 울음소리가 들렸다.

역시 얼마 전과는 전혀 다른 장소로 나온 모양이었다.

〈바다는 이쪽도 비슷한 느낌이구나. 마음이 안정돼.〉

〈정말이군. 조금 헤엄치고 싶은 기분이야.〉

코쿠요와 산고가 바다 냄새를 만끽하고 있었지만, 공교롭게도 우리의 목적지는 바다가 아니야.

"일단 이곳이 어디인지 알아야겠지……. 【서치 : 인간】."

앗, 걸렸다, 걸렸어. 아직 스마트폰에 이쪽 세계의 정보를 아무것도 넣지 않아서 지도 검색도 못 한다. 지도는 산초 씨에게서 복사한 것이 있긴 하지만.

〈제 권속을 불러 주위의 정보를 모을까요?〉

"아니, 아직 어디인지도 모르고, 그건 좀 안정되면 하자."

코교쿠의 제안을 거절하고 그대로 해안선을 따라 걷다가 낚시꾼 한 명을 만났다. 바위에서 낚싯대를 내리고 있었다.

이쪽의 세계 지도 사진을 꺼낸 다음 번역 마법을 사용해서 현재 위치가 어디인지 물으니 가르쳐 주었다. 친절한 사람이라 다행이야. 공중에 떠 있는 산고와 코쿠요를 보고 조금 묘한 얼굴을 하긴 했지만.

흐음, 이전에 전이한 장소와는 상당히 떨어져 있다. 이건 파레리우스섬과 브륀힐드의 거리와 관계있는 걸까. 아니면 랜덤으로 연결됐을 뿐인가?

어쨌든 간에 산초 씨가 가게를 냈다고 하는 성왕국 아렌트의 왕도 아렌으로 가자.

지도를 보니 좌우로 역전되어 있어서 알기 힘들었지만, 현재 위치는 원래 세계의 펠젠 왕국 부근이고, 성왕국 아렌트는 로드메어 연방 부근이구나.

【플라이】로 한 번 날면 바로 도착할 거리다.

"좋아, 그럼 가 볼까?"

일단 【인비저블】로 자신을 포함해 모두의 모습을 지우고 단숨에 날아올랐다.

이렇게 하늘에서 보니 우리 세계와 별로 다르지 않은 느낌이야.

그런 감상을 품는 내 옆을 저편에서 온 커다란 비행선이 스쳐 지나갔다.

속도가 느리고 예스러운 느낌의 비행선이다. 하지만 왜 비행선에 로봇 같은 양팔이 달린 거지?

앞서 한 말 취소. 꽤 다를지도 모른다. 아무래도 마공학에 관해서는 이쪽 세계가 약간 진보했을지도 모른다.

어쨌든 간에 왕도에 가 보면 이것저것 알게 되겠지. 나는 더욱 속도를 높여 똑바로 성왕국을 향해 갔다.

◇ ◇ ◇

성왕국 아렌트의 성 아래 마을 앞까지 와서 조금 곤란해졌다. 아무래도 도시로 들어가기 위해서는 신분증이나 일정한 액수의 돈이 필요한 모양이었다. 문 앞에 사람들이 줄을 서 있었다.

그 자체는 드문 일도 아니고 놀랄 일은 아니지만, 이쪽 세계에서는 내 길드 카드가 무용지물이겠지. 물론 이쪽 세계의 돈도 없다. 자, 어떻게 하면 좋을까.

〈우리는 보이지 않으니 그냥 지나가면 되는 거 아니에요?〉

"……그러네."

코쿠요의 발언으로 나의 바보 같은 모습에 어이가 없어졌다. 걱정할 것 없이 그냥 지나가면 되잖아. 【인비저블】로 보이지 않으니까.

문지기 옆을 스윽 지나가 도시 안으로 발을 들였다. 애초에 처음부터 도시 안에서 내려서면 되는 이야기였을 뿐이다.

길거리에서 떨어진 뒷골목에서 사람들 눈이 없다는 것을 확인하고 【인비저블】을 풀었다.

마법을 해제하고 새삼 길거리로 나가 보니, 거리의 번잡함이 피부로 느껴졌다. 건물이나 길거리 등은 벽돌이나 돌바닥되어 있어, 우리 세계와는 큰 차이가 없어 보였다. 하지만 군데군데 가로등 같은 것이 서 있었다. 사람들의 복장도 그렇게 다르지 않고, 굳이 차이점을 말하자면 그다지 모험자 같은 사람이 안 보인다는 것 정도인가?

아니, 잠깐만. 저 가게의 간판은 네온인가? 문자의 형태에 긴 관 같은 것이 붙어 있다. 밤이 아니라 빛나고 있지는 않지만……. 전기로 빛나는 것일까. 아니면 마력?

"역시 세세한 부분은 다르구나……."

〈주인님, 저쪽을 보시길.〉

도시를 구경하러 온 시골 사람처럼 두리번거리며 걷는데, 코교쿠가 텔레파시를 보냈다.

그쪽으로 시선을 보내자, 눈앞의 교차로를 타각타각 하고 신사처럼 보이는 남자가 타조 같은 기계에 걸터탄 채 가로질러 가는 모습이 보였다. 저게 뭐야?!

정확하게는 타조의 목에서 아래 다리만 있는 것에 짐받이를 단 것 같은 것이었다.

〈주인님, 건너편에서도 옵니다.〉

멍하니 있는데, 이번엔 건너편에서 다리 끝에 바퀴가 여덟 개 달린 거미 같은 예스러운 기계가 지면을 미끄러지듯이 달렸다. 그 등 뒤에는 마차 같은 시트가 달려 있었고, 부유해 보이는 남녀가 시트에 앉아 웃으며 이야기를 나누었다.

나는 시선만으로 그것을 바라보며 엄청난 컬처쇼크로 인해 조금 현기증을 일으켰다.

〈평범하게 마도구가 보급되어 있구나.〉

〈저것이 마도구인지 어떤지는 모르겠습니다만. 단지 소유자를 보아하니 사용하는 것은 일부의 부유층뿐인 것 같습니다.〉

코교쿠의 말대로 로봇 같은 것을 끌고 다니는 사람들은 어딘가 옷을 잘 입고 다니는 사람들뿐이었다. 그렇다면 저건 돈으로 사는 건가?

"정말 별세계네……."

조금 기분을 가라앉히기 위해 어딘가 카페라도 들어가고 싶었지만 돈이 없었다.

일단은 그것부터인가.

산초 씨에게 얻은 번역 마법 효과로 문자는 읽을 수 있다. 일단 잡화점으로 보이는 가게에 들어가 보기로 했다. 무언가를 팔아 돈을 만들자.

"헤이, 어서 옵쇼."

길거리에 접해 있는 그 가게는 '카탄 잡화점' 이라는 개인 경영점인 듯했다.

그다지 넓지 않은 가게 안에 다양한 잡화가 놓여 있었다. 바늘이나 줄, 가위나 천 등, 보면 바로 알 수 있는 물건들부터, 유리 같은 것 안에 무언가 액체와 광물이 들어간 뭐가 뭔지 알기 힘든 것도 있었다.

"……뭔가 찾는 것이 있으신지요?"

두리번거리며 상품을 보는 나에게 주인이 말을 걸어 왔다. 수상한 녀석이라고 생각했을까? 이상한 동물을 데리고 있기도 하고 말이지.

카운터에 앉은 점주는 30대 정도의 붉은 수염을 기르고 있는 남성이었다.

"아니요. 실은 돈이 필요한 참이라 이곳에서 뭔가를 팔 수 있었으면 하는데요……."

"매입인가? 루크시의 실이나 마광석이라면 비싸도 사들이겠다만."

전부 모르는 거다. 하지만 마광 '석' 이라고 하는 것을 보면 광석인 거겠지. 광석을 팔 수 있다면 금이나 은도 팔 수 있을지도 모른다.

"금이나 은도 매입해 주시나요?"

"금이나 은? 그건 안 돼. 우리는 감정을 하기 어려우니, 아무래도 값싸게 매입하게 되거든. 손님이 손해 볼걸? 귀금속 가게에 가는 편이 좋아."

꽤 친절한 점주네. 하지만 귀금속 가게라면 사들여 주는 건가. 그걸로 돈은 어떻게든 될 것 같다. 앗, 그렇지. 산초 씨에 관해 물어보자.

"이 도시에 페드로 산초라는 상인이 있을 텐데요, 아시나요?"

"뭐야, 당신 산초 사장님과 아는 사이인가? 사장님의 가게라면 이 앞쪽 거리를 북쪽으로 똑바로 가면 나와. '산초 상회' 라면 금이나 은도 적정 가격에 매입해 주겠지."

의외로(라고 하면 실례지만) 산초 씨는 이 도시에서 꽤 알려진 상인인 모양이었다.

점주에게 고맙다는 인사와 작별 인사를 하고 북쪽을 향해 거리를 걸었다.

그 사이에도 기계 갑옷 기사라는 느낌의 로봇이 모험자 같은 남자의 뒤를 따라 걷고 있는 모습을 목격했다.

주민들은 그것을 쳐다보기는 해도 특별히 들썩이지는 않았다. 아무래도 이런 광경은 이쪽 세계에선 일상다반사인 듯했다.

신기한 것은 그런 로봇이 있는 것치고 과학 기술은 그렇게 발전된 것처럼 보이지 않는다는 것이었다. 평범한 마차도 달리고 있고 말이지.

어딘가 모르게 뒤죽박죽이라는 인상을 받았다. 다른 이세계라서 그런 걸까. 그런 생각을 하면서 거리를 북쪽으로 걷는데 눈에 띄는 간판이 보였다.

"오, '산초 상회'. 여기인가?"

조금 전, 잡화점의 세 배는 될 듯한 가게. 벽돌로 만들어진 그 가게의 옆에는 주차장 같은 공간이 있었고, 그곳에 그 게버스가 세워져 있었다. 틀림없다. 이곳에 산초 씨의 가게다.

3단 정도의 계단을 올라가 세련된 장식이 된 문을 열었다. 문의 벨이 띠리링 하고 울리자, 가게 안에 있던 20대 후반의 앞치마를 두른 여성이 이쪽을 돌아보았다.

"어서 오세요. ……어라? 어라어라어라! 당신은 요전번의!"
"어?"
얼굴을 보자마자 밤색 머리카락을 크게 묶어 올려 정리한 그 여성이 미소를 지으며 다가왔다. 그리고 내 앞에서 가볍게 고개를 숙였다.
"지난번에는 신세 많이 졌습니다."
"저어~……?"
"아, 기억하지 못하시나 보군요. 남편만 이야기했으니까요. 저는 페드로의 아내인 모나라고 합니다. 고렘 마차 안에 있었어요."
"고렘?"
"저기요. 밖에 멈춰 있는 저거."
모나 씨가 손가락으로 가리킨 곳에는 가게 안의 유리를 지난 곳에 바싹 세워져 있는 게 버스가 보였다. 아무래도 가게 안에서 주차장 같은 저곳으로 갈 수 있도록 만들어져 있는 모양이었다.
그런 것보다 저거, 고렘이라고 하는 건가? 골렘이 아니라?
"지금 남편을 불러오겠습니다."
"아, 감사합니다."
타닥타닥 하고 모나 씨는 안쪽 계단 쪽으로 달려갔다.
나는 다른 손님이나 점원의 방해가 되지 않도록 가게 안의 주차장이 보이는 쪽으로 이동했다.

가게 안에는 다양한 상품이 놓여 있었다. 잡화점이긴 하지만, 조금 전의 가게와는 달리 놓여 있는 물건이 어딘가 비싸 보였다. 최대한 상품을 건드리지 않으면서 유리창 너머에 있는 고렘이라 불리는 기계 게를 무심하게 바라보았다.

"조종석 같은 것은 있지만, 핸들이나 레버 같은 것은 없네. 자동 조종인가?"

일단 스마트폰의 카메라로 촬영하면서 고찰했다. 이게 탈것이라면 어딘가에서 팔고 있는 건가? 판다면 사서 돌아가면 박사가 아주 기뻐할 것 같은데. 꽤 비싸 보이기는 하지만.

"여어, 잘 오셨습니다. 토야 씨! 또 만나 기쁩니다!"

"아, 산초 씨. 안녕하세요."

누군가가 말을 걸어 돌아보니, 그곳에는 사람 좋아 보이는 * 에비스 같은 얼굴의 산초 씨가 서 있었다. 체형도 에비스님 같은 느낌이지만.

내민 손을 잡고 대회를 기뻐하는 것도 하는 둥 마는 둥, 나는 이 가게에 온 이유를 이야기했다.

"실은 돈이 필요해서요. 여기서 금이나 은을 매입한다는 이야기를 들었거든요."

"매입 말입니까? 상관없습니다. 일단 현물을 보여 주시겠습니까?"

내가 【스토리지】에서 작은 금 잉곳을 하나 꺼내자, 산초 씨

*에비스: 일본의 칠복신 중 하나로 어부와 상인의 신. 복스러운 얼굴에 통통한 체형이다.

가 눈을 둥그렇게 떴다.

"저어…… 왜 그러시나요?"

"아니요. 마수를 쓰러뜨리신 실력을 보고 보통 분이 아니라고는 생각했지만…… 꽤 마법에 정통하신 분인 듯하여…… 놀랐습니다."

으응? 이쪽 세계에서는 마법이 그다지 퍼지지 않은 건가?

"카드도 사용하지 않고 수납 마법을 사용하시다니……."

"카드?"

"이겁니다. 모르시나요? '스토리지 카드'. 아주 멀리서 날려 오신 모양이군요."

산초 씨는 품에서 카드 한 장을 꺼내더니 카운터 위에서 살짝 흔들었다. 그러자 카드에서 여러 장의 은화가 떨어졌다. 오오? 혹시 수납 마법이 부여된 카드인가?

"저희 상인에게는 필수품인 아이템입니다. '커먼', '언커먼', '레어', '레전드'가 있는데, 각각의 수납량이 다릅니다. 이건 언커먼 카드입니다."

"와아…… 처음 봤어요."

산초 씨가 가진 카드를 바라보았다. 아하, 이거라면 나도 만들 수 있을 듯하다. 여러모로 편리할지도 모른다. 자세하게 물어보니 수납할 수 있을 뿐, 내【스토리지】처럼 안의 시간까지 멈출 수 있는 것은 아닌 모양이었지만.

"그렇게 별난 건가요……? 토야 씨, 당신은 대체……."

"여보. 생명의 은인에게 실례잖아."

"앗, 죄송합니다. 쓸데없는 탐색을 다 하고. 그럼 잠시 이것을 살펴보겠습니다."

의아한 눈을 하던 산초 씨였지만, 사모님이 나무라자 내가 건넨 잉곳을 확인하기 시작했다. 저울에 올려 무게를 재고, 무언가 막대기 모양의 물건을 대고 문지르며 숫자를 종이에 적었다.

"흐음……. 순금이군요. 이것을 통째로 파시는 건지요?"

"네."

"그렇군요……. 백금화 다섯 닢은 어떠신지요?"

"상관없습니다. 그렇게 부탁합니다."

그렇다고는 해도 이쪽 돈의 가치가 어떤지 알 수 없지만. 그건 그렇고 백금화라. 명칭은 같은데, 화폐 가치도 같을까?

백금화 한 닢으로 빵을 하나밖에 못 사거나, 동화(銅貨) 한 닢으로 집을 세울 수 있다든가 하는 것이 아니면 좋을 텐데. 금속의 가치란 이용 가치와 희소가치로 결정되는 것처럼도 느껴지고 말이다.

확실히 알루미늄이 금보다 비쌌던 시대도 있었고, 백금이 별로 비싸지 않았던 시대도 있었다고 어딘가에서 읽은 적이 있는 듯한……. 금은 계속 안정된 가치를 유지했다는 듯하지만, 그것도 지구에서의 일이니까.

잡화점의 점주가 금이나 은을 '귀금속'이라고 했으니, 엄청나게 값싸거나 하는 일은 없을 거라 생각하지만.

앗, 사고가 빗나갔다. 고렘에 관해 물어보자.

"그러고 보니 이곳에 오면서 저것과 비슷한 기계를 꽤 많이 봤는데요……."

그렇게 말하며 유리 너머의 게 버스를 가리켰다.

"고렘 말입니까? 왕도라 다양한 기종이 있었지요? 저희처럼 공장제(팩토리)의 운반형뿐만이 아니라, 고대(레거시) 기체도 가끔 볼 수 있습니다."

"그 고렘은 저도 살 수 있나요?"

"살 수 없진 않을 겁니다. 단, 백금화 다섯 닢으로는 그다지 좋은 것은 못 살 겁니다."

아무래도 꽤 비싼 물건인 듯싶다. 원래 세계를 예로 들어 말하자면 고급 외제차 수준인가?

서민이 쉽사리 살 수 있는 것은 아닌 것이 분명한 듯했다. 게다가 용도에 따라 각각 가격도 다른 모양이었다.

"아무래도 토야 씨는 고렘에 관해 잘 모르시는 듯하군요? 괜찮으시다면 설명해 드릴까요?"

"죄송합니다, 시골 사람이라서요. 잘 부탁드립니다."

이하, 산초 씨에게 들은 고렘에 관해서.

일찍이 전쟁이 있었다. 두 개의 고대 왕국의 다툼이 이윽고 전 세계를 말려들게 한 대전쟁으로 발전했다고 한다. 그 시기에 사람을 따르며 사람을 대신해 싸우는 기계 장치 자동인형이 만들어졌다.

그것이야말로 고렘이라고 불리는 기계 인형. 잇달아 다종다양한 고렘이 생산되었고 전쟁은 고렘의 힘으로 점점 더 확대되었다. 이미 그것은 전쟁을 시작한 고대 왕국마저도 멈출 수 없을 정도였다고 한다.

결국 세계는 한 번 멸망했다.

하지만 인류는 거기서부터 다시 일어서서 새로운 문명을 쌓아 올렸다.

태고의 유산인 고렘을 발굴해 고대(레거시) 기체라고 불리는 기체를 분석, 복제하여 그레이드다운시킨 양산형을 만드는 데 성공했다. 공장제(팩토리)라고 불리는 것이 현재 일반적으로 보급된 고렘이라고 한다.

"그럼 밖의 저것도 공장제인 양산형이군요?"

"그렇습니다. 고대(레거시) 기체는 조금 손을 대기 힘듭니다. 시장에 나오는 것도 매우 적으니까요. 가지고 싶다면 직접 고대 유적을 발견해 발굴하는 수밖에 없을 겁니다."

굉장히 레어한 물건인 듯하다. 하지만 전혀 손에 들어오지 않는 것도 아닌 모양이었다.

"공장제(팩토리)와 발굴품(레거시)는 그렇게 성능 차이가 나나요?"

"그야 그렇죠. 성능도 그렇지만, 고대(레거시) 기체는 다른 이름으로 '성능 보유형' 이라고 할 정도입니다. 특수한 능력을 가지고 있는 경우가 많습니다. 번개를 날리거나, 얼음을 조종한다든가 말이죠. 마법을 사용할 수 있는 토야 씨에게는 별로 필요 없을지도 모르겠습니다만."

아하. 그래서 고대 기체(레거시) 쪽이 더 귀중하구나. 역시 고대 왕국의 유산이라고 해야 할까. 이런 점도 우리 세계에서 말하는 아티팩트 같은 것과 비슷하네. 양쪽 모두 마력으로 움직이는 도구라는 점은 분명하다.

그런 문답을 하며 나는 산초 씨에게서 백금화 다섯 닢을 건네받았다.

겸사겸사 빵 한 개의 가치를 물어보니 우리 세계와 화폐의 가치는 별로 차이가 없는 듯했다. 백금화는 금액이 너무 크니 한 닢만 금화 열 닢으로 바꿔서 받자.

저편의 동전보다 조금 작긴 하지만 재질은 비슷해 보였다. 【애널라이즈】로 조사해 보니 통화(通貨)라서 순금은 아니고, 10퍼센트 정도 미스릴 등이 섞인 합금이었다. 미스릴도 평범하게 존재하는 건가.

일단 이것으로 자금은 확보했다. 일단은 이쪽 세계의 정보를 이것저것 손에 넣어 볼까. 고렘에 대해서도 알게 될 테니까.

"이 근처에 서점은 있나요?"

"세 건물을 옆으로 가면 서점입니다. 별로 크지는 않습니다만."

가깝네. 일단은 그곳부터 공략해 보자.

산초 씨 일행에게 인사하고 일단 밖으로 나갔다. 정말로 오른쪽에 서점 간판이 보였다.

산초 씨 가게와는 달리 예스러운 문을 열어 보니 안은 자못 고서점 같은 분위기의 서점이었다. 들어가자마자 바로 앞에 계단이 있는 것을 보니 2층에도 책이 놓여 있는 듯했다.

1층 안쪽의 카운터에 둥근 안경을 낀 백발에 긴 흰 수염을 기른 할아버지가 앉아 있었다. 어딘가의 마법 학교에서 교장이라도 하고 있을 듯한 분위기를 내뿜었다.

"……어서 오시오. 뭐라도 찾는가?"

"어~ 역사나 문화 관련 책도 있나요?"

"역사 관련? 이 나라의 역사 말인가? 아니면 세계사?"

"아~ 양쪽 다요."

"그렇다면 2층 오른쪽 안쪽의 책장, 위에서 두 번째와 세 번째네. 자유롭게 봐도 좋지만, 책을 더럽히지는 말아 주게."

할아버지에게 가볍게 고개를 숙이고, 오래된 목제 계단을 올랐다. 끼익, 끼익, 하고 삐걱거리는 계단을 올라 2층 오른쪽 안쪽의 책장을 향했다.

"앗, 여기인가. 음~……. 『아렌트 사서』, 『성왕국 역정(歷程)』, 『서방기원록』, 『매틀랙 연대기』……."

〈꽤 많네요.〉

"한 권에 은화 한 닢도 안 하고, 성가시니 다 살까?"

이것저것 눈에 띄는 책을 책장에서 빼내 바닥 위에 산더미처럼 쌓았다. 책은 이쪽 세계 쪽이 약간 더 싼 느낌이다.

"앗, 고렘 관련 책도 사자."

고렘에 관한 전문서는 없어서 고대 왕국과 관련된 책을 쌓아 올렸다.

그 외에 마수와 관련된 책이나 작법에 관한 책, 린제 등에게 줄 선물로 사랑 이야기책도 쌓았다. 산고 일행에게도 적당히 재미있을 만한 것을 골라 쌓아 두라고 했다.

"대충 이 정도인가."

책장에서 빼낸 100권 이상의 책을 【레비테이션】으로 띄워 1층으로 내려갔다.

카운터에 있던 할아버지는 나와 둥실둥실 떠 있는 산더미 같은 책을 보고 오싹해 했지만, 곧장 모든 책을 계산하기 시작했다.

모두 금화 아홉 닢 반이어서 백금화 한 닢을 건네고 1층에 있던 눈에 띄는 책을 있는 대로 금화 반 닢 만큼 다른 책과 함께 【스토리지】에 밀어 넣었다.

"감사합니다……."

조금 멍한 느낌의 할아버지를 슬쩍 보며 다시 마을의 거리로 나갔다.

"자, 이제는 식사려나?"

〈좋네요.〉

〈전 달걀이 먹고 싶어요~.〉

어딘가 식사를 할 수 있는 곳이 없는가 하고 마을을 돌아다녔다. 산초 씨의 가게로 돌아가 물어봐도 됐지만, 이런 것은 필이 오는 곳으로 들어간 가게가 더 재미있다. 꽝을 뽑는다 해도 그것 또한 여행의 진수니까……라는 것이 에르제의 말이었다.

그러다가 문을 연 카페를 하나 발견하고 그곳의 테라스석에서 경식을 주문했다. 이곳이라면 코교쿠 일행을 데리고 가도 괜찮을 듯했다.

번역 마법 덕분에 아렌트 성왕국의 문자도 읽을 수 있었지만, 그래도 곤란한 점이 있었다.

메뉴의 '신신 샌드위치' 나 '그레풀 과실수' 처럼, 읽을 수는 있지만 '신신' 이나 '그레풀' 이 무엇인지는 알 수 없었다. 매우 스릴 넘치는 주문이 되었지만, 나온 것은 닭고기가 들어간 듯한 샌드위치와 포도인 듯한 보라색 주스였다.

맛은 나쁘지 않았다. 나름대로 맛있었다. 무슨 고기인지, 무슨 과실인지는 생각하지 않으려 했다. 맛있으면 그만이다.

코쿠요 일행도 주문한 메뉴를 맛있게 먹었다. 코쿠요는 달걀, 산고는 생선, 코교쿠는 야채로, 다 따로따로였지만.

나도 느긋하고 편안하게 식사를 하고, 테라스석에서 보이는 거리를 바라보았다.

때때로 지나가는 다양한 고렘을 보는 것이 재미있었다.

그러고 보니 이 도시에서 아직 수인이라든가 엘프 같은 아인을 보질 못했네. 단순히 도시나 이 나라에 없는 것인지, 아니면 이쪽 세계에는 존재하지 않는 것인지. 박해를 받거나 인간과 적대하는 것만은 그만둬 줬으면 하는데.

그레이프 주스 같은 색이지만 맛은 토마토 주스에 가까운 음료를 마시면서 나는 거리를 바라보았다.

"누가 좀! 그 녀석을 잡아 주게! 날치기다~!"

거리 너머에서 그런 목소리가 들린 뒤, 백을 든 갈색 머리카락의 젊은 남자가 테라스가 있던 우리 앞을 전력 질주로 가로질러 갔다.

"……【슬립】."

"크아악?!"

갑자기 넘어진 날치기 남자가 세차게 뒤통수를 지면에 부딪쳐 마구 뒹굴었다.

쫓아온 금발의 다른 남자가 갈색 머리카락의 남자에게 달려들어 뒤에서 날치기범을 제압했다.

〈훌륭합니다, 주인님.〉

"이렇게 큰 도시니 범죄도 잦겠지."

주스를 한 손에 들고 눈앞에서 시작된 포획 장면을 바라보는데, 은색 갑옷을 입은 기사 둘이 와서 날치기범을 묶더니 금발 남자와 함께 어딘가로 연행해 갔다. 이 도시에도 평범하게 기사단이 있는 모양이었다.

그 모습을 바라본 우리는 식사 대금을 내고 카페 밖으로 나왔다.

그리고 세계신이나 모두에게 줄 선물을 사면서 다양한 가게를 들여다보며 돌아다녔다. 무기점에서 총 같은 것을 보고 깜짝 놀랐다. 단지 화약을 사용한 총이 아니라, 담겨 있는 마력을 총알로 사용해 쏘는 '스펠캐스터' 라는 것이었지만. 마력총이라고 해야 할까?

점주와 이야기를 해 봤는데, 역시 이쪽 세계에는 '마법' 을 사용할 수 있는 '마법사' 는 그렇게 많지 않은 듯했다. 마력은 누구나 가지고 있고 그 존재도 알고 있는데, 그것을 기술로서 조종할 수 있는 사람은 한정된 모양이었다.

고렘이라는 존재로 마법의 발전이 저해되어 버린 것일까. 물론 전격(電擊)을 날릴 수 있는 고렘이 있다면 【선더 애로우】를 사용할 수 있는 마법사는 별 필요가 없다.

급료도 필요 없고 불평도 하지 않는다. 배신할 걱정도 안 해도 된다. 그래서 마법이라는 것은 일부에 한정된 사람들에게만 이어지고 쇠퇴한 것인지도 모른다.

물론 고대 왕국 시대에는 그렇지 않았을지도 모르지만……. 그런 것들은 사들인 책으로 조사해 볼 수밖에. 내가 아니라 박사가 조사할 거지만.

그런데 이 뒤쪽 세계(성가셔서 그렇게 호칭한다)도 여러모로 흉흉하네. 이렇게 도시를 관광하는 시골 사람을 쫓아다니는 못된 녀석들이 있으니까.

“둘…… 아니, 셋인가.”

〈네. 확실히 우리를 뒤쫓고 있습니다.〉

아까부터 우리를 적당한 거리를 두고 감시하는 녀석이 있다. 꽤 좋은 미행술이라고 칭찬해 주고 싶지만, 아직 멀었구나. 우리 츠바키 씨 수준과 비교하면 초보자나 마찬가지다.

“누군가에게 미행당할 짓은 안 했는데…….”

〈여러 가게에서 물건을 사서 돈 많은 도련님이라고 잘못 생각한 게 아닐까요~?〉

그럴 가능성도 있는 건가. 쇼윈도의 상품을 보는 척하며 창문에 비친 등 뒤의 미행하는 사람을 확인했다. 후드를 쓰고 있어서 얼굴은 잘 알기 힘들었지만, 흔히 볼 수 있는 양아치들이라고는 생각하기 힘들었다.

뭐, 그런 점은 직접 물어보면 되나?

빠르게 뛰어 뒷골목 안으로 들어갔다. 모퉁이를 돌아 사람이 없다는 것을 확인한 다음 곧장 【인비저블】로 모습을 감추고 추적자들을 기다렸다.

마찬가지로 모퉁이를 돈 세 사람이 뒷골목으로 들어왔을 때 퇴로를 차단했다.

갑자기 등 뒤에서 나타난 나를 보고 후드가 달린 무슨 로브 같은 것을 입은 세 사람이 오싹하며 놀랐다.

“나에게 무슨 볼일이라도 있어?”

당황하는 세 사람 중 두 사람이 나머지 한 사람을 바라보았다. 아무래도 그 녀석이 리더인 듯했다.

“볼일이 없으면 뒤를 밟는 짓은 하지 말았으면 하는데. 아니면 따끔한 맛을 봐야만 알까?”

계속 뒤를 쫓아다니면 성가시니 조금 위협을 했다. 내 모습으로 얼마나 효과가 있을지는 모르겠지만.

“기다려 주십시오. 뒤를 밟은 것은 사과하겠습니다. 조금 이야기를 들어 주실 수 없을까요?”

리더로 보이는 인물이 후드를 벗었는데, 적갈색 머리카락을 지닌 여성이었다. 나이는 스무 살 정도로 개암나무색 눈이 날카로웠고, 군인이나 무예가 같은 분위기를 풍겼다. 쇼트커트로 가지런히 자른 머리카락이 더욱 그런 인상을 강하게 만들었다.

“조금 전에 카페의 테라스석에서 날치기에게 마법을 사용하셨죠?”

“……사용했는데, 왜 그러죠?”

호오. 그 짧은 발동에도 용케 눈치챘네. 마법이 받은 대상도 아니었는데. 그러고 보니 마법을 몰라도 감응력(感應力)이 높은 사람이 있다고 린이 말했었지? 마법사의 소질이 있다는 거겠지.

“당신은 다른 마법도 사용할 수 있나요?”

“네에, 어느 정도는요.”

"……해주(解呪) 마법은요?"

"종류에 따라 다르죠. 너무 진행되어 있으면 저주를 풀었을 때, 오히려 상대를 위험에 빠뜨리는 일도 있거든요."

저주라고 한데 묶어 말하지만, 매료, 혼란, 석화, 체력흡수, 혼수, 미혹, 봉인 등 여러 가지다. 개중에는 자손 절멸이라는 별난 것도 있다.

대부분은 내 【리커버리】로 해제할 수 있지만 예외도 있다. 예를 들어 저주로 신체가 강화되었던 자인데 안이하게 저주를 풀면, 반동으로 육체가 지금까지의 부담을 견디지 못해 죽어 버릴 수도 있다.

또 복잡한 저주는 【리커버리】 한 번으로는 풀리지 않기도 한다. 내가 전에 노예 상인의 앞잡이에게 사용한 주박 마법, 【길티커스】가 그런 것이다.

그때 건 저주는 사람을 상처 입히는 죄를 저지를 때마다 몸 일부가 마비되어 가고, 이윽고 심장에 이르러 죽음에 이르는 것이다.

일반적인 상태라면 물론 건강하니 【리커버리】는 효과가 없다. 무언가 죄를 저지르고 마비됐다면 【리커버리】로 고칠 수 있지만. 다만, '저주' 가 풀린 것은 아니다. 또 죄를 저지르면 마비가 발생한다. 근본적인 해결은 되지 않는다.

그래서 근본적으로 무슨 저주인가를 확인해 봐야 하는데…….

"누구, 저주받은 지인이라도 있나요?"

"네. 저희 손님이 저주 마도구(아티팩트)에 걸려 혼수상태가 되었습니다. 이미 몇 주간 의식이 돌아오지 않아……."

흐음. 혼수 저주인가. 정신 붕괴 같은 것이 아니면 고칠 수 있을 거라고는 생각하지만.

"저희는 아직 그분에게 받은 큰 은혜를 갚지 못했습니다. 부디 그 여자분의 저주를 풀어 주실 수 없을까요? 사례는 뭐든 하겠습니다."

고개를 숙이는 쇼트커트의 미녀를 보고 당황한 뒤쪽의 두 사람도 후드를 벗고 마찬가지로 고개를 숙였다.

포니테일과 롱웨이브 머리카락이 크게 흔들렸다. 두 사람 모두 나이는 나와 비슷하거나 하나 아래 정도인가. 열여섯, 열일곱 정도의 소녀로 포니테일이 옅은 갈색, 롱웨이브가 밤색 머리카락이었다. 고개를 숙이고 있어서 얼굴은 잘 보이지 않았다.

자, 어떻게 할까.

〈바로 일어났네~. 여전히 주인님이 가는 곳에는 문제가 일어나~.〉

〈남들 듣기 이상한 소린 하지 마!〉

코쿠요에게 텔레파시로 딴지를 걸어 두었다. 상대가 문제를 가지고 오는 것이다. 내 탓이 아니다. 이번에도 【슬립】을 했을 뿐……. 아니, 그게 방아쇠가 된 것은 확실하지만.

으으음. 별로 눈에 띄고 싶지는 않은데. 쓸데없는 트러블을 짊어지는 것도 귀찮고 말이야.

그렇다고 보고도 못 본 척하는 것은 뒷맛이 나쁘고. 아는 사이도 뭐도 아니지만 어떤 저주인지 신경은 쓰인다.

뭐, 어때. 귀찮아지면 앞쪽 세계로 돌아가 버리면 그만인데. 이쪽에서는 국왕이라는 직위도 없으니, 아마 괜찮겠지.

"고칠 수 있을지 어떨지 모르겠지만, 그래도 괜찮다면요."

"감사합니다."

"고마워요~."

"감사해요~."

다시 세 개의 머리가 숙였다. 일단 보지 않으면 뭐라고 말하기 힘들지만 말이지. 내 옆에서 소환수들이 한숨을 쉬었지만 들리지 않은 척했다.

"그럼 저희의 집으로 안내하겠습니다. 말씀이 늦었지만 저는 에스트 프로티아. 의적단 '홍묘(紅猫)' 의 부수령(副首領)입니다."

"저는 모치즈키 토야예요. 지금은 여행 중…… 잠깐, 의적단이라니 뭐지? '홍묘' ?"

의적? 의적이라면 그 의적? *네즈미코조라든가, 로빈 후드라든가, **이시카와 고에몬, 아르센 뤼팽 같은?!

아니아니, 말을 어떻게 하든 간에 결국에는 도둑이라는 거

*네즈미코조(鼠小僧): 에도 시대 말기의 도적. 주로 무가의 저택을 노려 사후 의적으로 미화되었다.

**이시카와 고에몬(石川五右衛門): 아즈치모모야마 시대(1573~1603)에 활동한 전설적인 도적.

잖아?!

" '홍묘' 를 모르나요? 꽤 시골에서 왔나 보네요."

포니테일 여자아이가 그렇게 말했지만, 시골이 아니라 나는 더 먼 곳에서 왔으니 알고 있을 리가 없었다.

그 말투를 들어 보면 상당히 이름이 알려진 의적단인 듯하지만, 범죄자인 것은 변함이 없다.

미간을 찌푸린 나를 보고 에스트라고 이름을 밝힌 여성이 말했다.

"미리 말씀드리지만, 저희가 훔치는 대상은 민초를 괴롭히는 악덕 상인이나 바보 같은 귀족뿐입니다. 그렇지 않고서야 스스로를 의적단이라고 칭하지는 않습니다."

그거야 물론 범죄자는 전부 악이다! 라고 말할 생각은 없지만 말이지. 이쪽(이세계)에 와서 나도 몇 가지인가 법을 어겼으니까. 그런 것보다 나도 지금 이 도시에 불법 침입한 상태입니다, 죄송해요. 돈을 안 냈어요.

"……아무튼 좋아요. 그런 점은 나중에 듣죠. 그런 것보다 데려갈 거면 빨리해 줬으면 좋겠어요. 내일에는 이곳을 떠나야 하니까."

"알겠습니다. 그럼, 이쪽으로."

그렇게 말하며 에스트 씨가 걷기 시작했다. 이쪽(뒤쪽 세계)에서는 성가신 일에 말려들고 싶지 않았는데 말이지.

성가시게 됐다.

◇ ◇ ◇

성왕국 아렌트의 왕도, 아렌의 동쪽 지구는 굳이 따지자면 그다지 유복하지 않은 서민들이 사는 구역이었다.

'홍묘' 의 부수령인 에스트 씨, 포니테일 소녀 유니, 롱웨이브 유리의 안내를 받아 나는 그 구역에 발을 들였다.

중앙구(中央區)와는 달리, 역시나 어딘가 거친 마을 모습과 조금 지친 사람들을 보면서 마을 안을 걸었다. 큰 도시에는 아무래도 이런 부분이 나오고 마는구나.

이윽고 우리는 거리의 외곽인 쇠퇴한 뒷골목으로 들어갔다. 깊숙한 모퉁이를 돌아가자 그곳은 막다른 기이었다.

주변은 건물의 벽으로 가득했고, 막다른 곳의 벽에는 사방이 1미터의 커다란 빈 나무상자가 몇 개인가 쌓여 있었다.

그 나무상자의 뒤편으로 돌아가니 바로 앞에서는 보이지 않는 지면에 금속제 맨홀 같은 뚜껑이 보였다.

"이건……."

"왕도에 옛날부터 있던 지하도로 가는 입구입니다. 이런 장소가 이 도시에는 몇 군데인가 있어요."

뚜껑을 열고 에스트 씨가 지하로 내려갔다. 나도 그 뒤를 따라 서늘한 지하로 사다리를 타고 쭈욱 내려가니 바로 넓은 통로가 나왔다.

"작은 던전이네……."

통로는 지하임에도 불구하고 밝았다. 10미터마다 뭔가 빛나는 것이 끈으로 벽면에 걸려 있었기 때문이었다.

손으로 만져 보니 그것은 AA건전지 정도의 원통형 유리통으로, 안에는 뭔지는 모르지만 액체와 돌이 들어 있었다. 그 돌이 눈부시게 빛나고 있다.

"이건?"

"어? 모르나요? 마광석이에요. 마을 안에도 있었잖아요?"

"……왕도에는 오늘 도착한 참이라서. 시골 사람이다 보니."

이게 잡화점의 점주가 말했던 마광석인가. 듣자 하니, 물과 반응해 빛을 발하는 광석인 모양이었다. 그래서 이 광석을 채굴할 때는 비가 내리는 밤이 가장 좋다고 한다. 밝기는 안에 들어 있는 물의 순도로 조정한다고.

그렇다면 가게의 간판에 사용되던 네온도 이것을 이용한 건가? 아마도 가늘고 긴 그 유리 안에 잘게 부순 마광석이 들어 있는 거겠지. 그곳에 물을 지나게 하면 네온사인처럼 빛나는 것이다.

이건 앞쪽 세계에는 없는 광석이네……. 【라이트】를 부여한 샹들리에 같은 것이라면 펠젠 같은 곳에서도 만들었지만.

유니의 수상해 하는 시선을 받으면서 나는 에스트 씨의 안내를 받아 통로를 걸었다.

통로의 모퉁이에서 에스트 씨가 멈춰 서더니 손에 들고 있던 소도(小刀)의 손잡이로 벽을 칵칵 두드리기 시작했다. 무언가 리듬을 타는 듯한……. 그렇게 생각하고 있으니 벽 일부가 옆으로 열리는 문처럼 밀리고 새로운 통로가 나타났다. 숨겨둔 문인가.

새로운 통로에 발을 들이자 뒤에 있던 남자 두 사람이 문을 다시 닫았다. 아하, 조금 전의 소리를 신호로 그것을 듣고 여닫는 건가. 신중하네.

똑바른 통로를 나아가니 이윽고 통로의 움푹 팬 곳에 앉은 붉은 반다나를 한 남자들이 드문드문 보이기 시작했다.

남자들은 이쪽을 눈치채고는 모두 일어나서 묵례(默禮)를 한 다음 다시 그 자리에 앉았다. 아마 '홍묘'의 조직원인 거겠지. 휴식 중인 건가?

그대로 통로를 똑바로 나아가자 묵직한 철문이 있었는데, 그 앞에 붉은 갑옷 무사가 서 있었다. 키는 2미터 이상이다.

엄청 큰 사람이네……. 아니, 저건 인간이 아니야. 고렘이구나. 일본의 갑옷 무사 같은 모양을 하고 있지만 관절이나 갑옷의 틈새에서 기계적인 부품이 보이고, 무엇보다 눈이 빛나고 있다.

머리에는 굵은 두 개의 뿔이 좌우로 주욱 뻗어 있어, 전국시대의 무장인 쿠로다 나가마사(黒田長政)가 후쿠시마 마사노리(福島正則)에게 보냈다는 물소뿔 투구 같았다.

"부수령의 고렘, '아카가네' 예요."

나를 보고 살짝 유니가 속삭였다. 이름까지 일본풍이야. 역시 뒤쪽 세계에도 이셴 같은 나라가 있는지도 모른다.
붉은 갑옷 무사 고렘 '아카가네'는 묵직해 보이는 문을 열어 안으로 우리를 이끌었다. 전원이 안으로 들어가자 문은 다시 닫혔다. 저 고렘은 이곳의 문지기인 거겠지.
문 안에는 난잡한 물건이 어질러진 넓은 방으로, 천장에는 형광등 같은 것이 빛났다. 저것도 마광석이 사용되어 있을 테지. 유리 파이프가 매달려 있는 것으로밖에 안 보이지만.
벽면에는 몇 개인가 파이프가 장착되어 있는데, 생활용수를 끌어오는 것인 듯했다. 오래되어 보이는 탱크에 수도꼭지가 달려 있었다.
방의 한가운데 놓인 책상 위에는 헤드폰이 연결된 커다란 통신 기기 같은 것이나, 어딘가의 저택의 겨냥도로 보이는 것이 흩어져 있었다. 사진 비슷한 것까지 보인다. 이쪽 세계에는 사진이 있는 건가. 놀라운걸.
이 방은 작전 사령실 같은 곳인가? 여러 가지 흥미로운 것들이 흩어져 있다.
하지만 그것보다도 내 눈길을 끈 것은 책상 앞에서 큰 의자에 단정하지 못하게 앉아 얼굴을 천장으로 향한 채, 크게 코를 골며 자는 소녀의 모습이었다.
"누구지?"
"……저희의 수령(首領)이신 니아 님이에요~."

난처한 표정을 지으며 롱웨이브인 유리가 대답해 주었다.

수령이라니……. 저 사람이 이 의적단의 톱이란 건가? 뭐어……?!

계속 코를 고는 수령 니아의 곁으로 부수령인 에스트 씨가 타박타박 걸어가더니, 기분 좋은 소리를 내며 그 수령의 머리를 때렸다.

"부오옷?!"

꽈당! 하고 의자와 함께 뒤로 뒤집히며 넘어진 소녀가 잠이 덜 깬 눈으로 에스트 씨를 올려다보았다.

새빨갛고 긴 머리카락을 트윈테일로 묶은 나와 비슷한 또래의 소녀다. 붉은 재킷과 쇼트팬츠 차림으로, 움직이기 쉬운 러프한 모습이었다.

"야, 뭐 하는 거야?! ……어? 에스트구나."

"단정하지 못한 얼굴로 주무시지 마세요. 소녀로서 있을 수 없는 모습이었어요, 니아."

"뭐 어때~?! 누가 보는 것도……."

입을 삐죽이며 그렇게 반론하려던 니아의 눈이 나를 보고 멈췄다.

"누구야? 이 녀석?"

"에르카 기사(技師)의 저주를 풀 수 있을지도 모르는 분이에요. 마을에서 발견해 모시고 왔습니다. 모치즈키 토야 씨입니다."

"정말이야?!"
덜컹 하고 의자를 발로 차며 니아라고 불린 소녀가 일어섰다.
"네가 정말로 고칠 수 있어? 뭔가 믿음직스러워 보이지 않는데……."
"보지 않고는 뭐라고 말할 수 없지만 말이죠."
믿음직스럽게 안 보여서 미안하네요. 의심스러워하는 눈으로 노려보는 니아에게 살짝 장난스럽게 대응했다.
"아무튼 좋아. 일단 좀 봐 줘. 미리 말해 두는데 이상한 짓을 하면 그냥은 안, 앗, 아야?!"
마치 불량배처럼 나에게 위압적으로 나온 트윈테일이 정수리에 날카로운 촙을 맞았다.
"당신은 입장이 어떤지 알고 있는 건가요? 이쪽은 억지로 이분에게 부탁한 입장이잖아요. 생각, 없이, 행동, 하지, 말라고, 항상, 말, 했어요 안 했어요?"
"아야야! 아야야! 알았, 알았어! 알았다니까! 그만!"
파악, 파악, 하고 사정없는 에스트 씨의 촙이 리듬감 있게 연속적으로 적중했다. 붉은 머리카락의 트윈테일은 이미 눈물을 글썽이고 있었다. 어렴풋이 이 두 사람의 파워 밸런스를 알게 된 기분이었다.
〈이상한 녀석들이네. 정말로 도적단인 걸까?〉
〈그 말은 동감이군.〉
코쿠요의 텔레파시에 나뿐만이 아니라 산고와 코교쿠도 고

개를 끄덕이며 동의했다.

"아무튼 일단은 한번 봐 주시죠. 이쪽으로."

사령실 안쪽에 있던 문이 열리고 좁은 통로를 빠져나가니 그곳에는 또 철문이 있었다. 유니와 유리는 사령실 방에 남아서 나와 산고, 코쿠요, 코교쿠, 니아, 에스트 씨만이 그 방 안으로 들어갔다.

안은 다다미 열두 장 정도(약 $20m^2$)의 크기로 벽 쪽에 설치된 침대에는 누군가가 누워 있었다.

그리고 그 아래에는 개가 한 마리…… 아니, 늑대? 가 방에 들어온 우리를 바라보았다.

〈니아 님, 에스트 님, 그분은 누구시지?〉

"말했어?!"

잘 전달되는 바리톤 남자 목소리로 늑대가 말했다. 소환수인가?!

내가 산고 일행 쪽을 보니 모두 고개를 저으며 부정했다. 소환수가 아닌 건가?

"이분은 모치즈키 토야 씨입니다. 에르카 님의 저주를 풀 수 있을지도 모르는 분이지요. 토야 씨, 이쪽은 펜릴입니다. 에르카 기사…… 저주를 받은 분의 고렘입니다."

"고렘?!"

에스트 씨의 소개를 듣고 깜짝 놀랐다. 이 늑대, 고렘이야?! 겉보기에는 완전히 진짜 늑대로 보이는데……. 그런 것보다,

말하는 고렘도 있었어?!

〈그런가! 그것참 고맙군. 마스터가 눈을 뜨지 않아서는 여행을 떠날 수도 없어서 말이야.〉

기쁘게 꼬리를 흔드는 늑대형 고렘. 그런 것까지 진짜와 똑같다. 마을 사람들이 산고 일행을 봐도 별로 소란을 안 피운 것도 혹시 별난 고렘이라고 생각했기 때문일지도 모르겠어.

"……아무튼, 일단 봐 볼까."

늑대형 고렘 쪽도 신경 쓰였지만 침대에 누워 있는 여성을 확인했다. 나이는 20대 초반 정도인가. 흐트러진 긴 은발이 이불 안까지 뻗어 있었다. 침대 옆의 사이드테이블에는 두꺼운 둥근 안경이 놓인 것이 보였다. 이 사람 것일까.

마력의 흐름은 평범하네. 정신 착란이나 그런 종류는 아닌 듯하다.

"저주의 마도구로 혼수상태가 된 거죠?"

〈아아, 그렇다. 귀족이 가지고 있던 보석 상자에 장착되어 있었지. 열면 저주에 걸리게 되어 있었던 모양이야.〉

내 질문에 펜릴이 대답했다. 남자다운 좋은 목소리인걸.

"그 보석상자는 있을까요?"

"있습니다. 이것입니다."

사이드테이블의 서랍을 에스트 씨가 열어 멋진 장식으로 꾸며진 보석상자를 꺼냈다. 안전을 위해서인지 열리지 않도록 끈으로 빙글빙글 감아 두었다.

그것을 테이블 위에 두게 하고 분석 마법을 사용했다.

"【애널라이즈】."

흐……음. '혼수' 의 저주가 부여되어 있구나. 단순한 저주라 다행인데, 이쪽 세계에서는 회복 수단도 한정되어 있다는 점을 생각해 보면 성가신 존재겠지. 죽을 때까지 계속 잠을 자는 저주이기도 하고.

닫은 상태에서 마력을 흘려 키워드를 외치면 저주가 장착되는 건가? 전형적인 도난방지용 저주구나. 열쇠 대신에 저주인 셈이다. 가지고 있던 귀족이 장착했을 거라 생각하지만……. 음, 이거라면【리커버리】로 해제할 수 있다.

"괜찮아. 이거라면 해제할 수 있어."

"정말인가?!"

바싹 다가서는 니아를 슬쩍 보고 마력을 침대에서 자는 여성에게로 집중시켰다.

"【리커버리】."

내 손에서 발해진 부드러운 빛이 여성을 감싸더니 이윽고 느릿하게 사라졌다. 이것으로 저주는 풀렸을 텐데…….

"으……."

〈마스터! 나다, 알겠나?!〉

"으음? 펜릴……? 미안, 5분만 더……."

〈잠꼬대하지 마!〉

"크으윽?!"

또 잠을 자려고 한 여성에게 펜릴이 이불 위에서 점핑 보디 프레스를 먹였다. 아무래도 좋지만 고렘의 무게는 어느 정도일까. 침대에서 끼익! 하고 꽤 묵직한 부하가 걸린 소리가 났다. 저게 철덩어리라면 뼈가 부러질 것 같은데…….

"오오! 꽤 하는데, 너?!"

그렇게 말하고 니아가 팡팡 등을 때렸다. 아파. 이 녀석, 벨파스트의 레온 장군과 비슷한 타입인가. 그럼 뇌도 근육이구나?

눈을 뜬 에르카 기사가 옷을 갈아입는다고 해서 우리는 사령실로 돌아갔다.

에르카 기사가 눈을 떴다는 말을 듣자 대기하고 있던 유니와 유리도 가슴을 쓸어내린 듯했다.

"이번에는 정말로 감사합니다. 그래서 사례를 드리고 싶은데 어느 정도면 될까요?"

"으~음……. 해주를 해 주고 사례를 받는 것은……. 아, 오르트린데 공작님이라든가 벨파스트의 임금님에게 꽤 받았던가?"

"벨파스트?"

"아, 아니요, 아무것도 아니에요."

에스트 씨에게 애매하게 대답했다. 음, 정확하게 말하면 그때는 저주가 아니었지만.

분명히 공작 때는 돈과 신분 보장 메달, 임금님 때는 돈과 저택이었지?

뭘 받든 간에~ 도적단으로부터 받는 것은 저항감이 생긴다.

"음, 지금은 아무것도……. 다음에 만나기 전에 뭔가 생각해 둘게요."

"어? 근데 우린 당분간 이곳에서 다음 목적지로 옮기는데요?"

"……그래?"

"오우. 원래 이곳은 내 고렘을 수복하는 데에 편리해서 거점을 만들었을 뿐이니까. 진짜 거점은 도시 북쪽에 있는 산속이야. 슬슬 그곳도 기사단 녀석들에게 들킬 것 같아서 도망쳐야 하지만."

그거야 의적이든 뭐든 범죄 집단임은 분명하니. 붙잡히면 큰일인가. 그런 것보다 니아도 자신의 고렘을 가지고 있구나.

"에르카 기사는 일류 고렘 기사야. 지금은 내 고렘을 고치고 있어. 세계가 넓다고는 하지만 '왕관(크라운)'을 수복할 수 있는 것은 '재생 여왕(리스토어 퀸)'인 에르카 기사나 '교수(프로페서)' 정도거든. 그래도 에르카 기사의 말에 따르면 일부분밖에 못 고친다는 모양이지만."

'왕관'이 뭔지는 잘 모르겠지만, 수령(니아)의 고렘이 망가져 그 수복을 에르카 기사에게 부탁한 모양이다. 그 수복에 필요한 소재를 모으던 도중에 그 보석 상자의 저주에 걸려 혼수상태에 빠졌다는 건가.

"음, 저는 검색 마법도 사용할 수 있으니, 만나려고 하면 제가 만나러 갈 수 있으니 괜찮아요."

“……그건 어떤 것이든 찾을 수 있는 건가요?”

“제가 알고 있는 물건이나 사람이라면요. 그러니 에스트 씨의 어머니를 찾으라고 해도 어려워요. 사진…… 그림 속 모습 등이 있으면 다르겠지만요.”

그렇지만 지금은 지도 입력이 끝나지 않아서 범위가 제한된다. 지금은 이 도시 주변이 고작이다. 코교쿠의 권속을 수만 마리씩 불러내면 며칠 만에 입력은 끝나겠지만. 지금은 이쪽 세계에 마력 탱크가 없는 이상, 이쪽에 새들을 방치해 두고 돌아갈 수는 없다.

“너, 이것저것 할 줄 아는 게 많아서 편리할 것 같아~. ‘우리(홍묘) 쪽에 들어오지 않을래?”

“거절하겠어.”

“우~ 뭐 어때?! 앗, 나한테도 마법을 가르쳐 줘. 이렇게 두파밧~! 하고 적을 날려 버리는 거로!”

니아가 내 팔을 붕붕 휘두르며 그런 말을 했다. 이 녀석 짜증나.

“마법은 각각의 속성에 적성이 없으면 배울 수 없어. 그러니까 뭘 해도 전혀 배울 수 없는 사람도 있거든.”

“그럼 그 적성이라는 게 나한테 있는지 시험해 봐. 없으면 포기할 테니까.”

“다음 기회에.”

이쪽 세계에서 별로 발전되어 있지 않은 마법을 의적이라고는 하지만 무법자 집단에 가르쳐 줘도 좋은지 아직은 알 수 없으니까.

"뭐~? 뭐야~. 쩨쩨하게! 마법 가르쳐 줘! 마법!! 닳는 것도 아니잖, 아야야?!"

쭉쭉 내 팔을 당기던 바보(니아)의 정수리에 파악! 하고 에스트 씨의 촙이 다시 날아왔다.

"당신은 학습 능력이 없나요? 입장을 생각해서 행동하라고 말했잖아요. 그렇게 앞뒤 생각하지 않고 행동하니 '루주' 를 수리하는 처지가 되는 거예요."

"마법을 배우면 나는 더 강해지잖아? 그러면 이번엔 이런 얼빠진 짓은 하지 않아. 그러니까, 토야. 마법 가르쳐 줘!"

니아가 다시 내 팔을 당겨 에스트 씨가 촙을 날리려고 했을 때 뒤쪽 문이 열리는 소리가 들렸다.

"재미있을 것 같은 이야기를 하는구나. 나도 흥미가 있어."

목소리를 듣고 돌아보니 그곳에는 늑대형 고렘, 펜릴과 저주에서 해방된 에르카 기사가 있었다. 그런데.

퍼석퍼석한 긴 은발에 구깃구깃한 흰 옷, 거기에 더해 우유병 바닥처럼 두꺼운 안경 등, 너무나도 안타까운 모습이었다. 밑바탕은 나쁘지 않은 것 같은데 몸가짐에 좀 더 신경을 쓰는 편이 좋을 듯한……. 매드사이언티스트냐. 우리한테도 한 명 있지만 조금은 더 세련되게 하고 다니는 편이야. 조금일 뿐이지만.

"다시 자기소개할게. 에르카 파토라크셰야. 고렘 기사지.

도와줘서 고마워."

"모치즈키 토야입니다. 신경 쓰지 마세요."

에르카 기사가 고개를 숙였다. 솔직히 흥미로 인해 휩쓸려 왔을 뿐, 별로 대단한 것은 아니었다.

"이야~ 에르카 기사가 나아서 다행이야. 이것으로 루주도 고칠 수 있지?"

"그러니까 생각하고 말을 하라고……. 에르카 기사가 덤인 것처럼 말하는 건 그만둬."

"아야얏?!"

또 에스트 씨의 촙이 작렬했다. 몇 번을 얻어맞는 거야, 이 녀석은.

두 사람의 대화를 보고 있던 에르카 기사가 입을 열었다.

"아직 재료가 조금 부족해. 개중에서도 오레이칼코스를 손에 넣는 것은 힘들어. 이 나라의 왕이라면 가지고 있을 테지만……."

"이 나라의 왕이 폭군이라면 사양하지 않고 빼앗을 텐데요."

"뭐야~. 또 어디에 있는지 정보 모으기부터 하는 거야?"

니아가 입을 삐죽이며 사령실 책상에 터억 하고 엎드렸다.

"오레이칼코스라면 있는데요."

무심코 내가 그렇게 말하자 엎드려 있던 니아가 벌떡 일어나 나를 응시했다. 다른 모두도 내 쪽을 놀란 표정을 지으며 바라보았다. 어라? 말실수했나?

"오레이칼코스……를 가지고 있어?"

"어~ 네. 가지고 있어요."

【스토리지】를 열어 오레이칼코스의 잉곳을 꺼내 책상 위에 타악 올려놓았다. 에르카 기사가 그것을 손에 들고 주머니에서 꺼낸 막대기 같은 것으로 문지르는 등 조사를 해 보았다.

저건 산초 씨도 사용했었지? 광석 성분을 조사하는 마도구인가?

"진짜야. 이렇게 순도 높은 오레이칼코스는 처음 봐. …… 혹시 아다만타이트이나 히히이로카네도 가지고 있어?"

"굳이 따지자면 그쪽이 더 적네요. 물론 있긴 하지만요."

마찬가지로【스토리지】에서 아다만타이트나 히히이로카네의 잉곳을 꺼냈다. 마찬가지로 에르카 기사가 조사해서 진짜라고 단정했다.

"토야 씨, 실례지만 이걸 팔아 주실 수 없을까요? 정확히 적정 가격으로 대금은 내겠습니다."

"상관없어요. 이 정도 양은 별것 아니니까요."

"너, 어딘가의 부잣집 귀족의 아들이야……?"

아니요, 왕인데요. 그렇게는 말할 수 없어서 애매하게 웃으며 얼버무렸다.

"아무튼 이거면 '루주'를 수복할 수 있겠어. 하루만 있으면——."

"크, 큰일입니다!"

갑자기 갑옷 무사 고렘, 아카가네가 연 문에서 남자 한 명이 구르듯이 들어왔다. 붉은 반다나를 머리에 두른 젊은 남자였는데, 호흡이 거칠고 땀에 흠뻑 젖어 있었다. 여기까지 전속력으로 달려온 것일까.

"북쪽 산의 은신처가 습격당하게 생겼습니다! 기사단 녀석들이 잔뜩 몰려가는 중입니다……!"

"뭐라고?!"

"그쪽에도 전령을 보냈지만, 도망갈 수 있을지 어떨지……."

벌떡 일어선 니아의 표정이 변했다. 조금 전에 말한 본거지가 들킨 건가.

"큭, 루주는 사용할 수 없고……. 아카가네만이라도 그쪽에 남겨 둬야 했어……. 어떻게 하지, 에스트?"

"지금 돌아가도 제시간에 도착할 수 있을지……. 그들을 버리고 이곳에서 도망치는 것이 최선이지만……."

"그런 짓을 어떻게 해?! '홍묘' 는 동료를 내버리지 않아!"

탕! 하고 니아가 책상을 내리쳤다. 동료를 깊게 생각하는구나. 그 정도가 아니면 수령 자리에 있을 수 없으려나?

"도와줄까?"

"응?!"

노려보지 마. 흥분한 건 알지만.

"지도 표시. 왕도 아렌 주변."

〈표시합니다.〉

"우오오?!"

공중에 투영된 이 도시 주변의 지도를 보고 니아 일행이 놀란 목소리를 흘렸다.

음~ 역시 【플라이】로 날아왔을 때의 시각 범위만 표시되네. 벌레를 먹은 것처럼 표시되는 상태다. 앞쪽 세계 때는 하느님이 지도를 입력해 줬으니까. 뻔뻔하게 또 부탁할 수는 없으니 어쩔 수 없나.

"저는 한 번 간 장소로 순식간에 갈 수 있는 전이 마법을 사용할 수 있어요. 이 도시는 처음이라 이 지도에 표시된 장소 외에는 갈 수 없지만요."

"전이 마법……! 그렇다면 이 지도상의 지역이라면 순식간에 전이할 수 있다는 건가요? 몇 명까지 보낼 수 있죠?"

"아마 몇 명이든 상관없을 거예요. 100명 이상을 한 번에 전이한 적도 있으니까."

"유니! 지금 당장 이곳에 있는 전원을 밖의 통로로 모아! 전투 준비를 해!"

"아, 알겠습니다!"

유니가 부수령인 에스트 씨의 목소리에 반응해 다급히 문밖의 통로로 달려갔다.

"넌 진짜 뭐든 할 줄 아는구나……. 의인형 '왕관' 아냐?"

"'왕관'?"

"크라운 시리즈라고 불리는 고렘이야. 아주 빼어난 특수 능력을 지닌 고대(레거시) 기체를 말해. 이 세계에서 최고봉인 고렘 중 하나지."

에르카 기사가 설명해 주었다. 그런 고렘까지 있단 말이야? 감탄하자 에스트 씨가 그 뒤를 이어 말했다.

"실은 니아의 고렘인 '블러드 루주' 도 그 '왕관' 이지만, 같은 '왕관' 과 싸워서 고장이 나 지금은 움직일 수 없습니다."

"기습을 받아서……. '무라사키(紫)' 자식, 다음에 만나면 가만두지 않을 거야!"

뭐가 뭔지는 모르겠지만, 내분이 일어났던 건가?

살짝 그 '왕관' 이라는 것을 보고 싶지만 지금은 그럴 상황이 아닌가.

"부수령님, 전원 모였습니다!"

문에서 유니가 고개를 내밀고 외쳤다. 그 모습에 호응해 에스트 씨도 통로로 가서, 그곳에 2열로 늘어선 단원들을 향해 명령했다.

"제1 부대는 여기서 대기! 제2 부대는 우리와 함께 요새를 구원하러 간다! 또한 전이 마법으로 직접 현지로 이동할 것이니, 바로 전투할 수 있도록 준비해 둬라!"

〈네!!〉

통로에서 사령실로 돌아온 에스트 씨는 투영된 지도를 가만히 바라보더니 그중의 한 점을 가리켰다.

"이 북쪽 산의, 이 위치로 전이할 수 있습니까?"

"가능해요. 가는 것은 저쪽에 있는 단원과 이곳에 있는 전원인가요?"

조금 전의 이야기에 따르면, 복도에 있는 제2 부대인가 하고 이곳에 있는 수령인 니아, 부수령인 에스트, 유리, 유니, 그리고 에르카 기사, 고렘인 펜릴과 아카가네인가?

"아니요. 에르카 기사와 펜릴은 이곳에 남을 겁니다. 사실은 니아도 남았으면 하지만……."

"반~드시 갈 거야."

콧김을 거칠게 내뿜으며 주먹을 쥐는 니아.

"루주가 없는 당신이 도움이 될 거라고는 생각하기 힘듭니다만."

"너무해?! 도움이 되지!! 루주가 없어도 그럭저럭 강하거든, 난!"

그럭저럭이냐. 미묘하네. 아무튼, 위험해지면 도와줘도 좋지만, 분명히 나까지 도적의 동료라고 생각하겠지?

뒤쪽 세계에서 범죄 용의자가 되는 것도 좀. 앞쪽 세계로 도망가면 그만이라고는 하지만, 역시 그건……. 모르도록 행동할 수밖에 없는 건가.

그렇지만 악인(惡人)도 아닌 상대를 쓰러뜨릴 수는 없는데.

기사단을 잘 피하고, 포위된 '홍묘' 단원을 탈출시킬 수 있다면……이라니, 어라?

"마커 표시. 기사단원을 청색. 의적단원을 적색."

〈표시합니다.〉

"우와, 뭐야, 이 점은?"

숲 안의 본거지 근처에 나타난 적색과 청색 마커를 보고 니아가 놀랐다. 붉게 뭉친 점을 푸른 점의 무리가 서서히 포위하고 있었다. 표시가 가능했네.

마을 안에서 본 기사단이라면 기사 갑옷을 입고 있었을 테고, '홍묘' 의 멤버는 붉은 반다나나 리본을 달고 있으니 판단할 수 있었던 모양이다.

"파란 게 기사단원, 붉은 게 '홍묘' 단원이에요. 아직 전투는 시작되지 않은 모양이네요. 모두 요새에 뭉쳐 있는 모양이니, 이거라면 가능하려나……?"

"무슨 말씀이시죠?"

질문하는 에스트 씨에게 일단 확인을 했다.

"단원만 무사하면 이 요새는 포기해도 되나요? 어차피 가까운 시일 내에 도망갈 예정이었잖아요?"

"네? 네에. 여러모로 알려지면 곤란한 물건도 있지만, 그렇게까지 집착은 하지 않습니다. 대체 어떻게 하실 생각이시죠?"

"이곳으로 들어가 단원 모두를 이쪽으로 직접 전이시키죠. 그다음 이 요새를 폭파시켜 버리면 되지 않을까 하는데요."

그편이 싸우지 않고 끝나니, 편하게 결판이 난다. 궁지에 몰려 자폭했다고 생각해 줄지도 모르고 말이다.

왜 먼저 그걸 생각하지 못한 거지? 싸움을 전제로 생각하는 습관이 붙은 건가. 요즘 들어 힘으로 밀어붙이는 일만 했기도 하고…….

"그런 게 가능한가요?"

"간단해요. 단지 누군가는 같이 가 줬으면 하는데요. 제 말을 따를 거라고는 생각하기 힘드니까요."

"내가 갈게!"

가장 먼저 니아가 손을 들었다. 수령이라면 나무랄 데가 없긴 한데, 괜찮을까?

힐끔, 하고 에스트 씨를 보자 길고 깊은 한숨을 쉬고 옆에 있던 자신의 고렘, 아카가네에게 명령했다.

"아카가네. 니아를 따라가세요. 니아의 신변 경호를 명령합니다."

끼긱, 하고 고개를 끄덕이는 붉은 갑옷 무사. 펜릴과는 달리 이쪽 고렘은 말을 못 하는 건가. 아니면 과묵할 뿐인가? 말을 못 하는 것이 일반적일지도 모르지만.

아무튼 좋다. 그렇게 하기로 결정됐으면 서두르는 편이 좋다. 전투가 시작되면 성가시니까.

"【게이트】."

사령실 안에서 【게이트】를 열고 니아 일행을 재촉했다. 멍하니 있는 니아를 무시하고 안전을 확인하기 위해서인지 먼저 아카가네가 게이트를 지났다. 늦을세라 니아도 빛의 문으로 뛰어들었다.

"그럼 다녀오겠습니다. 금방 구할게요."
"잘 부탁드립니다."
고개를 숙이는 에스트 씨의 배웅을 받으면서 나도 전이해 보니, 그곳은 숲 안이었다.
주변에는 두리번거리는 니아와 주위를 경계하는 아카가네가 있었다.
"그래서? 요새는 어느 쪽 방향이야?"
"아, 으응. 이쪽."
니아가 앞장서 안내하면서 숲 안을 달렸다. 잠시 나아가자 니아는 산의 중턱을 가리켰다.
"봐. 이 위치에서라면 보이지? 저쪽이야."
"응?"
니아가 가리킨 곳에는 산의 나무들밖에 보이지 않았다. 【롱 센스】로 시각을 날리니, 확실히 나무들 사이에 숨은 로그하우스라고 해야 할지, 통나무로 만들어진 요새가 보였다. 아, 카모플라주인 건가? 얼핏 보면 모르겠어.
그렇다기보다는, 보통 이 거리면 안 보이잖아?
"좋아. 정확한 장소를 알면 단숨에 날아갈 수 있어. 산고랑 너희도 잡아. 간다."
"앙?"
"【텔레포트】."
산고와 코쿠요가 내 머리에, 코교쿠가 어깨에 머물렀다. 니아와 아카가네의 팔을 잡고 그대로 단숨에 로그하우스 같은 통나무와 판자로 만들어진 요새의 방으로 순간이동을 했다.
갑자기 나타난 우리 주변에 있던 남자들이 무기를 손에 들려고 했지만, 익숙한 상대가 있다는 것을 깨닫고 경계를 풀었다.
"두목?! 어, 어떻게 이곳에?!"
"오, 오~……. 다들 무사해?"
갑자기 변화한 주변에 놀라면서도 니아가 근처 단원들에게 말을 걸었다. 그 목소리를 듣고 요새에 남아 있던 단원들이 잇달아 니아 주변으로 모여들었다.
"모두 당장 모여라. 전원이다. 이곳에서 탈출하겠다. 이 요새는 포기한다."
내가 다시 연【게이트】로 니아의 명령을 받은 요새의 단원이 잇달아 뛰어들었다.
니아와 아카가네를 남기고 전원이 왕도 지하의 은신처로 전이했다. 일단 지도를 확인해 보니, 우리 이외에 남은 사람은 없는 듯했다. 푸른 점이 이쪽을 향해 움직이기 시작했다.
"앗. 기사단이 움직이기 시작했구나. 말려들지 않게 얼른 이곳을 폭파할까. 니아 일행은 에스트 씨가 있는 곳으로 돌아가 줘. 여기서 작별이야."
"작별이라니, 무슨 소리야?"
"나도 이것저것 해야 할 일이 있거든. 내일에는 돌아가야 하기도 하고 말이야. 다음에 왔을 때 이번 일의 사례를 받을 테니 잘 부탁해."

무언가 도움을 받아야 할 일이 있을지도 모르니까. '홍묘'는 이쪽에선 유명한 듯하니, 은혜를 베풀어 두어서 손해는 보지 않겠지.

"……알았어. 고마워, 덕분에 살았어. 다음에 만나면 내 고렘을 보여 줄게. 엄청 멋지거든."

"기대되는걸? 그럼 내 프레임 기어도 보여 줄게. 사람이 타고 조종하는 거대 고렘을."

"하핫, 그게 뭐야."

농담이라고 생각했는지 니아가 웃었다. 【스토리지】에 넣어 두면 이쪽 세계에 가지고 올 수 있겠지. 보여 주면 엄청난 소동이 벌어질 것 같지만.

"그럼 가 볼게. 다음엔 마법 가르쳐 줘. 또 보자, 토야."

"그래, 또 보자. 모두에게 인사 전해 줘."

니아와 아카가네가 【게이트】를 지나 전이했다. 자, 마무리를 할까. 아까운 마음도 들긴 하지만 말이지.

우리는 【인비저블】로 모습을 지우고, 【플라이】로 하늘로 날아올랐다. 눈 아래의 무인(無人) 상태가 된 요새를 포착한 뒤, 화려한 폭발 마법을 날렸다.

"【불꽃이여 폭발하라, 연옥의 폭염, 메가익스플로전】."

굉음과 함께 대폭발이 일어나, 요새가 산산조각이 나며 날아가 버렸다. ……요새뿐만이 아니라 산의 일부도 날아가 버렸구나.

〈……앗, 주인님. 너무한 거 아니에요?〉

"아니, 이렇게까지 할 생각은 없었는데……. 어라?"

신화(神化)한 탓에 아직 감각을 제대로 파악하지 못한 건가? 위력의 큰 마법일수록 조절이 어렵게 느껴진다.

눈 아래에서는 둘러쌌던 기사단이 술렁이며 날아가 버린 요새 터로 몰려들었다. 시체가 없으니 금방 모두 도망갔다는 사실을 들키겠지만. 지금쯤은 '홍묘' 의 모두도 왕도의 지하도에서 도망가기 시작했겠지.

자, 상당히 샛길로 새고 말았네. 하지만 나름 수확은 있었다.

파레리우스 옹이 남긴 노트에 적혀 있던 로봇 같은 것. 틀림없다. 그건 고렘이다.

이쪽 세계에서 태어난 고렘이 어떠한 방법으로 세계를 건너, 저편…… 우리의 세계에 도착했다. 그곳에서 파레리우스 옹과 만난 것이다. 어쩌면 세계를 건너는 힌트를 어떤 식으로인가 배웠을지도 모른다.

말하는 고렘이 있다. 말도 안 되는 일이 아니다. 역시 그 고렘이 세계의 결계를 회복시킨 것일까.

고대 기체(레거시)라고 불리는 고렘에는 마법 같은 특수한 능력이 있다고 한다. 그에 더해 '왕관' 이라고 불리는 타입은 더욱 빼어난 이능력을 지니고 있다는 모양이다.

만약 그 '왕관' 수준의 고렘이 5000년 전, 우리 세계로 와서, 세계의 결계를 수복했다고 한다면…….

"아직은 어디까지나 가정의 가정에 불과하지만."

날이 저물었다. 일단은 아침까지 할 수 있는 일을 해 둘까.

날아가 버린 요새에서 떨어진 숲 안에 내려서 【인비저블】을 해제했다.

소환진을 열고 코교쿠의 권속들 수만 마리를 불러내 공중에 풀었다. 지도 보강을 위해서이기도 하지만, 어딘가 사람이 들르지 않는 적당한 장소를 찾기 위해서이기도 했다.

뒤쪽 세계에 차원문을 설치할 수 있는 장소를 찾아야 하니까. 아침까지면 그다지 탐색 범위는 넓지 않겠지만.

파레리우스섬 같은 결계를 펼치면 그냥 이 숲이라도 괜찮을지 모른다. 하지만 무언가 의문스럽게 생각한 사람이 조사하지 않을 거란 보장이 없으니까. 역시 마을 근처가 아니라 인외마경 같은 장소가 더 안전하리라 생각한다.

새들을 풀어 놓고 잠시 【플라이】로 정처 없이 날자 이윽고 밤의 장막이 내려와 주변이 완벽하게 어두워져 버렸다.

달이 없는 밤이었지만 나름대로 시야는 확보되었다. 이것도 신이 된 영향인가?

그때 시야의 저편에서 마을의 불빛이 보였다. 보였다고 해야 할지…… 너무 잘 보인다?

"저건 뭐지……?"

번쩍번쩍 빛나는 네온이 내뿜는 빛의 소용돌이. 여기저기가 온통 빛나고 있어서 눈이 아플 정도였다. 대체 어느 유원지인가 하고 잘못 볼 정도로 화려한 그 도시를 바로 위에서 내려다보았다.

"카지……노. 카지노구나. 어쩐지."

큼직큼직한 간판에 적힌 문자를 보고 납득했다. 즉, 카지노 도시라는 거구나.

나는 도박을 해 본 경험이 없다. 미성년자니까 당연하지만, 흥미가 없는 것은 아니다. 아니지, 흥미는 아주 많다.

자금은 그런대로 있으니…… 뭐든 경험인가?

"조금이라면 괜찮겠지?"

〈저희는 뭐라고 말씀드릴 입장이 아닙니다. 단지, 사모님들이 화내지 않으실까 합니다만.〉

〈코교쿠는 너무 고지식하단 말이야. 여기서 크게 한몫 벌면 아가씨들한테 잔뜩 선물을 들고 갈 수 있잖아.〉

〈으음. 번쩍거려서 즐거울 것 같군.〉

좋아. 가 보자. 뭐든 경험이다.

나는 기대를 가슴에 품고 카지노 도시에 과감히 말을 들였다.

"……도박은 무섭구나……."

아침까지 이런저런 게임을 했지만, 결국 빈털터리가 되고 말았다.

물론 마법을 사용하면 어떻게든 되지만, 역시 그런 곳에서 속임수를 쓰고 싶은 생각이 들지는 않았다. 결과, 이 꼴이다.

아무래도 나에게는 도박 재능이 없는 듯하다.

"한때는 따기도 했었는데……."

잃은 것을 되찾기 위해 크게 걸고, 더욱더 많이 잃는 것의 연쇄가 멈추지 않았다.

하아, 하고 한숨이 새어 나왔다.

〈주, 주인님, 낙심 마세요…….〉

〈그러니까 그 시점에 그만두라고 제가 그랬게나.〉

〈허무하군…….〉

"……일단 신계를 경유해서 돌아갈까……. 하느님에게 선물도 줘야 하니까."

나는 원래의 세계로 돌아가기 위해 신계로 가는【게이트】를 열었다.

제4장 소년왕과 천재 소녀

뒤쪽 세계에서 돌아온 지 벌써 3일.

모두에게 다양한 선물을 건네주자 박사와 린은 '연구실' 에서 나오지 않았고, 린제는 팜므와 함께 도서관 죽돌이가 됐다.

그렇게 해서 현재 '격납고' 의 정비소에는 로제타와 모니카밖에 없다. 미니 로봇들은 있지만.

2등신인 미니 로봇을 안아 올려 정면에서 바라보았다.

"이 녀석들도 고렘과 똑같은 건가?"

왜 그래? 라고 하듯이 미니 로봇이 고개를 갸웃거렸다. 바닥에 내려 주자 휘리리링~ 하고 조립 중인 기체 쪽으로 딸랑딸랑 달려갔다. 박사에 따르면 저것들은 유사적으로 만들어진 소환수에 가까운 것으로 간단한 작업밖에 못 하며, 스스로 생각해서 행동하지는 못한다는 모양이었다.

저편의 고렘과 비교하면 성능은 상당히 떨어지지? 자율형이라는 점에서는 저편이 더 뛰어나다는 건가.

"꽤 형태가 만들어졌네요."

내 옆에 서 있던 유미나가 자신의 기체를 올려다보며 중얼거렸다.

정면에 서 있는 기체는 은색으로 빛나는 장갑이 60퍼센트 정도 장착되어 프레임 기어의 형태를 갖추어 가기 시작한 상태였다.

"이 기체의 이름은 벌써 지었나요?"

"있어. 브륀힐데야."

저격전 특화형 프레임 기어, 브륀힐데. 장거리 공격에 특화된 기체다. 은색 장갑은 보호색처럼 주변의 경치에 녹아들어 가는 기능도 갖추고 있다. 은밀성이 높은 기체다.

"브륀힐데……. 나라의 이름에서 딴 기체를 제가 사용해도 되나요?"

"아니, 원래 모두의 기체명은 아홉 명의 발퀴레에서 따온 거라서. 순서대로 하다가 남았다고 해야 하나? 브륀힐데와 브륀힐드니, 그렇게까지 신경 쓰지 않아도 돼."

원래는 리하르트 바그너의 악극, '니벨룽의 반지' 에 등장하는 아홉 명의 발퀴레에서 따온 것이다.

■ 브륀힐데(Brünnhilde)

유미나 전용기 저격전 특화형

메인 컬러: 실버

■ 게르힐데(Gerhilde)
에르제 전용기 격투전 돌격형
메인 컬러: 레드

■ 오르트린데(Ortlinde)
스우 전용기 방어전 무장형
메인 컬러: 골드

■ 발트라우테(Waltraute)
루 전용기 유격전 교체형
메인 컬러: 그린

■ 슈베르트라이테(Schwertleite)
야에 전용기 백병전 경장비형
메인 컬러: 퍼플

■ 헬름비게(Helmwige)
린제 전용기 공중전 가변형
메인 컬러: 블루

■ 지그루네(Siegrune)
힐다 전용기 백병전 중장비형

메인 컬러: 오렌지

■ 그림게르데(Grimgerde)
린 전용기 섬멸전 포격형
메인 컬러: 블랙

■ 로스바이세(Rossweisse)
사쿠라 전용기 집단전 지원형
메인 컬러: 화이트

이런 기체를 만들 때 얻은 노하우를 다음에 만들 내 기체에 전부 활용할 생각이다.

솔직히 말해 맨몸으로도 싸우지 못할 것은 없지만, 상급종을 상대하면 역시 힘들다. 게다가 지금은 아직 괜찮지만, 언젠가 세계의 결계가 쉽게 망가질 정도로 약해진다면 여러 상급종이 동시에 출현할 가능성도 제로는 아니고 말이다.

그런 때를 위해 내 전용 기체를 만들어 두는 것은 낭비가 아니다. 게다가 나 역시 자신만의 기체를 가지고 싶다.

"브륀힐데는 장거리 저격용 스나이퍼 라이플과 중거리 요격용 프라가라흐를 네 개 장비하고 있어. 또 스텔스 기능을 가진 장갑 덕에 은밀 행동도 가능해. 보호색으로 변화하는 장갑의 평상시 기체색이 화려한 것이 조금 그렇지만.”

“눈에 띄긴 하네요…….”

“그런데 기체의 기본색을 바꾸면 장갑의 특수 능력을 살리지 못하게 된다니까 어쩔 수 없어. 금방 익숙해질 거야.”

눈에 띄는 것은 전투가 시작되기 전까지로, 전투가 시작되면 스텔스로 눈에 띄지 않게 될 테고 말이야.

“그러고 보니 저편 세계에도 프레임 기어 같은 것이 있다고 했죠?”

“프레임 기어라기보다는 저 미니 로봇 같은 녀석이야. 인간의 명령에 따라 움직이는 소환수 같은 것이려나? 마법 같은 특수한 힘을 지닌 기체도 있는 것 같아.”

“저도 보고 싶어요.”

“조만간 저편 세계로 모두도 오갈 수 있게 해 보일 거야. 그때는 저편 마을을 안내해 줄게.”

“약속이에요?”

유미나는 미소를 지으며 내 팔에 자신의 팔을 감았다.

그러기 위해서는 저편 세계에 차원문을 설치할 토지를 확보해야 하는데. 앞으로 몇 번은 더 가 봐야 하는 건가?

"그럼 파레리우스섬 쪽은 잘되고 있는 거네요? 일단락되면 우리 나라에도 상선을…… 앗, 맞았다!"

리니에 국왕이 일어서더니 이마에 손을 댔다.

야구장에서는 2루타를 친 레굴루스 선수가 환성에 응답하고 있었다.

동서 회의가 끝난 후의 친선 시합. 이번에는 기사 왕국 레스티아와 레굴루스 제국의 시합이었다.

리니에 국왕은 절친인 레스티아 기사왕의 팀을 응원하는 듯했다.

레스티아 기사왕인 라인하르트 형님은 감독으로, 레스티아의 덕아웃 벤치에 있다. 라밋슈 교황과 로드메어 전주 총독 등 여성진은 성에서 나의 약혼자들의 환대를 받고 있어서 이 자리에는 없다.

"물러물러. 뻔한 흔들기에 걸릴 레굴루스가 아니지. 과연 이번 이닝을 막을 수 있을까?"

"아니아니, 이제부터입니다. 구속은 아직 떨어지지 않았으니까요."

비슷한 연배인 벨파스트, 리프리스 두 국왕이 팔짱을 낀 채 후후후 하고 대담하게 웃었다. 두 사람 모두 그러니까 나쁜 사람 같아요.

반대로 누가 질까 보냐 하고 리니에 국왕이 레스티아의 편을 들었다.

꽤 사이가 좋아졌구나.

"이런 시합은 우리의 스트레스 해소가 되고 서민의 즐거움이기도 하지. 토야가 말하는 스포츠 교류라는 것도 좋은 것이군."

브륀힐드 야구장의 VIP석에서 옆에 앉은 미스미드 수왕이 시합에서 눈을 떼지 않은 채 중얼거렸다. 머리 위의 눈표범 귀가 쫑긋쫑긋 움직였다.

"야구뿐만이 아니라 그 외에도 다양한 경기가 있지만요. 그렇지, 올림픽 같은 것이 있으면 재미있을지도 모르겠어."

"올림피……? 뭔가, 그건?"

"아, 몇 년인가 한 번, 전 세계의 선수를 모아 다양한 경기를 며칠에 걸쳐서 하는 것은 어떤가 해서요. 거기에서 세계 최고를 결정하는 거죠. 야구의 세계 최강이라든가."

"호오! 세계 최강이라. 울림이 좋은 말이야. 재미있을 것 같군."

단, 그게 실현되기엔 아직도 이쪽 세계는 혼돈스럽지만.

각 나라에는 아직도 빈곤에 허덕이는 사람이 끊이지 않고 마수의 피해도 있다. 도적이 날뛰는 지역이나 수상한 어둠의 교단 같은 것도 아직 많다.

유론과 산드라가 무너져 대규모 전쟁은 없어졌지만, 그 나라가 억누르고 있던 작은 악당들이 날뛰기 시작했다.

유론에 소속되어 있던 암살자들은 도적이나 강도가 되었고,

산드라의 노예 상인 중에는 불법 상인이나 사기꾼이 된 녀석들도 있다.

그것은 단속하는 것은 역시 각국의 역할이니.

어떤 의미에서는 내가 전 세계에 민폐를 뿌리고 다녔다고 할 수도 있다. 아무튼, 그렇기도 하니 무언가 힘이 될 수 있다면 협력을 아끼지 않을 생각이긴 하지만.

"그러고 보니 얼마 전에 토야가 가르쳐 준 카라에, 아니, 카레라이스인가. 그건 맛있더군. 우리 나라에도 보급하고 싶은데, 쌀은 현재 이셴에서 구할 수밖에 없는 건가?"

미스미드에는 원래 카라에라는 음식이 존재하니까. 쌀이 없어서 빵을 찍어 먹거나 수프처럼 먹었었지만, 이셴의 쌀과 만나 기적적인 합작이 이루어졌다. 그것을 카라에의 본고장인 미스미드에게 전해 주었는데 꽤 평판이 좋았다.

"이셴 영주 중에 아는 사람이 있으니 미스미드에 정기적으로 수출할 수 있을지 물어볼게요. 그리고 이셴의 농작민을 몇 명인가 초빙해 미스미드에도 만들 수 있도록 가르침을 청하거나 하면 될까요?"

기본적으로 미스미드는 브륀힐드보다도 조금 더운 토지이지만, 벼농사에 적합하지 않은 것은 아니다. 물은 가우의 대하가 있으니까. 문제가 있다면 대수해가 가까워서 메뚜기 등의 병충해가 없는가라든가 마수 등의 짐승으로 인한 피해 같은 것일까?

하지만 그런 건 어떤 토지이든 있을 수 있는 거고, 그런 점은 나보다도 프로인 농가 여러분이 잘 알겠지. 최악의 경우엔 코스케 삼촌에게 물어보면 어떻게든 되리라 생각한다. 일단은 농경신이니까.

이센도 그 원숭…… 아니, 히데요시 사건 이래로 이에야스 씨를 중심이 되어 정리되는 듯하고, 어느 정도의 수출은 어떻게든 되지 않을까?

올해 가을에는 우리 쪽에서도 쌀을 수확할 수 있을 듯하니 기대된다.

오, 스리 아웃 체인지인가.

레스티아 팀은 굳이 따지자면 공격이 메인인 팀이다.

원래 뛰어난 기사가 많은 나라이기 때문인지 동체 시력이 좋고 출루율도 높다. 단, 파워히터라고 불릴 정도의 강타자가 있는 것은 아니라서, 왕창 대량 득점을 하기보다는 착실하게 점수를 뽑는 스타일이었다.

그에 대항하는 레굴루스는 공수 밸런스가 갖춰진 팀으로 선수층도 두꺼웠다. 상대가 어떤 팀이든 맞춤형 포진을 짤 수 있다.

리니에 국왕에게는 미안하지만 레굴루스 쪽이 좀 더 낫다.

관객석도 매우 달아올라 있었다. 당연하지만 관객은 브륀힐드 사람들이 대부분이지만, 마음에 든 두 팀을 각각 응원했다.

오락이 적은 이 세계에서는 '응원하는 팀이 승리한다' 는 것보다도, 시합 그 자체를 보고 즐기는 것이 주된 목적이었다.
그래서 관객은 응원하는 팀이 져도 상대 팀에게도 박수를 보냈고, 선수들이 좋은 시합을 보여 준 데에 감사했다.
패배한 자신들 쪽 선수에게 폭언을 퍼붓거나 물건을 던지는 일은 하지 않았다. 그건 보기에 기분 좋은 일이 아니니까.
선수들도 본업은 기사이거나 해서 야구만 하여 먹고 사는 프로가 아니어서 그런 일까지 당할 일도 없을 테지만. 그렇게 생각해 보면 동네 야구와 별로 다르지 않을지도 모른다.
아무튼 즐겁게 즐긴다면 더할 나위 없지만.
그런 생각을 하는데 강화 유리로 둘러싸인 VIP석을 향해, 이쪽으로 달려오는 스우의 모습이 보였다.
뭐지? 엄청나게 다급한 모습인데.
그대로 경호 기사들을 밀치고 박스석의 문을 열더니 나를 향해 큰소리로 외쳤다.
"토야! 아이가 생겼네!"
후다닥! 하고 박스 안의 임금님들이 일어서 나를 바라보았다.
어? 자, 잠깐만?! 스우는 아직 그런 조짐이 없었다고 유미나가 말했었던 것은데, 아니, 그 이전에 손을 댄 적 없거든, 아직!
"잠깐, 진정해 스우. 아이라니…… 누구의?"
……내 아이는 아니지? 말도 안 되는 일이지만.

"아버지와 어머니인 게 당연하지 않은가! 나에게 남동생이나 여동생이 생긴 것이야!"

아아, 그쪽……. 후우우우, 짚이는 곳도 없는데 당황했어…….

내가 안도의 한숨을 내쉬는데 벨파스트 국왕이 스우 곁으로 다가갔다.

"스우, 그게 정말이냐? 알에게 아이가?"

"정말입니다. 라울 선생님이 그렇게 말씀하셨으이!"

왕궁 의술사인 라울 의사인가. 그럼 틀림없겠구나. 아무래도 그 이야기를 훔쳐 듣고 스우는 벨파스트의 자택에서 이곳까지 거울 전이문을 지나온 모양이다.

벨파스트 국왕에게도 새로운 조카가 태어나는 거고, 그 아이가 남자라면 차기 국왕이 될 야마토 황태자를 지원하는 나라의 중신이 될 것이다.

그건 그렇고 오르트린데 공작에게 아이라……. 역시 그것 덕분인 건가?

이전에 엘프라우 왕국에 나타난 거수, 스노라 울프를 쓰러뜨린 답례로 받은 엘프라우 왕가의 마도구, '생명의 축복'.

여성이 몸에 지니고 있으면 회임하기 쉬워진다는, 매우 수상한 것이어서 시험 삼아 오르트린데 공작에게 빌려준 것인데…… 진짜였던 걸까?

암튼 나는 시합 후에 철수해 줘야 하니 이 자리를 떠날 수 없

지만, 일단 벨파스트 국왕과 스우 그리고 호위인 벨파스트 기사들을 【게이트】로 오르트린데 공작 저택까지 보내 주었다.

'생명의 축복' 에 관해서는 반납하려면 스우에게 건네주면 된다고 말해 두었다.

으~음. 이것으로 점점 더 박사의 미래시가 현실미를 띠기 시작했어. 아이가 아홉 명……. 아니, 그 이상일 가능성도 있는 건가…….

아홉 명이나 색시가 있는 시점에 어느 정도는 각오했지만. 물론 생긴다면 각자에게 아이가 있으면, 하고 생각하지만 말이지…….

열여덟에 결혼해서 열아홉이 되기 전에 아홉 명의 아이를 가지게 될 가능성도 있다는 건가……. 아니, 적어도 스우는 아직 몇 년, 시간이 있으니 여덟 명인가? 그게 그거인 것 같은 기분도 든다.

으으으으음. 프레이즈와 싸우는 것보다도 더 큰 각오가 필요할 듯한 느낌이다. 새삼 생각해 보니, 이건 정말 큰일이구나. 아니 뭐, 스우 이외에 여덟 명이 동시에 임신하지는 않을 테지만.

……아니겠지?

“안녕하세요, 토야 오빠.”

“……안녕, 유미나. 그런데 왜 여기에 있어?”

내가 자신의 방에 있는 침대 위에서 눈을 떠 보니 이불 위에 오드아이 소녀가 올라타 있었다.

“……분명히 내 방은 안쪽에서 잠겨 있었을 텐데?”

“열었어요. 이렇게, 살짝살짝.”

열었다니…… 어떻게 그런 짓이 가능해?! 나의 정당한 의문에 유미나는 천사 같은 미소를 지으며 아무것도 아니라는 듯이 대답했다.

“제가 가진 일곱 개 특기 중 하나이니까요.”

제대로 된 대답이 아니잖아?! 그게 뭐야?! 나머지 여섯 개는 뭔데?!

아침에 좋아하는 여자아이가 깨워 주는 것은 기분이 나쁜 일이 아니었지만, 심장에 좋지 않다. 게다가 유미나도 무방비하게 파자마 차림인 만큼 더욱 심장에 좋지 않았다.

만난 지 꽤 오래되었는데, 그동안 여러 면에서 유미나도 성장했다. 만났을 때보다 몸은 여자다워졌지만 이렇게 엉뚱한 점은 변하지 않았다.

하지만 유미나도 이미 열네 살이 되었으니 이런 행동은 삼갔으면 한다.

“토야 오빠의 자는 얼굴을 충분히 만끽했으니 오늘은 만족이에요.”

"언제부터 올라타 있었던 거야……."

눈치채지 못한 나도 나지만. 일단 유미나에게 나가 달라고 한 뒤 재빨리 옷을 갈아입었다.

아침 식사 전에 훈련장에 가 보니 평소처럼 기사단 모두에게 섞여 야에와 힐다, 에르제가 훈련하는 중이었다.

루의 모습이 보이지 않는 것을 보면 오늘 아침 식사는 루가 만들고 있는지도 모른다. 그렇다고 한다면 오늘 아침 식사는 일본식이구나. 기대된다.

"여어, 토야. 안녕. 만나자마자 미안하지만 상대해 줄 수 있을까?"

모두와 아침 인사를 하려고 했는데 등 뒤에서 살며시 다가온 모로하 누나에게 붙잡혔다. 아차, 실수. 방심했어.

"……상관없지만 봐주면서 하세요."

"그럴 필요 있나? 아무튼 평소처럼 서로 마법도 신력도 쓰지 않는 걸로 하자."

서로 마주 선 뒤, 심판 역할을 자청한 에르제의 신호에 맞춰 목검을 맞부딪쳤다. 목검이긴 하지만 강화를 시켜 내구성이 강하다. 그렇게 안 했으면 이번 첫 번째 공격을 할 때 산산조각 부서졌을 것이다.

당연히 몸에 닿으면 뼈가 부서진다. 단, 나와 누나의 경우엔 그렇게까지 대미지를 받지 않으리라 생각한다. 그렇지만 아픈 건 아프므로 맞고 싶지는 않았다.

"엇?!"

기습적으로 다리가 걸렸다. 균형을 뒤쪽으로 잃고 쓰러진 나에게 그 틈을 놓치지 않고 날카로운 찌르기가 날아들었다.

다급히 옆으로 굴러 그것을 피하면서 팔의 힘만으로 튀어 올라 다시 지면에 일어섰다. 위험해!

에잇, 봐달라고 했는데.

그쪽이 그럴 셈이라면 한번 해 보자, 그래. 나는 목검을 새삼 다시 쥐었다.

〈주인님, 괜찮으신가요?〉

"으으~응……."

코하쿠가 쿡쿡 찌르는 가운데, 나는 온몸의 통증을 견뎠다.

봐줄 생각이 전혀 없었어……. 검신의 이름은 허울이 아니었다.

온몸에 【힐링】과 【리프레시】를 걸고 일어섰다. 마법이 없었으면 손가락 하나도 움직이지 못했을 것이다. 모로하 누나와 모의전을 하면 반드시 너덜너덜해진다. 지금까지 전패다. 3분을 버틴 적이 없으니.

모로하 누나는 곧장 다음 먹잇감을 발견하여 훈련 지도를 하는 중이었다.

이것 참. 아침을 먹기 전에 과도하게 운동을 하고 말았어.

일단 아침을 먹기 위해 식당으로 가 보니 린제와 아직 잠이 덜 깬 린, 그리고 루가 식사를 하고 있었다.

우리는 여러모로 개인적으로 하는 일이 있어서 모두 다 같이 아침 식사하는 일이 드물다. 사쿠라는 1주일의 절반을 어머니인 피아나 씨와 같이 먹기도 하니까.

아침 식사는 역시 루가 만든 일본식이었다. 밥에 무가 들어간 된장국. 던전 섬에서 잡은 생선을 구운 것, 달걀말이, 우엉 조림, 냉두부, 순무 절임.

루는 내가 좋아하기 때문인 것도 있는지 일본식이 점점 특기 요리가 되어 가고 있었다. 이셴 사람들에게 다양한 일본식에 대해 이리저리 물으면서 실력을 키우고 있는 듯하다. 너무 맛있어서 살찌지 않을까 걱정된다.

아침 식사가 끝나고 오전 집무를 하는데, 품안의 스마트폰이 울렸다. 상대는…… 어라? 웬일이지? 레스티아 기사왕이신 라인하르트 형님이 아니십니까.

"네, 여보세요?"

〈아, 공왕 폐하. 바쁜데 미안하군. 조금 상담해 주었으면 하는 일이 있는데……. 리니에 국왕의 일이야.〉

"리니에 국왕?"

레스티아 기사 왕국의 국왕인 라인하르트 형님(예정)과 리니에 왕국의 국왕인 클라우드는 나이 차이가 얼마 나지 않아서 그런지 친한 사이다.

원래 클라우드는 지금까지의 인생을 가짜 왕자인 자분에게 학대당하며 살아왔기 때문에, 친구라고 부를 수 있는 사람이 적었다. 라인하르트도 왕자라는 입장 탓에 편안하게 사귈 수 있는 상대가 별로 없었던 거겠지. 성격도 비슷한 두 사람이 사이가 좋아지는 것은 당연한 일이라고도 할 수 있었다.

그 친구에 관한 일을 상담하겠다니, 무슨 일이 있었던 걸까?

"10분 정도 있으면 일단락되니, 그쪽에서 이야기를 듣겠습니다. 레스티아성의 성문 앞으로 가죠."

〈그래. 기다리고 있지.〉

전화를 끊고 서류를 정리한 뒤, 재상인 코사카 씨에게 일단 어디로 가는지 전해 두었다. 힐다도 부를까 했는데, 리니에 국왕의 일을 상담하려는 것이라 결국 혼자서 가기로 했다.

레스티아성의 성문 앞으로【게이트】를 통해 전이해 보니 이미 그곳에는 레스티아 기사 두 명이 대기하고 있었다. 그들에게 안내를 받아 성안의 안쪽 깊숙한 한 방에 도착하자 선두에서 걷던 기사가 공손하게 문을 열었다.

"여어, 일부러 미안하군. 누구에게 말을 하면 좋을지 갈피를 못 잡아서."

방의 소파에 걸터앉아 있던 라인하르트가 일어서 맞이해 주었다. 신경을 썼다고 해야 할지, 무언가 중요한 상담인 듯해서 전화보다도 직접 만나 이야기하는 것이 좋겠다고 생각하긴 했지만…….

권하는 대로 형님 맞은편 소파에 걸터앉았다. 방 안에 있던 기사를 물러나게 한 뒤, 레스티아 국왕이 나를 보고 그 상담할 내용인가를 말하기 시작했다.

"리니에와 파르프가 이전에 전쟁 직전까지 갔다는 것은 알고 있지?"

"아, 이전 재상인 왈덕의 꿍꿍이 탓에 말이죠? 위험했지만 리니에 국왕이 즉위한 뒤로는 우호 노선으로 전환해 간신히 그건 회피했던 게 아닌가요?"

대륙의 북서쪽에 있는 앞쪽 세계 최대의 섬, 파르니에섬은 북쪽의 파르프, 남쪽의 리니에로 양분되어 오랫동안 작은 충돌을 반복해 왔다.

그 북쪽 나라 파르프를 최근에 대냉해로 인한 흉작이 덮쳤다. 그에 더해 국왕과 재상의 죽음 등, 잇달아 불행이 덮친 때를 노리고 당시의 리니에 재상인 왈덕이 전쟁을 하려고 했었다.

바로 직전에 우리가 개입하여 왈덕은 실각하였고 전쟁은 회피할 수 있었다. 그리고 새로운 리니에의 국왕이 된 클라우드가 파르프와 우호 노선을 취해 친교를 다지기로 했는데.

"파르프와의 관계는 전체적으로 양호해. 파르프 국왕이 죽고 왕자가 왕으로 즉위해 내정도 안정되었지. 교역도 순조로워. 단, 조금 문제가 있는데……."

"문제?"

"이전 파르프 국왕은 아이가 둘 있었어. 한 사람은 뤼시엔느 디아 파르프 공주. 또 한 사람은 그 남동생인 에르네스트 딘 파르프 왕자. 누나인 뤼시엔느 공주와 리니에 국왕이 사이가 좋거든. 좋은 느낌이야."

"호오. 그건 또 참."

클라우드에게도 봄이 왔다는 건가? 오랫동안 그 바보 왕자(가짜)가 붙어 다녔으니까. 자유가 없었던 비참한 청춘을 잊고 꿈에 그리던 청춘을 구가해 줬으면 하는데.

그런데 문제라니?

"조금 전에 말한 남동생인 에르네스트 왕자. 그 왕자가 왕위에 올랐는데 아직 열 살짜리 어린아이거든. 섭정이 된 전왕의 남동생과 주위 중신들이 도와주고는 있지만, 아직 너무 어려. 그리고 그 아이가 누나 없인 못 살아."

"하아아, 누나를 빼앗길지 모른다고 생각해 리니에 국왕을 싫어한다는 건가요?"

"음, 알기 쉽게 말하면 그런 느낌이지. 노골적으로 싫어하는 태도는 보이지 않지만, 어딘가 리니에 국왕을 피하는 것처럼 느껴져."

그렇게 말하며 기사왕은 씁쓸하게 웃었다.

뭐, 그 마음을 모르는 것은 아니다. 아버지가 죽고 뭐가 뭔지도 모른 채 왕으로 추대된 것도 모자라, 누나까지 자신의 곁을 떠나려고 하는 것이다. 열 살짜리 어린아이가 납득하기는 어렵겠지.

“그런데 파르프 중신들의 생각은요?”

“중신들은 양국의 관계를 돈독하게 할 기회라고 생각해 우호적으로 받아들이고 있는가 봐.”

“본인들은요?”

“적어도 리니에 국왕은 뤼시엔느 공주가 왕비가 되었으면 하고 생각하는 듯하지만, 정작 공주는…….”

“결혼하고 싶지 않다?”

“그렇지는 않지만 아직 어린 남동생을 남기고 결혼할 수는 없다, 그런 상태지. 공주는 분명히 지금 열아홉……이었던가? 에르네스트 국왕의 성장을 기다렸다간 상당한 만혼(晩婚)이 될 테고, 리니에 국왕도 후계자 문제가 있잖아. 계속 기다리는 것은 어려울지도 몰라.”

에르네스트 왕자, 아니, 에르네스트 국왕이 열다섯에 홀로 선다고 하면 앞으로 5년……. 스물넷이 될 때까지 기다리는 것은 긴 편인가.

이쪽 세계에서 여성은 대부분 스무 살 전후로 결혼한다. 그런데 왕가나 귀족 등이면 더욱 어려져 열서넛에 약혼하는 일도 흔하다. 하지만 스물넷이 상당한 만혼이라니, 역시 감각적으로 위화감이 든다.

뤼시엔느 공주에게도 리프리스 상급 귀족 중에 약혼자가 있었다는 듯하지만, 한 번도 만나지 못한 상태에서 상대가 병으로 죽었고, 이어서 선대 국왕이 죽기도 해서 그대로 혼기를 놓친 모양이었다.

리니에 국왕인 클라우드로서는 에르네스트 국왕이 어른이 될 때까지 5년간 기다릴 생각인 듯하지만…… 그건 개인으로서는 허용이 되어도 국왕으로서는 어려운 일이었다.

리니에도 왕가 사람은 클라우드밖에 없다. 후계자를 원하는 목소리는 리니에 중신들 사이에서도 나오겠지. 어서 신부를 붙여 주자고 생각하는 사람들도 있을 것이다. 가능하면 자신의 딸을 붙여 주자고 생각하는 귀족도 많을 테지.

보통이라면 제2 왕비라도 상관없다고 생각하지만…….

"제1 왕비가 자국의 귀족이고, 제2 왕비가 타국의 공주라는 것은 역시 안 좋아. 파르프 사람으로서는 가볍게 여기고 있다고 생각하게 될 테니까. 공왕 폐하처럼 공주를 여러 명 받아들인다면 이야기는 별개이지만."

앗, 뭔가 이쪽으로 불똥이 튀었어.

내 경우엔 제1 왕비, 제2 왕비라고 정해 놓지 않았지만, 세상 사람들은 유미나를 제1 왕비, 루를 제2 왕비로 받아들이고 있는 듯했다. 참고로 제3 왕비는 눈앞에 있는 기사왕의 여동생인 힐다라고 다들 생각한다.

에르제, 린제, 야에는 서민 출신이니 핏줄로 결정을 한다면 제4 왕비는 스우, 제5 왕비는 린, 제6 왕비는 사쿠라가 되는 건가?

사쿠라는 마왕국 제노아스 마왕의 피를 이어받았지만 서자이고, 세상 사람들은 그 사실을 모르니까. 린은 요정족 족장이었으니 어쩌면 스우보다도 위일지도 모른다.

아무튼 어느 쪽이든 간에 나는 순위를 매길 생각은 없다.

하지만 다른 나라에서는 그렇게는 안 되는 모양이었다.

"대략적인 이야기는 알겠지만…… 그래서 제가 뭘 어떻게 하라는 건가요?"

"실은 이 에르네스트 국왕 말인데…… 공왕 폐하를 아주 동경하고 있어. 평소에는 별로 리니에 국왕과 이야기를 하지 않으려 하지만, 브륀힐드나 공왕의 이야기가 나오면 바짝 다가서서 들으려고 하는 모양이야. 역시 어린아이는 영웅을 동경하는 법인가?"

"……진짜요?"

음, 기쁜 것 같기도 하고 뭔가 미묘한 느낌이네. 영웅이라고 불릴 만한 일은 하지 않았는데. 우연히 다양한 일이 겹쳐 어쩔 수 없는 상황에서 발버둥 친 결과일 뿐이다. 상황에 휩쓸렸다고도 할 수 있다.

"즉, 상담이라는 것은……."

"공왕 폐하가 에르네스트 국왕을 설득해 줬으면 한다는 거야. 파르프와 리니에의 밝은 미래를 위해서."

그렇겠죠~. 그렇게 말할 거라고 생각했어요.

파르프라는 나라의 입장으로는 공주가 결혼해 주는 것이 여러모로 유익하겠지만. 그를 위해서 한 명의 소년이 누나를 빼앗겨도 좋은지 어떤지는 어려운 문제야.

억지로 설득하는 것이 아니라 진심으로 누나가 결혼해 떠나는 것을 배웅해 주었으면 하지만, 과연 쉽게 될까? 상대는 어린아이고 말이지.

"일단 리니에 국왕이 있는 곳에 가서 이야기해 보죠. 그쪽도 생각이 있을지도 모르니까요."

관계없는 타인이 이렇게 대화를 나눠 봐야 소용없는 일이다. 본인에게 그럴 생각이 없다면 쓸데없는 오지랖밖에 되지 않는다.

스마트폰으로 리니에 국왕에게 연락하니 마침 이후의 일정이 취소되었다고 하여 면회 약속을 잡았다. 반대로 레스티아 기사왕은 곧 일정이 있다고 해서 나 혼자 가기로 했다. 부디 잘 부탁한다는 말을 들었는데. 참 좋은 친구를 뒀다, 리니에의 임금님은.

【게이트】로 오랜만에 리니에성의 성문 앞으로 전이하자 문지가 두 사람 중 한 명이 깜짝 놀라며 기겁했다. 아차, 더 인기척이 없는 곳으로 왔어야 하는 건가.

하지만 다른 문지기 한 명은 나를 알고 있는 듯 곧장 성안으로 연락하였고, 잠시 기다리자 낯익은 노인이 나왔다.

"이게 누구십니까, 브륀힐드 공왕 폐하. 오랜만에 뵙습니다."

“쿠프 후작……. 아니, 쿠프 재상. 갑자기 방문해서 죄송합니다.”

여전히 노인이라고는 생각하기 힘든 튼튼한 근육이 두르고 있는 재상 옷 위로도 다 보였다. 대머리에 흰 수염을 기른 이 노인은 리니에 국왕 클라우드의 오른팔로서 엉망이 된 리니에를 일으키기 위해 상당히 노력한 듯했다.

“조금 레스티아 기사왕에게 부탁을 받아서요. 이쪽 임금님과 이웃한 나라의 공주님에 관련된 일로요.”

“그렇군요. 그래서……. 사실 저희도 고민하는 중입니다. 국왕 폐하는 다른 왕비를 들이실 생각이 전혀 없으신 듯하니……. 아무튼, 선왕 폐하의 일도 있으니 말입니다. 원하지 않는 결혼은 불행을 부를 뿐이라고 생각하고 계신지도 모릅니다.”

아아, 그렇구나. 그런가.

클라우드의 아버지인 리니에 선왕은 사랑도 없이 다키아 왕비와 결혼했다. 그 결과 속아 넘어갔고, 그 바보 왕자를 제 아들로 생각해 인생을 농락당했다. 그런 일이 있어 본능적으로 사랑이 없는 정략결혼을 꺼리는 것인지도 모른다.

원래는 왕으로서 나라를 가장 첫 번째로 생각해야 하지만 그건 가혹한가.

다행히 그 선왕 폐하도 클라우드의 어머니인 에리아 왕비와 편하게 은거하고 있어 지금은 행복하다는 모양이지만.

아무튼 정말로 물어보지 않으면 뭘 어떻게 시작할 수 없다. 쿠프 재상의 안내를 받아 성안의 응접실에서 나는 클라우드와 면회를 하고 그의 본심을 들어 보기로 했다.

"제가 파르프 왕국의 공주인 뤼시엔느를 왕비로 맞아들이길 원하는 건 맞습니다. 하지만 그렇다고 해서 파르프 국왕의 마음에 상처를 주고 싶지는 않습니다. 제가 기다리면 그만인 일입니다."

"라고 말씀하시는데, 리니에의 신하로서는 어떠신가요?"

"솔직히 개인적으로는 그래도 상관없다고 생각하지만…… 역시 국내의 귀족들이 여러모로 압력을 가하고 있는 것도 사실입니다. 우리 나라에 있어 후계자는 무엇보다도 앞서서 생각해야 하는 일이니까 말입니다……."

쿠프 재상이 까다롭다는 듯한 표정을 지으며 대답했다. 그거야 그런가. 형제가 없는 클라우드에게 아이가 생기지 않으면 리니에 왕가는 끊기고 만다. 그렇지만 큰 문제라고는 해도 그렇게 서두를 필요는 없을 것 같은데 말이지. 아직 젊으니까.

"일단 약혼만이라도 해 두는 건 어떤가요?"

"약혼을 하고 결혼까지 5년이나 기다리는 것인가요? 언젠가 그 이유를 국민들도 깨달을 겁니다. 그래서는 파르프 국왕이 누나에게서 떨어지지 못하는 응석받이 국왕이라고 선전하는 것이나 마찬가지입니다. 상대가 난색을 표하지 않을지요."

쿠프 재장의 말도 맞지만, 어린아이니까 어쩔 수 없다고 생각하는데. 바라지도 않았을 텐데 어려서 임금님이 되는 건 좋지 않구나.

"상대 중신들은 두 사람의 혼인을 바라고 있잖아요?"

"대부분은 그렇습니다. 일부 공주를 아들의 아내로 맞아들이고 싶어 하는 귀족들은 반대하는 듯합니다만."

흐~음. 그 녀석들이 소년왕에게 있는 말 없는 말을 하며 부추기고 있는 거 아닌가? 리니에에 시집을 보내면 불행해진다고 하면서.

솔직히 말해 그 바보 왕자(가짜) 탓에 리니에 왕가의 평판은 별로 좋지 못했다고 하니까.

그 자분의 남동생이라고 생각한다면 이미지가 더없이 나쁠 테지. 실제로는 피가 이어지지 않은 완전한 남이라고 판명되었고 그 처우도 파르프에 전해졌을 테지만.

"네, 일단 리니에 국왕의 마음은 알겠습니다. 그것과는 별도로 파르프 국왕과도 만나 보고 싶은데 면회 주선을 부탁할 수 있을까요?"

"파르프 국왕과요? 정말 감사합니다. 아주 기뻐할 겁니다. 동경하는 공왕 폐하를 만날 수 있으니까요."

다른 나라의 국왕이 동경하는 국왕이라는 것도 참 묘한 이야기다.

설득한다든가 그런 것은 제쳐 두고 한번쯤 만나 보고 싶다는 생각은 든다. 물론 누나에게서 독립한다면 그보다 좋은 일은 없겠지만.
일이 잘못되어 중도의 시스콘이 되어 버려도 문제고 말이야.
무언가 좋은 해결 방법이 발견된다면 좋을 텐데. 이것 참.

“처, 처음 뵙겠습니다, 공왕 폐하! 파르프 왕국의 국왕, 에르네스트 딘 파르프입니다! …………하아, 말했다…….”
파르프성의 안뜰에서 결사의 마음을 전달하듯이 단숨에 그렇게 이어서 말한 소년은 곧장 기가 빠진 듯이 숨을 내쉬었다.
뭔가 굉장히 긴장한 듯한데.
“처음 뵙겠습니다. 파르프 국왕 폐하. 브륀힐드 공국의 공왕, 모치즈키 토야입니다. 이번에 이렇게 갑작스러운 방문을 허락해 주셔서 감사합니다.”
“아, 아니요, 이쪽이야말로!”
가볍게 인사를 하자, 파르프 소년왕이 당황한 듯이 고개를 붕붕 저었다. 하나하나 리액션이 큰 소년이다.
나이는 열 살이라고 들었는데. 그렇다는 것은 스우보다 아래인가. 키는 비슷한 정도이지만. 소년왕은 금색 머리카락을 가지런히 자르고, 몸에 어울리지 않는 예복과 흰 망토를 두르고 있었다. 확실히 말해 안 어울린다. 억지로 입고 있다는 느낌이 팍팍 든다.

나는 옆에 있던 에르제와 린제를 소년왕에게 소개했다. 소년왕은 나를 대할 때 정도는 아니지만, 역시 긴장한 채로 두 사람과 인사를 나눴다.

이번 방문은 에르제와 린제에게 따라와 달라고 했다. 실레스카 자매는 많은 형제(정확하게는 조카이지만)들과 함께 자랐다. 이런 남매 관계 문제에서 뭔가 어드바이스를 해 줄 수 있을지도 모른다고 생각해 와 달라고 한 것이다.

일단 나도 누나를 자처하는 두 사람이 있지만, 이래저래 규격 외라서…….

"파르프 국왕은 공왕 폐하를 만나길 고대했습니다. 항상 저에게 이야기를 들었기 때문이죠."

내 옆에 있던 리니에 국왕, 클라우드가 그렇게 말을 걸자 소년왕은 얼굴이 새빨개져서는 곁에 있던 여성 뒤로 숨었다.

난처한 듯한 표정으로 미소를 지으며 여성이 우리에게 살짝 고개를 숙였다.

"죄송합니다. 조금 낯가림을 하는 아이라……. 기분 상하지 않으셨으면 합니다."

"아니요, 괜찮습니다."

이 여성이 뤼시엔느 디아 파르프. 현 파르프 국왕인 소년의 누나이자 리니에 국왕인 클라우드가 마음에 두고 있는 사람이다.

남동생과 같은 금색에 살짝 웨이브가 진 머리카락과 비취색 눈동자. 솔직히 말하면 엄청난 미인이라고 할 수 있는 타입은 아니었다. 그렇기는 하지만 어딘가 마음이 놓이는 분위기를 지닌 사람이었다.

장미 같은 현란함, 해바라기 같은 강함, 백합 같은 정숙함은 없었다. 예를 든다면 민들레 같은 소박함을 갖춘 여성이라고 할 수 있을까. 마을 처녀 같은 차림을 하고 성 아래를 걸어 다니면 눈치채지 못할지도 모른다.

"자, 공왕 폐하에게 부탁할 게 있지? 자신의 입으로 직접 말해야지."

"부탁?"

누나가 재촉하자 소년왕이 머뭇거리며 앞으로 나왔다. 뭐지?

"앗, 저어! 거인병을 보여 주실 수 있을까요?"

"……거인병? 아, 프레임 기어를 말하는 건가. 상관없지만…… 이곳으로 불러도 될까요?"

다른 나라의 성안에 쉬이 불러낼 수도 없어서 일단은 허가를 받으려고 안뜰 구석에 늘어서 있는 파르프의 중신들을 돌아보았다.

그중 한 사람, 50세 정도 되고 흰 로브를 입은 다정해 보이는 남성이 조용히 손을 들었다. 으음, 분명히 저 사람은…….

“섭정인 도노반 렘프란트 공작, 이에요. 전왕의 남동생으로 두 사람에게 있어서는 삼촌에 해당해요.”

아, 맞아맞아, 그랬어. 등 뒤에서 슬쩍 가르쳐 준 린제에게 감사했다. 기억력이 좋아져도 초면인 사람이면 이름과 얼굴이 일치하지 않을 때가 있단 말이지……. 예전부터 그건 잘하지 못했지만.

“상관없습니다. 그 거인병인가를 폐하께 보여 주십시오. 기대하고 계셨으니 말입니다.”

생긋하면서 흰 로브를 두른 렘브란트 공작이 고개를 끄덕였다. 허가를 받았기 때문에 손가락을 울려 공중에 전이문을 열었다.

그곳에서 쿠웅! 하고 땅을 울리면서 나타난 회색 프레임 기어, 중기사(슈발리에)가 파르프의 대지에 내려섰다. 장비 없는 노멀인 양산형 그대로이다.

“우와아아아……!”

파르프의 소년왕은 중기사를 올려다보고 굳어 버렸다.

스마트폰으로 조작해 중기사에게 한쪽 무릎을 꿇게 하고 콕핏의 해치를 열었다. 가슴 부분의 측면에 있는 승강용 와이어 훅이 눈앞까지 내려왔다.

“타 보시겠습니까? 아무래도 민폐가 될 테니 움직이게 할 수는 없지만요.”

“……! 네!”

소년왕을 안고 와이어 훅에 발을 걸어 콕핏까지 자동으로 올라갔다. 시트에 앉은 파르프 왕 에르네스트는 반짝거리는 눈으로 프레임 기어의 조종간을 꽉 쥐었다.

역시 이세계에서도 이런 로봇이나 탈것을 향한 소년의 동경은 있는 것일까.

"이것으로 공왕 폐하는 거수나 수정 마물을 쓰러뜨린 거군요. 이것에 타면 나도 싸울 수 있을까요……?"

"실례지만 바로는 무리입니다. 이 프레임 기어를 익숙하게 타려면 나름의 훈련이 필요하니까요. 프레임 기어를 조종하는 기술뿐만이 아니라 기본적인 무술 훈련도 몸에 익히지 않으면 힘듭니다."

"윽……."

파르프 왕은 몸이 가냘파 전형적인 허약한 아이처럼 보였다. 실제로 몸을 움직이는 것보다 책을 읽는 것을 더 좋아한다고 한다.

국왕이니까 딱히 전선에 나가는 것도 아니고 그렇게까지 무력은 필요 없을지도 모른다. 하지만 자신의 몸을 지킬 정도의 힘은 익혀 두는 편이 좋을 거라고 생각하는데. 나도 할아버지에게 훈련을 받아야 했고 말이지. ……질릴 정도로.

"……공왕 폐하는 사람을 상처 입히는 게 무섭지 않나요? 그렇게 해서 원한을 사거나, 다른 사람에게 미움을 받으면 괴롭지 않아요? 저는 때리는 것도 맞는 것도…… 무서워요."

"……그러네요. 저도 가능하면 아무도 상처 입히고 싶지 않아요. 하지만 그렇게 하지 않으면 지키지 못하는 것도 있죠. 저는 그게 더 무섭습니다. 싸워야 할 때 힘이 없어 소중한 것을 지키지 못하는 것. 그것만큼은 정말 싫습니다. 파르프 왕에게도 지키고 싶은 것은 있죠?"

"……네."

소년왕은 조금 시선을 지상으로 향한 채 작게 고개를 끄덕였다. 그곳에는 리니에 국왕과 즐겁게 담소를 나누는 소년왕의 누나가 있었다.

"누나가 소중한가요?"

"……네. 누나가 행복해졌으면 좋겠어요. 리니에 국왕이 누나를 왕비로 맞아들이고 싶어 한다는 것은 알고 있어요. 하지만 불안해요. 누나가 없어지는 것이. 누나 없이 저는 국왕으로서 일을 잘할 수 있을까요……?"

뭐야, 이 아이도 잘 알고 있잖아. 겉보기보다 어른스러운걸.

그 불안은 약한 자신감에서 오는 것이겠지만 그건 어쩔 수 없겠다는 생각도 들었다. 아직 어린아이고 기가 약하니까, 이 임금님은.

리니에와 파르프의 성을 뤼시엔느 공주만이 지나갈 수 있는 미러 게이트로 연결해 버릴까? 아니, 그렇게 간단한 이야기가 아닐 테지.

우호 노선으로 교류는 진행되었지만, 리니에와 파르프는 몇

백 년 단위로 작은 충돌을 반복해 왔다. 만약 양국으로 뤼시엔느 공주만이 자유롭게 오가게 되면 기꺼워하지 않는 녀석들이 반드시 나온다.

양국에서 모두 배신자라든가 스파이라든가, 그런 소문이 퍼질 가능성도 있다. 브륀힐드에서는 그렇지 않더라도 다른 나라에서도 반드시 통용될 거라고는 생각하기 힘들다.

가장 좋은 것은 역시 이 국왕 폐하가 홀로서기를 하는 것인데 역시 아직은 무리겠지.

의지가 되는 신하는 꽤 있으리라 생각하지만. 낯을 가린다고 했고, 이제 막 왕위에 오른 참이라 주변 사람과도 아직 익숙지 않은 건지도 모른다. 그래도 삼촌에 해당하는 섭정인 렘브란트 공작 정도는 신뢰하고 있는 듯하지만.

어느 정도 자신에게 자신감이 붙으면 조금 더 임금님다워질까?

"파르프 국왕은 검이든 마법이든, 뭔가 특기인 것은 있나요?"

"트, 특기인 것이요? 검은 별로 특기가 아니고 마법도 한 가지 속성밖에 적성이 없어요……."

그렇게 말한 소년왕은 추욱 낙담을 하고 말았다. 아차. 반대로 자신감을 잃게 하면 어떻게 해?!

어떻게 위로를 할까 하고 생각을 이리저리 굴리는데, 외부 카메라에 비친 밖의 영상으로 에르네스트가 고개를 돌렸다.

"아."

"응?"

소년왕이 흘린 목소리를 듣고 나도 콕핏 측면의 모니터로 시선을 돌렸다. 그곳에는 섭정인 렘브란트 공작과 그 옆에 서 있는 작은 여자아이가 비쳤다. 저런 아이가 조금 전에도 있었던가……? 어라? 뭔가 이쪽으로 고개를 들고 노려보고 있는 것 같은데?

"저 아이는 누구죠?"

"숙부님의…… 렘브란트 공작의 따님으로 레이첼이라고 해서…… 그러니까, 저의 약혼자 후보인 아이예요."

호오. 소년도 허투루 볼 수 없겠는데. 뭐, 왕족이니 그런 존재가 있어도 이상하지 않은가? 관계로 따지면 사촌에 해당하는 것 같으니.

모니터에 비친 소녀는 웨이브가 진 금발로, 검은 카추샤가 유달리 빛나 보였다. 사촌끼리라는 것도 있겠지만, 곁에 있는 에르네스트 왕의 누나, 뤼시엔느와 많이 닮았다. 마치 여동생 같다.

하지만 분위기는 또 달라서 둥실둥실한 뤼시엔느 공주와 비교해 조금 눈초리가 날카롭고, 지기 싫어하는 성격으로 보였다. 허리에 손을 대고 계속 이쪽을 노려보고 있기도 하고.

"저 아이는 몇 살이죠?"

"저랑 동갑이에요."

스우보다 연하인데 저런 박력이라니, 어떤 의미에서는 굉장한걸……. 버릇없음, 말괄량이, 기가 센 아이……. 그런 말이 내 뇌리를 스쳤다.

"레이첼은 굉장해요. 마법 적성도 네 가지나 가지고 있고, 검 실력도 어른에게 지지 않을 정도로 강하거든요. 100년에 한 명 나올까 말까 하는 신동이라는 평가를 들을 정도로……."

그건 정말 대단한데? 신동이자 공작 가문의 따님. 그에 더해 국왕 폐하의 약혼자 후보라. 당연히 기도 세질 수밖에. 그렇게 안 되는 게 더 이상하다.

그런데…….

"왜 이쪽을 노려보는 걸까요?"

"저어…… 아마 제 탓이에요. 사실은 오늘 레이첼과 다과회를 열 예정이었거든요. 그런데 공왕 폐하가 급거 방문하신다고 해서……."

잠깐, 잠깐만! 그럼 다과회를 취소해서 화가 났다는 말이야?! 그럼 그건 분노의 화살이 나를 향해 있는 거 아냐?!

으음……. 아무튼 여기서 이러고 있으면 저 아이의 분노가 점점 더 커질 뿐인지도 모른다. 얼른 내려갈까. 뭔가 지면을 발로 팍팍 두드리고 있기도 하고. 속이 부글거리는 건가?

와이어 훅으로 파르프 국왕 폐하와 함께 지면에 내려서자 카추샤를 한 아이가 성큼성큼 이쪽으로 와서 내 앞에 서더니, 스커트 옷자락을 양손으로 집고 우아하게 인사했다. 커트시라는 거구나.

“처음 뵙겠습니다. 브륀힐드 공왕 폐하. 렘브란트 공작가의 장녀, 레이첼 렘브란트라고 합니다. 에르네스트 국왕 폐하의 약혼자입니다.”

“이거 참, 이거 참, 정중하시게도.”

약혼자? 에르네스트는 약혼자 ‘후보’라고 했는데. 이 아이의 마음속에서는 이미 결정 사항인 건가?

“갑작스러운 방문으로 제대로 된 환영도 하지 못해 죄송합니다. 조금 더 여유를 가지고 연락을 주셨다면, 이런 일은 없었을 텐데요.”

“아~……. 하하하, 그럼 다음은 그렇게 하도록 할까요?”

얼굴은 웃었지만 이건 역시 화가 났나 보다. 말 구석구석에 뾰족뾰족한 것들이 보이는 것 같다. 요컨대 사랑하는 소년왕과의 즐거운 다과회를 방해한 화풀이라는 건가? 뭐, 신동이라고는 하지만 어린아이가 하는 일이라 흐뭇하다면 흐뭇한 광경이지만.

“레, 레이첼, 그런 말투는…….”

“뭐야? 에르는 공왕 폐하 편이야?”

“으……. 별로 그런 건…….”

이런. 이 두 사람이 결혼하면 틀림없이 임금님이 잡혀 살 거야. 소년이 자신감이 없는 것은 이 아이 탓이 아닐까?

척 보기에도 기가 세고 몰아붙이는 타입으로 보이는 아가씨이니까. 자기 쪽 임금님을 위축되게 만들면 어쩌자는 건지.

레이첼은 말을 흐리는 소년왕을 불쾌하게 바라봤지만, 이윽고 양손을 탁 하고 두드리고 내 쪽으로 시선을 돌렸다.

"그렇지. 분명히 공왕 폐하는 금색 랭크 모험자이기도 하다고 들었어. 저에게 한 수 지도해 주셨으면 하는데요."

"응?"

"소문에 명성이 자자한 그 강력함을 보여 주세요. 부탁드릴 수 있을까요?"

소녀가 드센 미소를 지었다. 어라라? 혹시 나한테 싸움을 건 건가?

"이야기가 이상하게 흘렀는데, 괜찮을까요?"

파르프 기사단의 훈련장으로 가는 도중에 앞을 걸어가는 렘브란트 공작에게 슬쩍 말을 걸었다.

열 살짜리 여자아이에게 전투 훈련을 하다니, 그래도 괜찮냐고 레이첼의 친아버지에게 물어본 것인데.

"상관없습니다. 부모의 편애를 제외해도 그 아이는 확실히 강합니다. 하지만 그 탓에 조금 우쭐해진 면이 있습니다. 그 콧대를 공왕 폐하가 꺾어 주신다면 감사하겠습니다. 그 아이를 위해서도 그러는 편이 좋겠지요."

공작의 딸이나 국왕 폐하의 약혼자라는 입장이라 다른 기사들이 소극적으로 나오거나 봐주거나 하겠지 싶었는데 그런 것은 아닌 듯했다.

어떤 세계든 신동은 있구나. 하지만 확실히 어린아이일 때부터 너무 우쭐하면 교육상 좋지 않을 것 같다.

강함에 대한 과한 자신감은 다른 사람을 깔보게 되고 오만함으로 발전하는 일도 있다. 물론 이곳의 소년왕처럼 전혀 자신감이 없는 것도 문제지만.

모의전을 하는 것 자체에는 불만이 없지만……. 이거 반대로 원망을 받거나 하지 않을까? 안 그래도 어린아이를 상대로 이기는 건 이미지가 나쁜데. 그렇다고 해서 일부러 질 수도 없고 말이야.

"잠깐만, 토야. 어떻게 하려고?"

"할 수밖에 없잖아……. 봐, 저 얼굴. 자신이 질 거라고는 조금도 생각하고 있지 않아, 아마도."

"어린아이는 근거 없는 자신감을 가지니까……. 나도 그런 때가 있었어."

에르제가 절절하게 말했지만, 어째서일까. 굉장히 간단하게 상상이 되는 것은. 그 모습을 보고 작게 한숨을 쉬는 여동생.

"확실히 언니도 저런 느낌이었어……. 항상 어울려야 했던 내가 얼마나 말려들었는지……."

"아, 아하하……. 뭐, 그거야, 어릴 때는 그런 폭주를 쉽게 하는 그런 때 아니겠어? 토야한테도 있었지? 그런 적."

"……나한테는 없었어."

에르제가 찌릿하고 바라봤지만 무시했다. 어릴 때의 흑역사를 들켜서는 안 된다…….

"하지만 그렇게 자신만만한 어린아이도 반드시 어딘가에서 벽에 부딪히고 말아. 그런 의미에서는 딱 좋을지도 모르겠네. 어중간하게 아슬아슬하게 지거나 하면 오히려 더 꼬이게 될 수도 있으니까."

음~……. 아무리 그래도 말이지. 상대는 여자아이이니 울릴 수도 없잖아.

훈련장에 도착하자 움직이기 쉬운 훈련복과 가죽 갑옷 차림으로 갈아입은 레이첼이 익숙한 느낌으로 목검을 휘두르며 준비운동을 하기 시작했다. 의욕이 넘친다.

어쩔 수 없다. 날 미워할지도 모르지만 각오하고 조금 엄한 상대가 되어 줄까? 부모님이 공인한 것이기도 하니까.

그렇기는 해도 여자아이다. 남을 만한 상처가 나지 않도록 할 생각이긴 하다.

훈련장은 일단 결계로 뒤덮인 모양으로, 상급 마법까지라면 외부에 피해를 주지지 않는다고 한다.

나는 그런 것들을 확인하면서 훈련장에서 기다리는 레이첼 곁으로 다가가기 전에 지면에 떨어져 있던 가느다란 나뭇가지를 주워들었다.

"공왕 폐하…… 그건?"

"무기. 네 상대라면 이 정도가 딱 좋아."

"……! 나중에 변명하지 말아 주세요!"

에구, 화났나? 뭐, 좋다. 이게 실전이라면 여기서 화를 내는 시점에 마이너스야. 도발에 약할 것 같네, 이 아가씨는.

대치하는 우리 사이에 젊은 기사가 심판으로 참가했다.

"양쪽 모두 준비는 됐습니까? 그럼 시작!"

기사가 외친 시작 신호와 함께 레이첼이 달려들었다. 꽤 빠르네. 곧장 바로 옆으로 휘두르는 목검을 나는 휘익 피하고, 작은 나뭇가지로 정수리를 가볍게 투욱 하고 두드렸다.

"?!"

"상대가 어떻게 나올지도 모르니 함부로 파고들지 않는 게 좋아. 그래도 파고들고 싶을 때는 무언가 다른 수를 준비한 다음에 해야 하지."

팟! 하고 뒤쪽으로 한 발 뛰어 멀어진 레이첼이 이번엔 왼손을 치켜들고 마법 영창을 시작했다.

"【불꽃이여 오너라, 홍련의 염창(炎槍), 파이어 스피어】."

왼쪽에서 나를 향해 불꽃 창이 발사되었다. ……음~. 이것도 좀.

빠르게 다가오는 불꽃 창을 오른쪽 스텝으로 가볍게 피했다. 그대로 결계에 부딪친 불꽃 창이 멋지게 폭발하여 사라졌다.

"스피어 계열의 마법은 궤도를 읽기 쉬워. 추격할 때 사용하거나 그렇지 않으면 바인드 계열로 상대의 움직임을 저해한 다음에 사용하는 등 궁리를 하는 편이 좋을 거야."

"크……!"

얼굴을 찡그린 레이첼이 다시 돌진하려고 목검을 겨눴다. 달려오려고 하는 타이밍에 나도 마법을 날렸다.

"【슬립】."

"으갸?!"

기세 좋게 넘어진 레이첼에게 접근해 그 정수리를 또 타악하고 나뭇가지로 때렸다.

"지, 지금 건 우연히 넘어졌을 뿐이에요! 무효예요!"

"안됐지만 넘어뜨린 건 내 마법이야. '넘어뜨리기'. 겨우 그 정도의 마법이 최강의 마법도 될 수 있지. 마법은 어떻게 사용하는가가 중요해."

파괴력이 있는 마법이 굉장한 마법이라고는 할 수 없다. 그런 점을 생각해 줬으면 하는데 말이야. 물론 이건 린에게 들은 말을 그대로 하는 것뿐이지만.

"이야앗!"

벌떡 일어서 목검을 좌우로 내뻗었다. 상당히 날카로운 공격이다. 단조로웠지만 중간에 페인트를 넣기도 했다. 확실히 열 살 소녀치고는 엄청난 재능일지도 모른다.

하지만 나는 그것을 피하면서 작은 나뭇가지로 타악타악 하고 나쁜 부분을 계속 때려 주었다. 그냥 멋으로 검의 신에게 매일같이 심한 훈련을 받고 있는 게 아니야. 어디가 나쁜지는 손에 잡힐 듯이 안다.

그렇다는 건 모로하 누나도 이런 기분이었던 건가.

"【흙이여 휘감아라, 대지의 주박, 어스바인드】."

"오?"

지면에서 불거져 나온 모래가 내 발목을 고정했다. 검을 휘두르면서 마력을 집중시킨 건가.

"【벼락이여 오너라, 백련(白蓮)의 뇌창(雷槍), 선더 스피어】."

오오? 조금 전에 가르쳐 준 대로 공격해 오네. 이상한 곳에서 순순한 아이야. 하지만 이것도 절대적인 건 아니란 말이지.

"【물이여 오너라, 나선의 방벽, 아쿠아셸】."

내가 만들어 낸 물의 방벽에 벼락의 창이 흡수되어 지면으로 흐르더니 소멸되었다.

"하앗!"

【아쿠아셸】이 소멸하는 타이밍을 노려 레이첼의 날카로운 찌르기가 뻗어 왔다. 위험해라, 영차.

피하면서 목검을 쥔 손을 찰싹 때렸다.

"으윽!"

"그~러~니~까 함부로 파고들지 말라고 했잖아. 그런 것보다, 더 할 거야?"

“시끄러워! 슬쩍슬쩍 때리기만 하지 말고 그쪽도 제대로 공격을 하란 말이야! 도망만 치지 말고!”

말투가 바뀌었네. 아니지, 분명 이게 원래 말투겠지. 전투 중에 자제력을 잃으면 안 되는데.

음, 그게 바라는 바라면 공격을 해 줄까.

“【오너라 뇌빙(雷氷), 백뢰(百雷)의 빙무(氷霧), 볼틱미스트】.”

“으갸악?!”

레이첼이 내가 만들어 낸 안개에 돌진했다가 마비되어 뒹굴뒹굴 지면을 굴렀다. 위력은 최소한으로 억눌러 두었으니 그다지 대미지는 없을 거라 생각하지만. 조금 강한 정전기 정도?

“뭐야, 이 마법은?!”

“합성 마법이야. 물과 바람의 속성을 합쳐 뇌격(雷擊)을 안겨 주는 안개를 만들어 낸 거지.”

“합성 마법?! 그런 건 들은 적 없어! 치사해!!”

치사하다고 말을 해 봐야. 어쩔 수 없다. 그럼 평범한 마법으로.

“【얼음이여 오너라, 푸른 팔맷돌, 아이스큐브】.”

“큭!”

초급 중에서도 초급인 물속성 마법, 날아가는 작은 얼음 큐브를 레이첼이 몸을 비틀어 피했다. 그대로 이쪽을 향해 오려고 하는 소녀에게 틈을 주지 않고 두 발째의 얼음 조각을 날렸다.

"여차."
"으앗!"
"하나 더."
"읏차!"
"하나 더."
"아악!! 왜 그렇게 연속으로 쏠 수 있는 거야?! 영창도 안 했잖아! 이상해!"
영창은 어디까지나 어떤 마법을 쏠 것인가 하는 가이드라인일 뿐, 사실은 체내의 마력을 술식으로 계속 연결해 두면 한 번 영창을 하면 그 후의 영창은 생략할 수 있다. 다른 마법을 사용하면 캔슬되어 버리고 동시에는 쏠 수 없지만 말이지.
잇달아 날아가는 얼음 비를 필사적인 모습으로 움직여서 간신히 계속 피하는 레이첼. 후하하, 무르구나.
"【슬립】."
"아야얏?! 아아앗?!"
넘어져서 엉덩방아를 찧고 있는데 날아온 작은 얼음 덩어리에 이마를 맞았다. 위력은 최소이니까 상처를 입을 정도는 아니지만, 아프긴 아프겠지. 조금 눈물을 글썽이고 있고 말이다.
"음, 이 정도인가. 슬슬 끝내주면 고맙겠는."
"아직 안 졌어!"
"데, 응? 뭐어——……?!"
안 졌다니……. 몇 번을 때렸다고 생각하는 거야. 진짜로 했으면 벌써 죽었어. 마법도 적당히 해 준 덕분에 그 정도로 끝난 건데.

"아아아앗!"

목검을 꽉 쥐고 레이첼이 다시 달려들었다. 그것을 좌로 우로 받아넘기면서 어떻게 할까 생각했다. 이 아가씨니 어중간한 수단으로는 항복하지 않겠지? 조금 성가셔졌네…….

"그렇게까지 말한다면 어쩔 수 없지. 정신 꽉 붙들어 매. 다음으로 끝이니까."

"좋아! 뭘 하려고 하는지는 모르겠지만, 절대로 안."

"【게이트】."

"어?"

달려들려고 하는 레이첼의 발밑에 전이문을 열어 쏘옥 떨어뜨렸다. 그와 동시에 바로 위에서 엄청난 절규가 들려왔다.

"꺄아아아아아아아아아아아아아아아아아아아아?!?!"

상공 500미터에 나타난 레이첼이 똑바로 떨어졌다. 어긋나지 않게 바람 속성 마법으로 수정을 했으니, 확실히 이쪽으로 떨어진다.

"레, 레이첼?!"

역시나 파르프 소년왕도 새파래져서 떨어지는 약혼자를 보고 눈을 크게 떴다.

"히이이이이이이이이이이이이이이이이이이익!!"

"【바람이여 불어라, 날아오르는 선풍(旋風), 윌윈드】&【레비테이션】."
떨어지는 속도를 늦추고 부유 마법을 사용해 지상 1미터 위치에서 딱 멈췄다. 이세계의 변칙 프리 폴(free fall) 종료다.
"…아……앗……! 후……! 하……."
"항복이야?"
입을 뻐끔거리며 몸을 덜덜 떨떤 레이첼이 고개를 끄덕거렸다. 역시 효과가 있었구나…… 앗, 이런. 너무 심했어…….
"【물이여 오너라, 청렴한 수류(水流), 워터폴】."
"햐악?!"
좌아~ 하고 레이첼 머리 위에서 대량의 물이 떨어졌다. 순식간에 물에 빠진 생쥐가 되었다.
내 행동에 주변 갤러리들은 고개를 갸웃했지만, 지면에 내려온 레이첼만은 얼굴을 새빨갛게 물들이며 고개를 숙였다.
우아아아. 혹시 고소공포증이 있었던 건가. 정말로 무서웠던 모양이구나……. 바로 물을 뒤집어쓰게 했기 때문에 주변 사람들에게는 들키지 않았을 거라 생각하지만. 싸우기 전에 화장실에 안 갔다 왔나?
"레, 레이첼! 괜찮으냐?!"
"괘, 괜찮아요! 전혀, 아무렇지도 않아요!"
젖은 채 레이첼은 기세 좋게 일어서 나를 째릿 하고 눈물을 글썽이며 노려보고는 훈련장 밖으로 달려 나갔다.
우와, 너무 난처해……. 어리고 어린 소녀에게 무거운 십자가를 짧어지게 한 것 같아. 어쩌지? 쥐구멍이 있다면 들어가고 싶어.
"아~…… 실수했어……."
더 좋은 방법이 그 외에도 있었을 텐데. 풀 죽어 있는 나에게 아버지인 렘브란트 공작이 다가왔다.
"부디 신경 쓰지 말아 주십시오. 저만큼이나 철저하게 당하지 않으면 저 아이도 자신이 아직 미숙하다는 사실을 깨닫지 못할 겁니다."
아니아니, 미숙한 사람은 다름 아닌 저입니다……. 거듭 반성하고 있어요……. 다른 사람들이 보기엔 열 살짜리 여자아이를 괴롭히는 것 같아서 황당해하고 있는 것이 아닌지…….
힐끔, 관객을 보니 쓴웃음을 짓는 사람들의 얼굴이 보였다.
……그렇겠죠~.
브륀힐드 공왕은 어린아이에게도 가차가 없다, 피도 눈물도 없는 악마 같은 폭군이다, 같은 소문이 퍼지면 어쩌지?
"죄송합니다, 파르프 국왕 폐하. 나중에 레이첼에게 사과해 주실 수 있을까요? 아마 지금은 제 얼굴을 보고 싶지 않을 거라 생각하니……."
"아, 네. 알겠습니다. 하지만 아마 레이첼도 공왕 폐하에게 화가 난 것은 아니라고 생각합니다. 힘이 미치지 못한 자신에게 화가 난 걸 거예요."
그럴까? 도저히 그렇게는 생각하기 힘든데. 그런데 어린 아이에게 위로를 받다니…… 점점 더 기분이 처지네…….

"저어, 뭐라고 할지……. 수고하셨습니다……."

쓴웃음을 지으며 리니에 국왕이 나에게 말을 걸었다. 뭐, 그런 반응이 나오겠지요. 마음은 압니다.

"그건 그렇고, 왜 마지막에 그런 물 마법을 쓰신 거죠?"

"아~……. 뭐, 그 아이가 너무 흥분해서 머리 좀 식히라는 의미로요."

적당히 얼버무려 놓았다. 그 아이의 명예를 위해서도 진실은 역시 말할 수 없었다. 정말 미안한 짓을 하고 말았다.

"공왕 폐하는 다정하시군요."

"네?"

리니에 국왕의 옆에 서 있던 뤼시엔느 공주가 미소를 지었다. 어라? 혹시 눈치챈 건가?

"에르네스트. 공왕 폐하의 환대는 내가 잠시 대신 맡을 테니, 레이첼한테 가 주렴."

"어? 하지만……."

누나의 제안을 받고 내 얼굴을 보며 주저한 소년왕이었지만, 내가 고개를 한 번 끄덕이자 인사를 하고 레이첼이 달려간 곳을 향해 뛰어갔다.

어떻게든 위로해 줬으면 좋겠는데. 나는 한숨을 내쉬다가 씁쓸한 표정을 짓는 약혼자 두 사람과 눈이 마주쳤다.

"저어, 토야……. 역시 그건 좀 그렇다고 생각해……."

"물론 마지막 대처는 좋았다고 생각해요, 하지만……."

말하지 마. 자신도 잘 알고 있으니까……. 그런 것보다 에르제랑 린제도 흠뻑 젖게 만든 의미를 눈치챈 듯했다.

물론 그걸 고려하고도 아웃이겠지만.

"그럼 공왕 폐하, 다과를 준비했으니 이쪽으로 오시지요."

뤼시엔느 공주가 훈련장에서 성안으로 안내해 주었다. 걸으면서 어린아이를 상대하는 것은 어렵다는 사실을 절절하게 느꼈다. 스우나 메이드인 레네, 브륀힐드 성 아래의 아이들과는 잘 지냈는데 말이지. 자신감이 떨어지네…….

◇ ◇ ◇

파르프성의 발코니로 내어 준 차를 마시면서 나는 겨우 침착함을 되찾았다.

조금 전까지는 살짝 자기혐오에 빠져 있었으니. 역시 너무 심했다고 반성했다. 분명히 이제 날 싫어하겠지. 싫어해도 문제가 없다면 없겠지만…….

뤼시엔느 공주가 나에게 고개를 숙였다.

"이번에 사촌인 레이첼이 실례되는 짓을……. 죄송합니다."

"아니요. 어린아이가 한 일인 걸요."

상당히 실례되는 짓을 했다고 생각하지만 여기서 '무례하다! 그 아이를 참수해라!' 라고 말을 한다면, 대체 얼마나 마음이 좁은 사람일지. 그렇게 하면 그야말로 폭군이다. 그런 최악의 인간은 되고 싶지 않다.

"그 시합은 신분과는 관계없는 것이니까요. 거기서 불평할 정도라면 처음부터 거절했을 겁니다. 문제없습니다."

뭐, 나야 아주 깔끔하게 그냥 없던 일로 해 버릴 수 있지만, 상대는 무리일 테지…….

"그렇게 말씀해 주시니 다행입니다. 에르네스트도 기뻐했던 것 같고, 오늘은 감사합니다."

"공왕 폐하는 파르프 국왕을 어떻게 생각하셨나요?"

리니에 국왕이 발언하자, 발코니에 놓인 둥근 테이블 앞에 앉은 두 사람의 시선이 나를 향했다.

"그러네요……. 솔직한 편이라고 생각했습니다. 자신에게 자신감이 없는지 조금 생각이 부정적인 게 마음에 걸리지만요."

한마디로 네거티브라는 것이지만. 뭐, 그렇게까지 심한 것은 아니고, 그 공작 아가씨 같은 아이보다는 훨씬 낫다.

그 두 사람의 성격이 반대였다고 생각하면 조금 무서운데? 국왕이라는 입장도 관계없이 멋대로 행동할 것 같다……. 앗, 남 이야기를 할 게 못 되나? 제멋대로 행동하고 있습니다.

"파르프 국왕 폐하에게 뭔가 특기 같은 것은, 없나요?"

린제가 뤼시엔느 공주에게 물었다. 린제도 따지자면 자신에게 자신감이 없는 타입이다. 절대 그렇지 않지만, 자신에 대한 평가가 낮다고 할까. 그래서 같은 타입인 에르네스트 소년이 마음에 걸리는 것인지도 모른다.

"특기 말인가요……? 이렇다 할 특기는……. 그 아이는 검술도 마법도 별로 특기가 아니라서요. 조금 피리를 불 줄 알지만, 그것도 특기라고 할 정도의 실력은 아닙니다."

으으음. THE 평범한 소년인가. 아니, 임금님이라는 것만으로도 평범하진 않지만.

왕위 계승자들은 더 자신감 넘치게 자랄 것 같은 생각이 드는데 근처에 그런 천재가 있으면 자신감도 없어지는 게 당연한가?

"앗, 하지만……."

"뭔가 있나요?"

뭔가가 생각났다는 듯이 뤼시엔느 공주는 발코니에서 실내로 돌아가더니 작은 상자와 접힌 판을 가지고 돌아왔다. 어? 그건 혹시…….

"쇼기, 인가요?"

"네. 공왕 폐하도 알고 계셨나요?"

아니, 알고 계시고 뭐고, 이쪽 세계에 이걸 소개한 사람이 저니까요.

판을 펼쳐서 테이블에 놓고 상자 안을 열어 말을 꺼냈다. 역시 쇼기다. 조금 형태는 다르지만. 말이 오각형이 아니라 직

사각형이다.

“파르프 국왕이 이걸요?”

“네. 한때는 아침부터 밤까지 두었습니다. 단, 대전 상대가 없어 곤란했던 모양이지만요.”

입장상 국왕이 근처의 메이드를 붙잡고 쇼기를 두자고는 말할 수 없었겠지만. 그에 더해 그 아이의 성격상 그런 말을 꺼내는 것도 어렵지 않았을까? 낯을 가리는 성격이니까.

“계속 저나 숙부님을 상대로 두었어요. 하지만 저는 너무 약해서 상대가 되지 않았던 모양이지만요.”

“레이첼 양과는 하지 않았나요?”

“두었지만, 레이첼이 철저하게 져서 판을 뒤집고 다시는 하지 않겠다고…….”

어린아이도 아니고. 아, 어린아이였지. 그때의 광경이 눈에 선하게 떠오른다.

하지만 쇼기라. 어느 정도의 실력인지는 조금 관심이 가는데.

그런 내 생각을 아는지 모르는지 발코니로 그 소년왕이 다가왔다.

“기다리시게 해서 죄송합니다!”

“아니요, 신경 쓰지 마시길. 레이첼은 좀 진정이 됐나요?”

“네. 뭐, 간신히요. 방에 틀어박혔지만, 기분이 나쁠 때는 항상 그러니까요…….”

으음. 괜찮을까? 이걸 계기로 방구석 폐인이 되면 곤란한데.

"어라? 그건……."
소년왕이 나 손 앞에 있는 자신의 쇼기 세트를 바라보았다.
"아, 뤼시엔느 공주님께서 파르프 국왕이 열중했다고 말씀하셔서요. 사실은 이거, 제가 퍼뜨린 겁니다. 파르프까지 침투해 있다니, 놀랍네요."
"그런가요?!"
"어떠신가요? 한 판 두시겠나요?"
어느 정도의 실력인지 보고 싶다는 작은 호기심에서 대국을 신청하자 파르프 국왕은 눈을 반짝이며 고개를 위아래로 흔들었다.
원탁에서는 두기가 힘들어서 실내에 있는 작은 테이블에 마주 앉아 서로 말을 늘어놓았다.
어디 보자, 그럼 한 판 둘까. 오랜만이지만 어떻게든 되겠지.

"……졌습니다."
"감사합니다."
먼저 고개를 숙인 나에 이어서 파르프 국왕도 고개를 숙였다. 우우움. 이것으로 나의 3연패다.
"한심해. 순식간에 져 버리다니."
에르제가 반면을 들여다보며 웃었다. 아니, 그렇긴 하지만

이 아이 상당히 강하거든?

자만하는 것은 아니지만 원래 나는 쇼기가 강한 편이 아니어도 상대가 얼마나 강한지는 나름대로 알 수 있다. 어렴풋하게 아는 거지만.

"상당히 강해. 내가 대전한 상대 중에서도 일이 위를 다툴 실력이에요."

"저, 정말인가요? 거의 숙부님 이외에는 대전한 적이 없는데요."

그렇다는 건 렘브란트 공작도 꽤 강하다는 건가?

흐음. 이건 조금 재미있을지도 모른다. 이 아이에게 자신감을 붙여 줄 수 있을지도 몰라. 순간, 나는 머리에 떠오른 생각을 말해 버렸다.

"실은 브륀힐드에서 보름 후에 쇼기 대회를 여는데, 폐하도 몰래 참가해 보지 않으실래요?"

"네?! 하, 하지만 저 같은 사람이 참가해도 괜찮을까요?!"

"문제없습니다. 그 외에도 다른 나라에서 귀족이나 왕족이 몰래 참가하니까요. 안전은 완벽하게 보증하겠습니다."

에르제와 린제가 '그런 대회가 열렸던가?', '모르겠어~.' 하고 말없이 눈으로 대화를 나눴다. 응, 그런 예정은 없습니다.

대회 자체는 지금 생각했지만, 틀림없이 벨파스트 국왕이나 오르트린데 공작 등이 참가할 테니 완전히 거짓말은 아니지 않을까.

그런 것보다 대회 개최를 알리지 않으면 나중에 틀림없이 불평을 듣는다.

내가 강하다고 생각하는 사람에게 시드를 주고, 나머지는 자유롭게 참가할 사람을 모으면, 나름대로 형식은 갖춰지지 않을까?

"어, 어쩌지……?"

머뭇거리며 생각하는 파르프 국왕에게 누나인 뤼시엔느가 말을 걸었다.

"깊게 생각하지 않아도 괜찮지 않을까? 잠깐 브륀힐드로 놀러 간다고 생각하면 되잖아. 물론 나도 따라갈 거니 괜찮을 거야."

"……그, 그럼 참가해 볼까……?"

"결정이네요."

나는 "자, 결정!" 하고 손뼉을 쳤다.

바빠질 것 같습니다. 뭐, 그것을 포함해서 재미있어질 것 같으니 상관없지만.

"……이렇게 해서 갑작스럽지만, 쇼기 대회를 열게 되었어요."

"정말로 갑작스럽군."

리플렛 마을, 숙소 '은월'의 본점. 눈앞에는 붉은색 수염을 기른 남자. 미카 누나의 아버지, 도란 씨다.

"그래서 이번 대회에 초청 출전 자격으로 우리가 참가해 달라는 그건가?"

"네. 초청 출전 자격이라고는 해도 예선 면제일 뿐, 그렇게 유리하지는 않지만요."

숙소 '은월'의 도란 씨를 포함해 무기점 '웅팔'의 바랄 씨, 도구점의 시몬 씨 등을 일단 시드 엔트리에 넣어 두었다. 이분들은 이쪽 세계에서 쇼기를 처음으로 시작한 초기 플레이어로, 적어도 나보다는 훨씬 실력이 위다.

"어떤가요, 참가하시겠나요?"

"당연하지. 쇼기 발상지, 리플렛의 이름을 걸고 반드시 우승을 하지."

그런 명칭이 어느새 붙은 건가. 확실히 발상지라고 하면 발상지지만.

"그 외에는 어떤 녀석들이 출전하지?"

"아직 몇 명밖에 초청자가 결정되지 않았지만, 나름대로 모두 실력자예요. 첫째 날은 예선이고, 둘째 날에 본선을 치를 예정입니다. 도란 씨 일행은 이틀째부터이니 하루 늦게 오셔도 괜찮지만, 어떻게 하실래요?"

"농담하지 마. 대전 상대가 될지도 모르는 녀석의 대국을 안

볼 수는 없잖아? 첫날부터 가마. 숙소는 미카네 가게가 있으니까."

도란 씨는 첫날부터라. 예선 당일에 맞이하러 온다고 말하고 리플렛 마을을 떠났다.

돌아간 다음 벨파스트 국왕이나 오르트린데 공작, 그 외의 다른 임금님에게 전화를 걸어 참가 희망자를 모았다.

그리고 동시에 무술 대회와 야구 대회도 개최하게 되어, 각국의 기사들에게 괜찮으면 참가해 달라는 취지의 부탁을 해 두었다.

쇼기만 하면 약간 화려함이 부족하니 더 많은 사람이 즐길 수 있게 해 달라는 각국 폐하들의 의견을 받아들인 것이다. 무술 대회 같은 것이라면 야구나 쇼기의 규칙을 모르는 사람들도 즐길 수 있지 않을까.

그 결과 엄청난 멤버가 되어 버려서…….

"뭔가요, 이 참가자 표는……."

"응, 뭐. 마음은 알아."

적어 놓은 리스트를 본 유미나가 뻣뻣한 웃음을 지었다.

■ 쇼기 대회 출장 희망자

벨파스트 국왕(벨파스트)

오르트린데 공작(벨파스트)

레굴루스 황제(레굴루스)
리프리스 국왕(리프리스)
파르프 국왕(파르프)
렘브란트 공작(파르프)
로드메어 전주 총독(로드메어)
도란(벨파스트: 리플렛)
바랄(벨파스트: 리플렛)
시몬(벨파스트: 리플렛)

■ 무술 대회 출장 희망자

미스미드 수왕(미스미드)
레스티아 기사왕(레스티아)
가스팔 기사단장(레굴루스)
레온 장군(벨파스트)
기사 리온(벨파스트)
가른 호위대장(미스미드)
바바 노부하루(브륀힐드)
야마가타 마사카게(브륀힐드)
코코노에 주타로(이셴)

■ 야구 대회 출장팀

브륀힐드
벨파스트
미스미드
레굴루스
레스티아
리프리스
리니에
로드메어

각국의 관계자나 지인만으로도 이 정도나 된다. 이건 조금 예상외였다.

"경비도 해야 할 텐데 괜찮을까요?"

"그런 점은 소홀함이 없을 거야. 임금님들에게는 특정 인물 이외의 다른 사람으로 보이는 마도구를 몸에 차고 있을 테고, 각국에서도 마찬가지로 눈에 띄지 않게 만든 호위하는 사람들이 붙을 테니까. 물론 우리도 뒤에서 경호하지만. 냥타로의 고양이 부대도 도와주고 말이야."

코하쿠 일행의 권속도 도와준다. 그런 점은 괜찮지만, 그것보다도 성가신 것이 쇼기 대회에 바빌론 박사, 무술 대회에 모로하 누나와 카리나 누나가 출장하겠다고 나서지 않을까 걱정이었다.

어떻게든 말리기야 하겠지만, 반대급부로 터무니없는 것을 요구하지나 않을까 조금 무섭다.

"이렇게 되면 축제나 마찬가지네요."

"응, 틀린 말은 아니야. 노점도 늘어설 테고 이것저것 소소한 이벤트도 있으니까. 아쉬운 점은 준비 기간이 짧다는 거지만."

번뜩 떠올라서 시작한 거니까. 모두를 말려들게 해서 미안하지만, 나름대로 기대하고 있는 모양이라 그건 다행이다. 만약 제2회를 한다면, 조금 더 준비 기간을 설정하자.

코사카 씨는 하다못해 한 달 더 있었으면 더욱 외국에 선전해서 더 많은 수익을 올릴 수 있었다며 불평을 흘렸다. 아니, 그건 알지만요.

"야에 씨나 힐다 씨, 에르제 씨도 무술 대회에 나가고 싶어 하는데요."

"이번엔 경호 쪽을 맡아 줘야 하니까. 참아 달라고 해야지."

세 사람은 이미 상당히 강할 거라고 생각한다. 매일같이 검신인 모로하 누나에게 단련을 받고 있고, 그에 더해 '신의 가호'의 영향도 있지 않을까?

예상이지만 나, 카렌 누나, 모로하 누나, 이렇게 세 사람의 가호를 받고 있을 가능성이 있다.

이건 말하자면 그 신의 비호하에 있다는 말이다. 다양한 은혜를 받아 평범한 사람을 능가하는 능력을 얻는다.

단, 검신의 가호를 받았다고 해서 꼭 집어 검 실력이 늘어나는 등의 직접적인 영향이 아니라, 그 영향은 개인마다 각각 천차만별이라고 한다. 실제로 눈앞의 유미나에게는 몇 초 앞의 미래 예지 능력이 발현되었다. 아마 이건 내 가호라고 생각하지만, 왜 이런 능력이 발현되었는지는 잘 모르겠다.

그런 약혼자들이 무술 대회에 출장하는 것은 조금 치사한 것 같기도 하다. 이번에는 참가자를 포함해 모두 즐겁게 즐기기를 바라니 미안하지만 참아 달라고 하자. 그렇지 않으면 모로하 누나들의 출장을 막는 의미가 사라지고 만다.

바바 할아버지와 야마가타 아저씨는 대회장 경비라는 명목으로 밀어붙였다.

출장자 중에는 불순한 생각을 가진 사람이 절대 없다고 할 수는 없으니 필요하다면 필요하겠지. 그런 점도 마도구나 결계로 철저히 대비할 생각이지만, 반드시 괜찮다고 할 수는 없는 거니까.

"아, 그리고 라밋슈 교황 예하와 카렌 형님이 성 아래의 교회를 빌려줬으면 하고 말씀하셨어요."

"교회를? 예배라도 할 생각인가?"

"듣자 하니 고민 상담소를 하신다고 하던데요. 그리고 하느님에 대한 이야기도요."

고민 상담소라. 음, 상관은 없지만. 사랑이며 인생이며, 어드바이스를 할 수 있을 만한 분들이고. 그런데 이거, 교황 예하도 신분을 속이고 참가하는 건가? 교회는 라밋슈 교국의 대사관도 겸하고 있으니 괜찮을 거라고는 생각하지만…….

팔짱을 끼고 고개를 갸웃하는데 품 안의 스마트폰이 진동하기 시작했다. 응? 전화인가?

꺼내서 화면을 보니 '전화, 하느님' 이라는 문자. 우엇?!

"여, 여보세요?"

〈오오, 토야. 나도 그 축제에 살짝 참가해도 될까? 아니, 조금 구경하고 교회에서 가볍게 이야기를 하는 것뿐이니 민폐는 끼치지 않을 게야.〉

"진짜인가요……?"

〈내려간 모두(신들)하고도 만나고 싶고 말이지. 아무쪼록 잘 부탁함세.〉

스마트폰 너머의 홋홋홋, 하고 웃는 목소리를 들으면서 나는 얼굴이 실룩이는 듯한 느낌을 받았다. ……큰일이야. 일이 엄청나져 버렸어.

어떤 의미에서는 최강의 수호자가 강림하시는 건데, 괜찮을까, 이 축제. 물론 신으로서 내려오시는 것은 아니겠지만.

이런, 각국의 국왕이 몰래 모이는 것이, 아무것도 아닌 것처럼 느껴지기 시작했어…….

큰일이네.

막간극 봉제 인형 환상곡(판타지아)

"…………….."

눈을 슥슥 비볐다.

이상하네. 아침부터 술을 마신 기억은 없는데.

하지만 몇 번을 비벼도 역시 눈앞에 있는 것이 두 개로 보였다. 야, 폴라. 너 언제부터 쌍둥이가 된 거야?

"뭔가 환각인가……? 그러고 보니 어제 자기 전에 본 영화가 재미있어서 밤늦게 잤는데, 아직 잠이 덜 깬 건가……?"

"뭘 바보 같은 소릴 하는 걸까? 실제로 두 개야."

어이없다는 듯한 린의 목소리가 등 뒤에서 날아들었다. 앗, 역시나?

안녕! 이라고 하듯이 처억! 하고 손을 든 오른쪽 폴라와는 달리, 왼쪽 폴라는 추욱 하고 힘없이 움츠러들었다. 당황해서 오른쪽 폴라가 왼쪽 폴라를 일으켜 세운 다음 손을 들어 나에게 인사하게 했다.

"봉제 인형인가. 아니, 폴라도 봉제 인형이지만."

폴라는 린의 무속성 마법【프로그램】으로 다양한 움직임과

리액션 등이 인풋되어 있다. 그래서 마치 살아 있는 것처럼 반응하는 것이다.

어둠 속성이 없는 린이 소환수를 동경해 제작한 것으로, 200년에 걸쳐 입력된 방대한 【프로그램】으로 폴라라는 존재는 성립되어 있다. 때때로 그 이상의 연기력을 발휘하는 것 같기도 하지만.

나는 폴라와 똑같은 봉제 인형을 안아 올렸다. 오. 무게도 똑같네. 잘 만들어졌다. 이쪽 폴라는 당연하지만 움직이거나 하지는 않았다.

"이건 어떻게 된 거야?"

"린제야. 그 아이, 요즘 수예에 푹 빠져 있잖아? 시험 삼아 만들어 봤대. 어차피 달링이 뭔가 바람을 불어넣은 거지?"

"실례잖아……. 불어넣거나 하진 않아. ……물론 그런 종류의 책을 주기는 했지만."

전의 그 뒤쪽 세계에서 가지고 온 책. 거기에 수예에 관한 책이 섞여 있었다. 아무래도 산고 일행이 대충 쌓았던 것인 듯했다.

그것을 발견한 린제가 읽고 자신도 직접 만들어 보고 싶어졌던 모양이었다. 아이들이 많은 환경에서 자란 린제는 원래 자신의 옷을 수선하는 것 정도는 가능할 정도로는 재봉이 특기였다. 흥미를 느꼈다고 하기보다는 다시 불이 붙었다고 하는 것이 정확할지도 모른다.

기왕에 이렇게 됐느니 나도 전체적으로 다 갖춰진 소잉 박스와 다양한 천 소재를 선물했다. 이곳에서는 사용할 길이 없어서 옷장, 아니, 【스토리지】를 채우는 용도가 될 뿐이라 도움이 되어 다행이었지만, 그게 불에 기름을 붓는 일이 된 것인지도 모른다.

"그런데 굉장하네……. 정말로 똑같잖아. 어라? 폴라의 본체는 린이 만들었던가?"

"아니. 폴라는 에리스가 만들어 줬어. 그 아이도 그런 것이 특기였으니까."

켁. 폴라 너, 그 에리스 씨가 엄마였어……? 요정족 마을에서 나에게 덤벼들었던 미스미드의 궁정 마술사가 떠올라 조금 신물이 났다. 여러모로 유감스러운 사람이었다…….

폴라가 린에게 제스처로 뭔가를 전달했다. 린에게는 이렇게 하면 통한단 말이지…….

"응? 무리야. 그 아이에게 【프로그램】을 걸어도 너처럼 될 거라고는 할 수 없고, 또 몇백 년이나 걸릴 테니까. 게다가 솔직히 너에게 어떤 【프로그램】을 사용했는지 세세하게는 기억나지 않아."

린의 말을 듣고 폴라가 풀이 죽었다. 아하, 이 녀석도 똑같이 움직이게 해 달라고 부탁한 건가. 으~음. 이것만큼은…….

린은 폴라에게 그때그때 생각난 리액션을 【프로그램】했던 듯, 어떤 반응을 보이도록 했는지까지는 기억나지 않는다고 한다.

그래서 폴라는 여러 행동이 랜덤으로 일어나게 된 것인지도 모른다.

이를테면 때렸을 때 '화낸다' 라는 리액션을 할 때도 있는가 하면, '슬퍼한다' 라는 리액션을 할 때도 있다. 그 외에도 '도망친다' 라든가, '응전한다' 도 있는데, 그런 것들도 하나하나 린이 생각났을 때 【프로그램】했다는 것이다.

그에 더해 '화낸다' 라는 반응 하나도, '발로 땅을 차며 화낸다', '양손을 위로 치켜들고 화낸다', '안절부절못하며 화낸다' 등, 다양한 버전이 있다. ……확실히 기억 못 할 것 같다.

하다못해 같이 있을 수 있도록 폴라의 리본에 【스토리지】를 부여해 주었다. 리본 오른쪽을 당기면 수납되고, 왼쪽을 당기면 꺼낼 수 있다. 하나밖에 넣어 두지 못하지만, 이것으로 이 아이를 가지고 걸어 다닐 수 있다.

"고마워, 달링."

린과 폴라에게 인사를 받았지만, 이 정도야 뭐.

그건 그렇고 린제의 실력은 굉장한걸. 원래 그림도 잘 그렸고, 손재주가 좋은 아이라고는 생각했지만.

조금 신경이 쓰여서 린제를 만나러 가 보기로 했다. 아침 식사 때도 못 만났는데 아직 자는 걸까? 착실하고 꼼꼼한 린제치고는 드문 일이지만.

린도 불렀지만, 이제부터 또 스우와 레네의 훈련을 봐줘야

한다는 모양이었다. 이러쿵저러쿵하지만 린은 남을 잘 돌봐준다.

성의 계단을 올라 나는 프라이빗 구역으로 발을 들였다. 이곳에는 성의 기사들도 거의 들어가지 않는다. 온다고 한다면 집사인 라일 씨나 메이드들, 그리고 카렌 누나 정도려나?

안쪽에 있는 린제의 방을 노크했다. 약혼자라고는 하지만 예의는 예의다.

"린제. 토야인데, 들어가도 될까?"

"……후앗? 아, 네. 괜차나아, 요."

……괜차나아요? 어딘가 인토네이션이 이상했지만, 일단 허가를 받았기 때문에 문손잡이를 돌려 방 안으로 들어갔다.

"실례합~…… 와앗?!"

무심코 목소리가 나오고 말았다.

와, 방 안에 온통 봉제 인형이 산더미처럼 늘어서 있으니 놀랄 수밖에! 어느새 이렇게 모았……. 아니…… 혹시 이거, 린제가 전부 만든 건가?!

그 장본인은 의자에 걸터앉은 채 졸린 듯이 눈을 비비고 있었다.

"어? 잤어?"

"죄송해애요, 마드면서, 어느새 잠이 든 모양이라……."

위험하게! 바늘이랑 가위를 사용하니까 조심해야지!

【스토리지】에서 커피를 꺼내 린제에게 건네주었다. 커피를

보고 떨떠름한 표정을 짓는 린제였지만, 알맞게 밀크와 설탕도 넣어서 주니 미소를 지어 주었다.

이것으로 전의 그 이세계 카페인 효과로 눈이 뜨이겠지. 사실은 푹 자 주었으면 했지만.

"후우. 맛있어……."

"와, 그건 그렇고……. 이걸 전부 린제가 만든 거야?"

"전부는 아니에요. 몇 개인가 참고로 산 것도 있어요."

아니, 그 파는 것과 구별이 안 되는데. 로체스트 위에 있던 봉제 인형을 하나 손에 들었다. 흰 호랑이. 이건 틀림없이 코하쿠다.

옆을 보니 코하쿠뿐만이 아니라, 산고에 코쿠요, 코교쿠에 루리의 봉제 인형까지 있었다. 모두 데포르메화되어 귀여운 디자인으로 정말 아주 잘 만들었다.

"어라? 이건……."

"네? 하와왓?! 그, 그건, 저어! 사, 살짝 시험 삼아서……!"

오도카니 앉은 남자아이의 데포르메 된 봉제 인형. 검은 머리카락에 흰 코트, 검은 바지. 이거…… 나인가? 나라고는 도저히 생각하기 힘들 정도로 귀엽게 만들어졌는데.

하지만 린제가 당황하고 있는 것은 이쪽의 내 인형이 아니라 그 인형과 사이좋게 손을 잡고 있는 여자아이 인형 탓이겠지.

쇼트커트 은발에 폭이 넓은 헤어밴드. 똑같은 푸른 눈동자의 여자아이가 내 옆에서 얼굴을 붉혔다.

"……귀엽다."

"하왓?! 저어, 그, 그그, 그건 누구, 를……?"

봉제 인형도 본인도 최고로 귀엽습니다만, 왜 그러시는지?

"이거…… 줄 수 있어? 소중히 방에 장식할게."

"무, 물론이에요! 가져가시면 이 아이들도 기뻐하지 않을까, 해요!"

린제에게 허락을 받았다. 보물이 생겼는걸.

그건 그렇고 정말 많이 만들었네……. 방 안을 새삼 둘러보았다. 크고 작은 것을 포함해 확실히 100개 이상은 있다.

대부분은 고양이나 토끼 같은 동물이다. 이것도 저것도, 굉장히 귀엽게 데포르메 된 디자인으로 남자인 나도 심쿵할 정도였다.

"그만 푹 빠져 버려서……. 만들고 있으면 즐거워서 시간을 잊어버려요. 만들면 만들수록 잇달아 만들고 싶은 게 생겨서……."

"그건 알지만 잘 쉬어야지. 쓰러지기라도 하면 걱정할 사람이 잔뜩 있으니까. 물론 나도."

"네……."

열심히 하는 것은 린제의 미덕이지만 너무 심하게 집중하는 것은 좋지 않다. 에르제와는 달리 그다지 체력이 강하지 못하니까, 무리는 하지 말았으면 한다.

우리가 모르는 곳에서 너무나도 열심히 노력하는 아이이니까……. 물론 그런 점이 존경할 만하고 내가 좋아하는 부분이지만.

"어라? 이쪽은 만드는 중?"

"아, 그건 봉제 인형이 아니에요. 새로운 옷이에요. 언니에게 어울리지 않을까 생각해서요."

옷까지 만들어?! 확실히 손에 들어 보니, 옷의 어깨에서 소매까지의 부분이었다. 꼼꼼하게 레이스가 소매 입구에 짜여 있는데, 설마 이것도……?

"아니요, 역시 거기까지는……. 그 레이스는 자낙 씨 가게에서 받은 거예요. 뜨개질까지는 아직 잘 못해서……. 언젠가는 직접 떠 보고 싶지, 만요."

뜰 생각인가……. 자낙 씨 가게에 취직할 생각은 아니지? 지금 '패션킹 자낙' 은 나는 새를 떨어뜨릴 기세로 급성장하는 가게인데.

내가 묘한 걱정을 하는데 등 뒤의 문이 갑자기 철컥 하고 열렸다.

"……안녕, 린제. 어라? 임금님이 있어. 왜?"

문을 열고 들어온 사람은 사쿠라였다. 노크 정도는 해. 졸려 보이는 눈으로 나와 린제를 번갈아 가며 바라보았다. 손에는 무언가 잔뜩 천을 가지고 있었다.

"책상에서 자고 있는데 깨워 줬, 어. 앗, 다 됐어?"

"응. 제대로 형지(型紙)대로 잘라 뒀어."

사쿠라가 책상 위에 다양한 형태로 자른 천 조각을 늘어놓았다. 이건 봉제 인형에 쓸 조각인가? 그건 그렇고 많네…….

"사쿠라도 도와주고 있는 거야?"

"이건 엄마가 학교에서 사용할 인형. 린제가 만들어 주고 있어. 아이들에게 보여 줄 인형극에 사용할 거야."

"이런 거예요."

린제가 양손에 장갑 같은 동물 인형을 끼우고, 와~아, 하고 토막극을 보여 주었다. 이건 분명 핸드퍼핏, 이었던가. 오호라.

"이야기에 등장하는 동물이 많아서. 그래서 조금 철야를……."

"그랬구나. 으~음……. 도와주고 싶지만 천이라면 【모델링】도 효과가 없으니……."

【모델링】은 기본적으로 나무나 광물 등을 변형시키는 마법이다. 천 제품이나 가죽 제품을 변형시킬 수는 없다.

재봉에 도움이 되지는 않는다. 바늘이나 가위 같은 거라면 얼마든지 만들 수 있지만……. 어라?

"잠깐만. 분명히 바빌론의 '창고' 에 '마도 재봉기' 라는 게 있었는데, 그거, 미싱을 말하는 게 아닐까……?"

"미싱?"

고개를 갸웃하는 린제. 어~ 보여 주는 편이 빠른가? 나는 동영상 사이트에 굴러다니는 적당한 미싱 동영상을 두 사람에게 보여 주었다. 아, 이건 미싱 판매 동영상이네. 역시 알기 쉽다.

"와아아, 빨라요! 순식간에 바느질이 됐어요!"

"이건 편리해. 단언할 수 있어."

두 사람 모두 동영상의 미싱을 뚫어져라 바라보았다. 작은 미싱이 두두두두두두두, 하고 바늘을 상하로 움직이는 것만으로도 순식간에 바느질이 되었다.

인터넷에서 조사하면 미싱의 구조도 알 수 있을 테고 어쩌면 나도 만들 수 있을지도 모르지만, 이렇게 복잡한 것은 만들 수 없다. 기껏해야 발로 밟는 벨트식의 오래된 미싱이 고작이겠지.

'창고' 에 있는 '마도 재봉기' 인가가 어떤 것인지는 모르겠지만, 벨트식보다는 고성능이 아닐까? 마법 문명 때의 거니까.

"이게 '창고' 에 있어?"

"아마 있을 거라 생각하는데…… 우왓?!"

"가죠, 토야 씨! 이게 있으면!"

린제가 쭈욱 팔을 잡아당겼다. 기다려, 잠깐만. 알았어, 알았으니까, 일단 진정하자!

이 미싱이랑 완전히 똑같은 것이 있을 거라고는 할 수 없다. 상자에 천을 넣었더니 순식간에 옷이 만들어졌습니다~ 같은, 만드는 사람 입장에서는 전혀 재미있지 않은 것인지도 몰라.

……라고는, 기대에 부풀어 눈을 반짝이는 린제 앞에서 도

저히 말할 수 없어서 나는 아무 말 않고 바빌론으로 가는【게이트】를 열었다.

"이게 '마도 재봉기' 군요. 간단히 천을 꿰맬 수 있는 것으로, 박사의 작품이 아니라 로제타가 만든 거예요."

'창고' 의 관리인 파르셰가 가지고 온 것은 물레가 달린 매우 굵은 펜처럼 생긴 것이었다. 이게 미싱?

"극소 전이 마법을 사용해 실의 끝을 잇달아 전이시켜, 천을 바느질하는 거예요. 바늘이 없으니 안전해요. 물론 안전 장치가 들어가 있어서 손가락을 꿰매 버리는 것 같은 일도 없어요."

시험 삼아 린제가 마력을 흘려 겹친 천 위를 그 펜으로 스쳐 지나가자 그대로 실이 그어지며 상하로 꿰매졌다. 오오, 굉장해. 자를 대고 긋는 것도 가능하고, 다양한 바느질 방법도 가능하네?

"확실히 편리하지만 마력의 소비가 꽤 심해, 요. 작지만 전이 마법을 사용하고 있는 거라 어쩔 수 없긴, 하지만요."

"알아.【텔레포트】를 사용하면 꽤 힘들어."

전이 마법 사용자이기도 한 사쿠라가 린제의 말을 듣고 맞아 맞아 하며 고개를 끄덕였다. 죄송합니다, 거의 지친 적이 없어서…….

아무튼 이게 있으면 린제의 부담이 줄어드는…… 건가? 다행히 마도 재봉기는 세 개가 있으니, 린제 이외의 사람도 사용할 수 있어 부담은 줄어들 거라 생각한다.

마력이 다해서 쓰러지지 않을까 하는 것만이 걱정인데.

"괜찮, 아요. 무리는 하지 않을 테니까요. 유사시에는 이 반지에서 토야 씨의 마력을 보충할 수 있고요."

내 생각을 눈치챘는지 린제가 미소를 지으며 왼손의 약혼반지를 보여 주었다. 그 마력이 없어질 정도로 열심히 하지는 말았으면 하지만.

"이것으로 인형극까지는 늦지 않을 거야. 잘됐어."

"그 인형극은 언제 하는데?"

"모레. 그래서 린제도 무리를 한 거야."

자세하게 물어보니, 사쿠라네 어머니인 피아나 씨가 교장을 맡은 학교에서는 다양한 행사를 하는 모양으로, 이번 인형극도 그런 것들 중 하나라고 한다. 어린아이들에게 보여 주는 극인가. 학교의 어린아이들뿐만 아니라 누가 가도 상관없다는 듯하지만.

"학교에도 인형이 있긴 했지만, 이미 너덜너덜해서……. 그걸 고치는 것보다 하나부터 다시 만드는 편이 빠르다고 생각했어요. 하지만 여러모로 손을 너무 많이 대는 바람에……."
"린제는 너무 꼼꼼해서 탈이야. 아무도 눈에 안 띄는 세세한 곳까지는 신경 안 써. 그곳은 대충해도 된다고 생각해."
"손에 장착했을 때 차이가 있어……."
꼼꼼하게 신경 쓰네. 음, 만드는 사람이란 원래 그런 걸지도 모른다. 그러는 사쿠라도 작은 음정의 차이를 신경 쓰거나 하니까.
"아이들에게 보여 줄 인형극이라……. 나도 유치원 때에 봤었지. 인형극도 그렇지만 그때는 유치원에 인형탈을 입은 사람이 오면 기뻤었어……."
"인형탈? 인형에게 탈을 씌우는, 건가요?"
아니아니. '인형의 탈' 이 아니라. 번역이 안 된다는 것은 이쪽 세계에는 없는 건가? 대수해의 부족 중에는 머리가 달린 곰의 가죽을 뒤집어쓴 부족도 있었고 비슷한 것은 있을 것도 같은데.
또 인터넷에서 동영상을 불러 설명했다.
"인형탈이라는 건 이렇게…… 사람이 안에 들어갈 정도로 큰 봉제 인형을 말해. 내가 있던 세계에서는 이벤트…… 행사를 여는 곳 등에서 자주 볼 수 있었어."
화면에 비친 동영상에는 인형탈을 입고 머리 부분을 벗은 사람이 있었다. 어린아이가 보면 꿈이 부서져 버릴 만한 영상이긴 했지만, 알기 쉽다고 생각해서.

"재미있어. 이거 사용해 볼래."

"좋은걸! 아이들도 기뻐할 거야, 분명히!"

어? 잠깐만. 혹시 만들게? 지금부터?

으악. 혹시 새로운 도화선에 불을 붙인 것일지도……. 마도 재봉기로 시간이 단축되어도 그만큼 새로운 작업을 늘려서는 의미가 없다.

"토야 씨, 바깥쪽은 저희가 만들 테니, 안쪽을 만들어 줄 수 없을……까요?"

나를 올려다보며 린제가 물었다. 우으윽……. 그런 질문에 내가 노라고 말할 수 있을 리가 없잖아.

"어? 응, 못 할 건 없다고 생각, 하는데……."

"역시 임금님."

"고맙습니다! 사쿠라, 마도 재봉기를 사용해 나머지 인형을 단숨에 만들자!"

"응."

'창고'의 수납 박스에서 남은 마도 재봉기를 꺼내 린제와 사쿠라가 지상으로 통하는 전이문으로 달려갔다.

……어째서 이렇게 되었지?

"마스터. 저도 도울까요?"

"아니. 마음만 고맙게 받아 둘게……."

여기에 덜렁이를 받아들이면 시간이 더 걸리지 않을까?

인형탈의 소재는 뭐였더라……. 검색……. 발포 스티로폼

이나 우레탄인가. 우레탄 같은 소재도 저반발 베개 같은 마수의 가죽이 확실히 있었지……? 그걸 개량해서…….

내 머릿속에서는 이미 인형탈의 설계도가 만들어지고 있었다. 으음. 일단 만든다면 확실히 린제처럼 세세한 곳까지 신경 쓰고 싶어지네.

아무튼, 일단 해 보자.

"우와, 귀여워! 이거 뭐야, 이거 뭐야?!"

에르제가 포옥 하고 안겼다. 젠장, 외부를 크게 만들어서 그런지 감촉이 전달되지 않아! 실패했어! 마스코트 캐릭터 타입이 아니라, 인간형 타입으로 해야 했나?!

"오오오! 커다란 코하쿠 아닌가! 귀엽구먼!"

반대쪽에서 스우도 안겨들었다. 충격을 흡수하는 부가 마법이 걸려 있어서 대미지는 없다. 움직이기 힘들지만.

완성된 인형탈은 코하쿠를 바탕으로 디자인되었다. 추가로 데포르메하여 이족 보행을 하는 지역 마스코트 캐릭터처럼 만든 '코하쿠 군' 이다. 아니, 여자아이이니 '코하쿠짱' 인가?

브륀힐드의 마스코트 캐릭터로 정착되면 좋겠는데. 내가 마스코트 캐릭터 특유의 움직임으로 인사를 하자, 모두가 '오오~' 하며 박수를 쳐 주었다. 꽤 어렵다. 인기 많은 검은 쥐처럼은 안 되네.

〈주인님……. 저는 그렇게 기묘하게 움직이지 않습니다만!〉

〈아니, 이건 외모의 모델이 코하쿠일 뿐, 캐릭터는 별개야.〉

눈앞에 있는 코하쿠에게서 텔레파시가 날아왔다. 조금 화가 난 모양이다.

〈푸풉, 나는 좋다고 생각해~. 코하쿠다워서.〉

〈긴장감 없는 표정이라든가, 너랑 똑같지 않나. 화를 낼 필요가 있는 건가?〉

〈코쿠요, 루리, 네놈들…….〉

〈미리 말해 두는데, 너희도 조만간 만들 거야. 그다지 오래 걸리진 않을 거라 생각하는데.〉

내 말을 듣고 두 마리는 입을 닫았고, 코하쿠는 꼴 좋다는 표정을 지었다. 그렇게 싫어할 필요는 없잖아. 아이들에게 인기 만점인 캐릭터가 될지도 모르니까. 물론 코쿠요는 산고와 세트지만.

"그건 그렇고 아까부터 왜 말을 하지 않는 게지?"

"……여기 안에 토야가 들어가 있는 거지? 어라? 모르는 사람?"

에르제가 살짝 떨어졌다. 기쁜 것 같기도 슬픈 것 같기도.

"아, 아니요. 이건 【사일런스】 마법이 부여되어 있어서, 머

리 부분을 쓴 채로는 목소리가 전달되지 않게 되어 있어요. 말하는 것은 전통적으로 안 된대요……."

린제가 쓴웃음을 지으면서 모두에게 설명했다. 실은 말하는 마스코트 캐릭터도 잔뜩 있지만 말이지. 하지만 그래서는 안에 들어갈 수 있는 사람이 한정되어 버린다. 말을 잘 못하는 사람은 들어갈 수 없게 되니까. 이건 평범하게 말하지 않는 노선으로 갈까 한다. 그만큼 움직임으로 커버다!

"이거라면 아이들도 기뻐해 주겠네요."

"응. 아주 좋아."

유미나에게 사쿠라가 으쓱한 표정으로 대답했다. 이쪽이 메인이 아니라, 인형극이 메인이잖아.

그런데 상당히 힘드네, 이거……. 【그라비티】로 꽤 경령화했지만 움직임이 제한되니 그것만으로도 힘들어.

게다가 덥다. 검색한 구조를 참고해 바람 마법으로 공기가 들어오게는 해 뒀는데 말이지. 냉기로 해 둬야 했나?

안 되겠어. 일단 벗자. ……어라?

머리가 떨어지지 않도록 헬멧 같은 벨트를 달았는데 인형탈의 팔이 짧아서 목에 닿지 않았다. 입을 때는 린제 일행에게 도와달라고 했으니……. 어쩔 수 없다. 벗겨 달라고 할까.

〈미안. 머리를 벗겨 줄 수 있을까?〉

……아차. 【사일런스】 탓에 목소리가 전달되지 않아……. 잠깐만. 이거 어쩌지?!

나는 몸짓 손짓으로 간신히 모두에게 전달하려고 했지만, 모두는 어리둥절한 표정을 지으며 이상하게 생각했다. 물론 그렇겠죠!

"……토야는 뭘 하는 겐가?"

"으음. ……소인들에게 뭔가를 전달하려고 하는 것이 아닐지요."

야에, 정답! 처억 하고 야에를 가리켰다.

"오오! 역시 그렇습니까!"

그 손끝을 그대로 내 머리로 향해 목의 벨트라고 전달하려고 했는데, 모두는 고개를 갸웃하며 생각을 하기 시작했다.

"'내가', 일까요?"

"아니. '코하쿠가' 가 아닐까?"

"그거라면 코하쿠를 가리켰을 거라 생각해요."

힐다, 린, 루가 각각 자기 생각을 말했다. 잠깐만. 왜 제스처 게임 같이 돼 버린 거야?!

그리고 몇 분간, 나는 필사적으로 머리를 벗을 수 없다는 사실을 제스처를 통해 모두에게 전달했다. 전달되었을 때는 육체적으로도 정신적으로도 기진맥진해 그 자리에서 쓰러졌을 정도였다. 목의 벨트는 린제와 사쿠라밖에 몰랐던 것이 패인이었구나…….

"임금님, 【텔레포트】로 나오면 됐을 텐데."

"아……."

사쿠라의 말에 결정타를 맞자 쑤욱 힘이 빠져 버렸다. 맞는 말씀이야…….

"와아~! 부드러워~!"

"폭신폭신해~!"

가차 없는 아이들의 태클이 여러 방면에서 팍팍 날아들었다. 대미지는 없지만 못 움직이겠어, 이거…….

인형극 당일, 벌써부터 나는 인기인이 되었다. 정확하게는 '코하쿠 군' 이지만. (코하쿠와는 별개라는 설정으로 결국 수컷이 되었다.)

처음에는 다른 소환수라고 생각했는지 경계하던 아이들이었지만, 금방 마음을 놓아 이런 상태가 되었다.

마음을 놓은 것은 좋지만, 너무 허물이 없어진 것 아닌지……. 앗, 등으로 올라가면 안 돼!

조금 거리를 두려고 도망치자 아이들이 와~! 하고 쫓아왔다. 우오옷! 다리가 짧아서 빨리 달릴 수가 없어!

게다가 시야가 나빠 무언가에 걸려 넘어져 머리부터 구르고 말았다. 아야얏! 으윽, 개량이 필요해!

쓰러진 나에게 아이들이 잇달아 올라탔다. 으윽……!

〈【파워라이즈】!〉

"우와~! 굉장해~!"

몇 명의 아이들이 들러붙었지만 일어서서 한 명씩 떼어 냈다. 위험한 짓은 하면 안 돼! 하고 제스처로 전달하려고 했지만 전혀 들어주지 않았다.

"자자, 여러분. 인형극이 시작해요~. 어서 안으로 들어가세요. 늦으면 볼 수 없어요~."

교장 선생님인 피아나 씨가 짝짝 손뼉을 치자, 순순히 네~ 하고 대답을 하고 아이들이 잇달아 교실 안으로 들어갔다. 익숙하구나……. 정말로 존경스럽다.

"괜찮으셨나요? 죄송해요. 이런 것을 처음 봐서 흥분한 모양이에요."

피아나 씨가 고개를 숙였다. 이쪽의 목소리가 전달되지 않아서 '아니요. 괜찮습니다.' 라고 이번에도 제스처로 대답해 두었다. 이거, 【사일런스】의 온오프 기능을 붙여 둬야겠어…….

아이들이 모두 교실로 들어가는 모습을 보고 나는 몰래몰래 피아나 씨가 가르쳐 준 다른 교실로 들어갔다. 그리고 아무도 없다는 사실을 확인하고 【텔레포트】로 인형탈 안에서 순식간에 밖으로 나왔다. 안쪽의 내용물이 사라진 '코하쿠 군' 이 옆으로 흐늘 하고 쓰러져, 커다란 머리가 뎅굴 하고 굴렀다.

"후우."

아아, 힘들었어. 아직도 개량의 여지가 많구나.

벗어 버린 '코하쿠 군'을 【스토리지】에 넣어 두었다. 이런 상태를 아이들에게 보여 줄 수는 없으니까.

빈 교실에서 나와 인형극이 열리는 교실을 향해 갔다. 인형극은 미에트 씨와 엘프인 레이세일 씨, 학교의 선생님 두 사람이 기획했다는 모양이었다. 거기에 사쿠라가 참가했고 린제가 도와주겠다고 나섰다고 한다.

그리고 그 이야기를 듣고 유미나와 루도 도와주겠다고 하여 어제는 넷이서 늦게까지 대사를 맞춰 보았다. 나도 선생님들의 파트를 떠맡아야 했지만.

교실 가까이 가자 린제 일행의 목소리가 들려왔다. 벌써 시작된 모양이었다.

지금 교실에 들어가서 방해하는 것도 미안하니 몰래 볼까.

【인비저블】로 모습을 감추고 【텔레포트】로 교실 안의 뒤쪽 자리로 날아갔다.

침입 성공. 이라고 생각했는데 묘한 얼굴을 하고 있던 교실 안의 냥타로가 천천히 가까이 다가왔다. 킁킁 하고 코를 움직이며 주변을 찾았다. 앗, 냄새로 들켰구나, 이거.

"……? 임금님, 그곳에 있냥?"

"있어. 방해하면 안 되니까 모습을 감춘 거야."

아주아주 작은 목소리로 대답했다. 냥타로라면 들을 수 있겠지.

"그렇다면 괜찮다냥. 이상한 것이 섞여 들어오지 않을까 하고 경계 중이다냥."

"미안미안. 사쿠라한테도 텔레파시로 전달해 둬."

"알겠다냥."

전혀 소리를 내지 않고 냥타로가 멀어져 갔다. 역시 고양이 기사. 경비는 완벽하다.

교실 앞쪽에서는 1미터 정도의 높이의 옆으로 긴 무대 위로 고양이나 토끼, 곰, 개 등, 동물 인형들이 많이 등장했다. 린제를 비롯한 연기자는 관객에게는 보이지 않았다. 빼꼼 하고 인형만이 무대에 모습을 드러냈다. 계속 팔을 올리고 있는 건 은근히 힘든데…….

이야기의 개요는 이렇다. 즐겁게 살고 있던 동물들의 숲에 어느 날 마녀가 왔다. 마녀는 동물들에게 심술궂게 행동하며 이 숲에서 나가라고 재촉했다. 마녀는 아주 강해서 동물들은 도저히 당해 낼 수 없었다. 하지만 동물들은 각각 특기를 활용해 일치단결하여 협력하였고, 마지막에는 마녀를 숲에서 쫓아냈다……라는 이야기였다.

이야기는 「*원숭이와 게」와 비슷했다. 「원숭이와 게」는 스트레이트한 복수가 테마이지만, 이쪽은 모두 힘을 합치면 어떤 곤란도 헤쳐 나갈 수 있다……라는 것이 테마려나?

*원숭이와 게: 교활한 원숭이가 게를 속여서 죽이고 살해당한 게의 아이들이 원숭이에게 복수하는 이야기.

〈이 숲은 살기 편해 마음에 들었다. 내 숲으로 삼을 테니 너희 동물들은 얼른 나가 버려라!〉

마녀가 위협하자 동물들은 부들부들 떨면서 도망갔다. 그 목이 잠긴 목소리의 마녀를 연기한 사람이 유미나라고는 믿을 수가 없었다. 유미나는 또 동물인 토끼도 담당했다. 연기력이 좋은걸……?

그런 것보다 무대 옆에서 악기를 연주하는 사람은 소스케 형인가? 뭐 하는 거야, 음악신?!

소스케 형의 BGM과 함께 이야기가 진행됨에 따라 아이들은 동물들에게 성원을 보내거나, 불안한 표정을 짓는 등, 점점 이야기에 빨려들어 가는 듯했다.

단, 그중에 딱 한 사람만 인형극을 진지한 눈으로 바라보며 표정을 바꾸지 않는 남자아이가 있어서 신경이 쓰였다. 여섯 일곱 살 정도인가. 계속 인형들의 움직임을 그냥 보고만 있었다. 마치 그것을 기억에 새기는 것처럼. 웅얼웅얼하고 무언가를 중얼거리는 것 같기도 했다. ……이상한 아이네.

그래도, 즐기는 법은 사람마다 다른 법이다. 모두가 다 재미있어 하는 것은 그렇게 많지 않다.

그런 생각을 하는데, 어느새 라스트신에 다다랐다.

〈해냈다! 우리의 숲을 되찾았어!〉

린제가 조종하는 고양이 봉제 인형이 외치며 이야기는 대단원의 막을 내렸다. 엔딩곡인지, 사쿠라가 조종하는 작은 새가 소스케 형의 반주에 맞춰 노래를 부르기 시작했다.
이건……. 아니, 왜 이 곡이야?!
여전히 영어의 의미를 모르고 노래를 하는 거겠지만 나는 의미를 아는 만큼 힘껏 '토요일 밤이다! 토요일 밤이다!' 라고 반복하는 가사를 들으니, 뭐라 말하기 힘든 신기한 기분이 들었다.
흥겨운 노래이니 아이들도 리듬에 맞춰 손뼉을 쳤다. 무대의 동물들도 즐겁게 리듬에 맞춰 노래하기 시작했다. 으으음. 로큰롤은 시대도 세계도 뛰어넘는구나…….
이렇게 인형극은 대성공을 거두었다.

"후아암……. 지쳤어요……."
"대성공. 다행이야."
"재미있었어요!"
"난 몇 군데인가 대사를 하다가 더듬거렸어요……."
"수고했어. 좋았어, 다들."
인형과 무대를 정리하고, 아이들이 돌아간 교실에서 우리는 쫑파티를 했다. 그렇다고는 해도 저녁 전이라 가벼운 다과를 하는 것 정도였지만. 아니, 냥타로만은 개다래나무술을 마시면서, 피아나 씨가 머리를 쓰다듬어 주어 그릉그릉거리고 있지만.

이봐, 고양이 기사. 풀려도 너무 풀렸잖아……. 참고로 소스케 형은 어느새인가 사라지고 없었다.

"여러분, 오늘은 정말로 감사합니다. 아이들도 모두 기뻐했어요."

"즐거워해서 다행, 이에요."

피아나 씨의 말을 듣고 쑥스러워하며 린제가 그렇게 대답했다.

"린제의 노력이 보답을 받았구나. 하지만 오늘부터 제대로 쉬어 줘. 무리는 하지 마."

"네. 알겠습니다."

키득 하고 웃는 린제. 아무튼 간에 성공해서 다행이다.

그런데 돌아가는 길에 사건이 일어났다.

다른 교실에 놓아두었던 인형을 제대로 치우기 위해 돌아가 보니, 넣어 두었던 자루째로 인형이 사라진 것이다. 분명히 무대 옆에 있는 이 상자에 넣어 뒀는데…….

"이럴 수가! 어째서……?!"

당황한 린제가 상자를 치워도 보고 책상 아래를 들여다보기도 했지만, 자루는 발견할 수 없었다. 꽤 큰 자루다. 있으면 금방 발견할 수 있을 텐데, 그게 없다는 것은…….

"……도둑?"

사쿠라가 조용히 중얼거렸다. 아니, 분명히 완성도는 좋지만 인형은 인형. 그렇게 가치가 있는 것은 아니리라 생각한다. 도둑이 과연 노릴까?

하지만 그 인형은 우리에게 있어 매우 가치 있는 것이었다. 불안한 듯한 린제를 보고 나는 어떻게 해서든 인형을 발견하기로 다짐했다.

냥타로가 취하지 않았다면 눈치챘을지도 모르는데 말이야. 카트시도 취하면 코가 도움이 안 되는 모양이다.

"……쓸모없네?"

"윽?! 공주의 말이 가슴을 아프게 한다냥……! 방심했다냥! 지금 당장 수상한 냄새를 쫓아서……! ……개다래나무의 냄새밖에 안 난다냥냥냥……."

냥타로는 쓸모없다라. 뭐 그렇게 풀 죽지 마. 그런 일도 있는 거야. 힘내.

"토야 오빠, 찾을 수 있나요?"

"맡겨 둬. 반드시 되찾을 테니까."

조금 잘난 척하며 유미나에게 대답하고 스마트폰을 꺼내 지도 어플리케이션을 실행시켰다. 그 인형은 린제의 오리지널로 한 개밖에 없다. 검색을 하면 바로……. 이것 봐, 찾았어.

"마을 밖으로는 안 나갔네. 좋아, 잠깐 가서 잡아 올까."

"앗, 저도 갈게요!"

【텔레포트】로 날아가려고 하는 나에게 린제가 동행하겠다고 자원했다. 직접 되찾으려고 하는 건가? 물론 린제라면 도

둑 한둘쯤은 아무렇지도 않겠지만.
그런데 린제가 나서는 모습을 보고 다른 세 사람도 따라가겠다고 나섰다. 그렇게 우르르 갈 필요는 없을 것 같은데…….
“그럼 【게이트】로 갈까. 냥타로는 여기를 지켜 줘. 또 동료가 오지 않을 거라는 보장이 없으니까.”
“이번엔 확실히 해. 안 되면 밥이 없을 줄 알아.”
“냥?! 알겠다냥!”
사쿠라의 말을 듣고 직립부동 자세로 처억 경례하는 냥타로. 일단 술기운을 빼 줄까? 【리커버리】를 냥타로에게 걸었다.
“좋아. 그럼 가자.”
【게이트】를 지나 목적지에 도착했다. 마을 외곽, 비교적 새로운 집이 늘어선 일각이다. 노을이 질 무렵이라는 것도 있어, 주변의 집에서 다양한 저녁 냄새가 감돌았다.
목적지는 【게이트】로 나와서 바로 옆에 있는 집이었다. 그 안에 린제가 만든 인형들이 있다. 그리고 아마 그것을 훔친 범인도.
무작정 갑자기 돌입해도 상관없었지만, 순간적으로 사쿠라가 나를 제지했다. 어? 뭐야?
“이야기 소리가 들려……. 뭔가 이상해.”
“이상하다니 뭐가?”
“우리가 한 인형극 대사가 들려.”
“뭐?”

인형극 대사가? 대체 어떻게 된 일이지?

살짝 창문으로 안을 들여다보니, 문이 열린 안쪽 방에서 남자아이가 무언가를 움직이고 있었다. 어라? 저 아이는 혹시 인형극을 지그시 보고 있던 남자아이인가?

얼핏 보인 남자아이의 손에는 린제가 만든 인형이 끼워져 있었다. 아무래도 범인은 저 아이인 모양이었다. 왜 그런 거지?

"이곳에서는 잘 안 보이네……. 【롱센스】."

시각과 청각을 실내로 날려, 스마트폰을 이용해 공중에 화면을 투영했다. 좋아, 이것으로…….

〈너희 동물들은 어서 나가라!〉

갑자기 들린 목소리에 우리는 깜짝 놀라 눈을 크게 떴다. 투영된 화면을 보니, 남자아이가 마녀 인형을 손에 들고 침대에 누워 있는 어린 여자아이에게 보여 주는 중이었다.

더듬거리는 말로 양손에 끼운 인형을 사용해 인형극을 재현했다.

"우리의 인형극을 재현하고 있는 것일까, 요?"

"아마도……. 아, 조금 전에 아주 진지하게 봤던 것은 대사나 이야기를 외우느라 그랬던 건가?"

저렇게 작은 아이가 용케도 외웠네……. 세세한 부분은 여러모로 다르겠지만.

침대에 누워 있는 여자아이(아마 여동생 정도가 아닐까 생각하지만)의 이마 위에는 젖은 수건이 올려져 있었다. 조금 기침도 하고, 병에 걸린 건가……?

“대략 알 것 같아요. 저 남자아이는 저쪽 여자아이에게 인형극을 보여 주고 싶었던 걸 거예요. 그래서 인형을 훔친 거죠.”

“으음……. 그렇다고 해서 결코 훔쳐도 되는 것은 아니지만요…….”

루의 말을 듣고 유미나가 골똘히 생각했다. 확실히 그렇다. 한마디 해 줬으면 좋았을 텐데.

유미나가 나를 살피듯이 시선을 돌렸다.

“어떻게 할 생각이세요?”

“어떻게 할 생각이냐고 물어도…….”

이유가 어쨌든 훔친 것은 훔친 거니……. 하지만 레네 때, 벨파스트의 임금님은 넘어가 줬었지? 그래서 다시는 소매치기를 하지 않겠다고 맹세하게 하고 레네를 메이드 수습생으로 고용한 거다. 정상참작의 여지가 있다는 건가?

“린제랑 사쿠라는 어떻게 생각해?”

도둑맞은 장본인들에게 물어보았다.

“저는 인형만 돌려주면……. 역시 저건 학교 아이들의 것이니까, 요.”

“사쿠라는…….”

하고 내가 말을 하기도 전에, 사쿠라는 일어서서 그대로 파앙하고 문을 열더니 집 안으로 들어가 버렸다. 사사사, 사쿠라?!

“아…….”

소년이 침입해 들어온 사쿠라를 보고 굳어 버렸다. 양손에 물적 증거를 들고 있는 상태다. 발뺌은 할 수 없다.

"……틀렸어."

"어?"

"그 부분은 대사가 틀렸어. '우리 따위는' 이 아니라 그냥 '우리는' . 완전히 달라. 그 아이는 그런 말을 사용하지 않아."

조금 위엄 있는 시선으로 사쿠라가 그렇게 말했다. ……그게 신경 쓰이는 부분인가?

사쿠라는 남자아이에게서 억지로 개 인형을 빼앗더니, 침대 옆에 있던 테이블 너머로 돌아가 웅크린 뒤, 빼꼼 개 인형만을 내밀었다.

〈우리는 마녀에게 당해 낼 수 없어!〉

개 인형이 오버 액션을 하며 외쳤다. 아니아니, 왜 시범을 보여 줘?

멍하니 있는 내 옆에서 린제가 키득 하고 웃었다. 그리고 천천히 일어서 사쿠라와 마찬가지로 집 안으로 들어갔다.

그리고 인형이 들어 있는 자루에서 다람쥐 인형을 꺼내 손에 끼우고 사쿠라의 옆에 웅크렸다.

〈그럼 어떻게 할 건데? 이 숲 밖으로 나갈 거야? 이 숲에는 많은, 많은 추억이 있는데……!〉

저어, 린제 씨? 왜 린제 씨까지 시범을 보여 주시는 건가요?

문득 옆을 보니 유미나와 루가 없었다. 아아앗?!

〈마녀는 마법을 사용하잖아. 우리는 순식간에 당해 버릴 거야.〉

〈무리야. 어쩔 도리가 없어. 어쩔 수 없는 거야…….〉

테이블 위에는 여우와 너구리가 어느새 늘어나 있었다.

그대로 속행되는 린제 일행의 인형극을 침대 위에서 누운 채 여자아이가 조마조마한 표정으로 바라보았다. ……그런 거였구나.

나도 집 안으로 들어가 멍하니 있는 남자아이의 옆에 웅크려 앉았다. 시선은 맞추지 않고, 나도 테이블 위의 인형들을 바라보았다.

"여동생이야?"

"……응."

"이 아이에게 인형극을 보여 주고 싶었구나?"

"……저 녀석, 굉장히 기대했거든. 그런데 아침에 굉장히 열이 많이 나서……. 엄마가 자야 한다면서…… 그래서 나……. 내일 꼭 돌려줄 생각이었어! 정말이야!"

남자아이가 필사적으로 변명했다. 아마 그 말에 거짓은 없겠지. 하지만 죄는 죄다. 나쁜 짓을 했으니 반성은 해 줘야 한다.

"저 인형들은, 학교 아이들을 위해서 저 누나가 열심히 만든 거야. 밤에도 제대로 잠을 못 자고 말이지. 저 인형이 없어졌을 때, 얼마나 슬펐는지 알아?"

"…………미안……합니다……."

"이제 다시는 안 할 거지?"

당장에라도 울음을 터뜨릴 듯한 표정으로 남자아이는 고개를 끄덕하고 움직였다.

후우. 반성하는 것 같으니 이 정도만 해도 되겠지? 아이를 혼내는 것은 껄끄러워…….

나중에 모두에게도 정중하게 사과하기로 약속하고 우리는 인형극의 제2막을 같이 관람했다.

"그런 일이 있었습니까……."

"응. 뭐, 결과가 좋으면 모든 게 좋은 거지만. 인형극도 대성공이었고, 일단은 잘됐어."

저녁을 먹으면서 우리는 인형극의 자초지종을 모두에게 이야기해 주었다.

남자아이는 정중하게 린제와 모두에게 사과했고 내일 교장 선생님인 피아나 씨께도 사과하기로 약속했다. 여동생에게는 '연금동' 의 특제 감기약을 건네줬으니 내일이면 말끔하게 회복할 게 분명하다. 【리커버리】는 감기를 고칠 수 없으니까.

에르제가 작게 중얼거렸다. 마찬가지로 여동생이 있는 몸으로서 무언가 마음에 짚이는 것이 있는 모양이었다.

"언니, 내가 자면 '선물이야' 라고 하면서 사과를 가지고 와 줬어, 요."

"헤에."

좋은 점이 있잖아? 에르제는 다정하니까. 어렸을 때의 그 모습이 눈에 떠오를 듯했다. ……에르제 씨. 왜 눈을 피하는 건가요?

"하지만 그 사과, 다른 집 정원에 심겨 있던 거라……. 나중에 언니, 라나 숙모에게 굉장히 혼났어요."

"어라라. 하지만 사과 한 개 정도는……."

"아니요. 그 사과를 따려고 사과나무를 한 그루 쓰러뜨리고 말아서……."

"쉿. 어쩔 수 없었어! 높은 곳에만 열려 있어서 손이 안 닿았으니까! 【부스트】로 나무를 때리면 떨어질 거라 생각했단 말이야! 설마 부러질 거라고는 생각 못 했어……."

훈훈하고 좋은 이야기라고 생각했는데, 이거야 원, 호쾌한 에피소드였구나. 나무에 오른다는 발상보다 때린다는 발상이 먼저였을 줄이야.

어렸을 때부터 폭주하는 성향이 있었구나. 그것도 쉽게 눈에 떠올라.

"우움. 그런데 아쉽구먼. 나도 그 인형극을 보고 싶었는데 말이야. 아버지도 공부 시간을 옮겨 주셨으면 좋았을 것을……."

오랜만에 스우가 저녁을 먹으러 왔다. 기본적으로 스우는 본가인 오르트린데 공작가에서 가족과 식사를 해서 이런 일은 드물다. 점심은 자주 먹으러 오지만.

"괜찮아. 엄마한테 부탁해서 스마트폰으로 잘 녹화했거든. 나중에 다 같이 볼 거야."

사쿠라가 자신의 스마트폰을 꺼내 으쓱한 표정을 지으며 말했다. 은근히 다들 잘 사용하고 있구나…….

에르제가 고기를 포크로 꽂은 채 옆의 여동생에게 말을 걸었다.

"있잖아. 또 다음에도 연기할 거지? 다음에 어떤 이야기를 할 생각이야?"

"어, 어, 아직 생각 중이야. 모험물이나 가족물 중 하나로 할까 생각하는데……."

"모험물! 아주 좋습니다! 여행하는 검호가 나오는 것입니까?! 뭐하면 소인이 도와주겠습니다!"

"모험물이라면 기사 이야기죠! 린제 씨, 용을 퇴치하는 이야기라면 긴장감이 넘칠 거라 생각하는데요!"

맞은편 자리에 앉아 있던 야에와 힐다가 몸을 앞으로 내밀었다. 이러니저러니 해도 출연하고 싶은 거구나…….

"뭐? 폴라. 너도 출연하고 싶니?"

나도, 나도~! 하고 테이블 아래에서 손을 드는 곰 봉제 인형을 보고 린이 어이없다는 듯이 눈을 크게 떴다. 아니, 사이즈가 너무 다르잖아. 아니, 숲을 지키는 거인…… 거웅 같은 거라고 하면 출연하지 못할 것도 없나……?

"다음엔 나도 참가시켜 줘! 린제, 연애물, 연애물을 하는 거야!"

"꺄아악?!"

갑자기 나타난 카렌 누나가 등 뒤에서 린제를 껴안았다. 진심으로 놀란 린제가 수프 접시에 스푼을 떨어뜨렸다. 그러지 좀 말라니까요. 정말 심장에 안 좋아요…….

재미있을 것 같은 일을 감지하면 이 사람은 어딘가에서 날아온다. 카렌 누나의 재미 센서는 범위가 너무 넓다.

식사를 끝낸 우리는 피아나 씨가 찍은 인형극을 모두 같이 보기로 했다. 어린이 대상이기는 했지만 모두도 충분히 재미있게 본 듯해서 린제와 사쿠라도 기뻐했다.

어째서인지 '코하쿠 군'이 아이들에게 쫓겨서 달리는 모습도 동영상 안에 들어가 있었지만. 피아나 씨, 뭘 찍으신 거예요…….

다음 날, 방에 있던 나와 린제의 봉제 인형을 들키고 말아 나머지 전원의 몫도 린제가 만들어야 하는 처지가 되고 말았다. 미안하다.

당분간은 린제의 봉제 인형 제작이 계속될 듯했다. 어쨌든 본인이 즐거워하는 것 같으니. 무리만 하지 않았으면 좋겠다.

덕분에 나도 조금 봉제 인형에 흥미를 느끼게 되었다. 나중에 '패션킹 자낙' 의 자낙 씨와 교역 상인인 오르바 씨를 끌어들여 봉제 인형 브랜드를 일으켜도 재미있을지 모른다. 그때는 린제에게 조언을 받기로 하자.

——이윽고 브륀힐드하면 '선물은 봉제 인형' 이라는 말을 들을 정도가 될 것이라는 사실을 이때는 예상도 하지 못했다. 뭐가 성공할지 세상은 모르는 거구나…….

후기

네! 『이세계는 스마트폰과 함께.』 12권을 전해 드렸습니다!
후기가 또 1페이지예요! 으앙!
이번 권에서는 브륀힐드의 첫 번째 축제를 마지막까지 넣을까 말까 고민했습니다. 전부 넣어 버리면 아무래도 너무 길어져서 새로 쓴 이야기 등을 넣을 여유가 없어지는 상태였기 때문입니다.
그건 좀……이라고 해서 축제가 시작되기 전에 다음 권에서 계속, 이 되었습니다. 3개월간 기다려 주세요! 그럼 감사의 말씀을!
우사츠카 에이지 님. 코하쿠 군이 귀여워서 최고입니다. 안에 들어가고 싶어……. 오가사와라 토모후미 님. 항상 멋진 프레임 기어를 그려 주셔서 감사합니다.
담당자이신 K 님, 하비재팬 편집부 여러분, 이 책의 출판을 도와주신 모든 분께도 감사드립니다.
그리고 항상 '소설가가 되자' 와 이 책을 읽어 주시는 모든 독자분께 감사의 인사 올립니다.

후유하라 파토라

이세계는 스마트

후유하라 파토라 illustration■우사츠카 에이지

브륀힐드에서 열리는 첫 축제가 개최.
다양한 경기에서 각자는 치열하게 경쟁한다.
폰과 함께. 13

이세계는 스마트폰과 함께. 12

2018년 10월 15일 제1판 인쇄
2018년 10월 25일 제1판 발행

지음 후유하라 파토라 | **일러스트** 우사츠카 에이지 | **옮김** 문기업

펴낸이 임광순 | **제작 디자인팀장** 오태철
편집부 황건수 · 신채윤 · 이병건 · 이홍재 · 김호민
디자인팀 한혜빈 · 김태원
국제팀 노석진 · 엄태진

펴낸곳 영상출판미디어(주)
등록번호 제 2002-000003호
주소 21311 인천광역시 부평구 평천로 132 (청천동)
전화 032-505-2973(代) | **FAX** 032-505-2982

ISBN 979-11-319-8979-1
ISBN 979-11-319-3897-3 (세트)

異世界はスマートフォンとともに 12